COLLECTION
FOLIO ACTUEL

Jean de Maillard

L'arnaque

La finance au-dessus des lois et des règles

ÉDITION REVUE ET AUGMENTÉE

Gallimard

Jean de Maillard, vice-président au tribunal de grande instance d'Orléans, est l'auteur, entre autres, d'*Un monde sans loi. La criminalité financière en images* (Stock, 1998). Il enseigne à Sciences Po.

Introduction

Mundus vult decipi, ergo decipiatur[1].

En songeant aux péripéties de la crise économique et financière dans laquelle nous sommes aujourd'hui plongés, il me revient souvent en mémoire cette phrase de Fontenelle : « Ne disons pas du mal du diable, c'est peut-être l'homme d'affaires du bon Dieu. » Cher Fontenelle ! Je n'ose imaginer les sarcasmes qu'il adresserait à nos dirigeants politiques, dont la seule recette pour sauver le monde de la confusion dans laquelle ils ont laissé les banquiers et les financiers le plonger est de faire le tardif et dérisoire éloge d'une morale qu'ils ont depuis longtemps jetée aux orties. Des hommes, du diable ou du bon Dieu, saurons-nous jamais, en effet, qui a rédigé cet inénarrable scénario qui oscille entre la tragédie et la pantalonnade ? J'en étais là de mes réflexions quand, au hasard des recherches pour préparer cet ouvrage, je suis tombé sur l'histoire de celui à qui

1. « Le monde veut être trompé, alors trompons-le ! » Attribué à Pétrone.

l'on attribue l'invention des produits financiers à l'origine du désastre. J'avoue y avoir vu comme une parabole assez plaisante à rapporter.

L'origine sulfureuse de la nouvelle finance

Lewis — dit « Lou » — Ranieri fait partie de ces *self-made men* au destin improbable dont raffolent les Américains. S'il n'avait pas été asthmatique, il aurait poursuivi une carrière banale et tranquille de *pizzaiolo* dans Little Italy. Qui sait ? La face du monde en aurait peut-être été changée. Mais, forcé de quitter ses fourneaux enfumés, le hasard ou une main plus invisible que celle des marchés le conduisit chez Salomon Brothers, une honorable banque de Wall Street où le petit Italien natif de Brooklyn allait devenir le « père de la titrisation*[1] ». L'aventure commence en 1977, quand il met au point les premiers *mortgage backed securities** (MBS), actifs financiers qui regroupent des milliers de créances hypothécaires immobilières dans des titres ensuite revendus à des investisseurs. La titrisation était née et l'invention de Lou Ranieri allait connaître un fabuleux destin et prospérer comme l'innovation miracle de la nouvelle finance.

Dix ans plus tard, en 1987, Michael Milken

1. Les noms, mots ou expressions marqués d'un astérisque sont expliqués dans le Glossaire, à la fin du volume.

commence par adapter cette trouvaille. L'inventeur des *junk bonds** (« obligations pourries ») est l'un des banquiers les plus véreux de son époque. Son aventure se terminera en prison et mènera la banque Drexel Burnham Lambert, avec laquelle il a monté sa martingale, à la faillite parce qu'elle ne pourra pas payer les amendes qui lui seront infligées. Son idée est de titriser des créances risquées (pour ne pas dire plus) avec d'autres qui sont considérées comme solides, d'en faire un titre unique ensuite redécoupé en tranches pour être vendu à des investisseurs. Mélangeant notamment des MBS et des *junk bonds*, il crée ainsi une sorte d'avatar, les *collateralized debt obligations** (CDO). Un peu oubliés après la chute de Milken et de sa banque — on comprend pourquoi —, les CDO vont pourtant renaître et connaître un prodigieux succès quand la finance de marché sera aux abois, à la suite de l'explosion de la bulle* Internet. En effet, malgré la naissance sulfureuse de ce produit financier mutant, la finance de marché va en faire ses choux gras et mener le monde aux portes de l'enfer. Wall Street va inonder le monde bancaire et financier, dans les années 2000, de produits plus complexes les uns que les autres, mais conçus à partir de la même idée. Ils seront l'un des éléments déterminants de la crise des *subprimes*.

Quant à Lou Ranieri, devenu vice-président de Salomon Brothers, il a fini par faire de l'ombre à ses employeurs qui le remercient en 1987. Il se lance alors dans les affaires pour son propre compte et crée entre autres, en 2002, la Franklin Bank Corporation. En 2004 — on est en plein dans le gonflement de la bulle des *subprimes* —, *Business Week* lui rend hommage en le présentant comme l'un des plus importants innovateurs des soixante-quinze dernières années, à côté de Bill Gates, Steve Jobs[1] et quelques autres. En 2006, pris peut-être de remords comme Albert Einstein le fut à son époque, il tire la sonnette d'alarme et dénonce l'utilisation pervertie des MBS et de leur descendance monstrueuse, lesquels se sont disséminés dans la finance mondiale et se préparent à la faire exploser. Mais c'est trop tard. La réaction en chaîne est amorcée, la crise ne peut plus être endiguée. Pour finir, c'est la Franklin Bank Corporation qui est elle-même saisie par l'autorité de supervision fédérale des banques en novembre 2008. Elle avait 5,1 milliards de dollars d'actifs en gestion à la veille de sa faillite, mais le coût d'indemnisation de ses pertes était évalué à la même date entre 1,4 et 1,6 milliard de dollars. Fin de la saga.

Chacun tirera de cette histoire la leçon qu'il voudra. Il y verra, selon ses penchants ou son humeur, la main du diable, celle du bon Dieu ou de qui sais-je encore ? Elle raconte en tout cas, en raccourci, les heurs et les malheurs de la finance mondiale. À ceci près que, pour cette dernière, l'histoire continue et n'a pas fini, surtout, de nous entraîner vers des abîmes dont nul ne connaît encore l'issue, même s'il la redoute. Il y a autre

1. Créateur et dirigeant des ordinateurs Apple.

chose que ce récit ne dit pas : comment en est-on arrivé là ? Ce sera la question de cet ouvrage. Non pour étudier les rouages de la finance de marché, mais pour mettre le doigt sur une interrogation précise, située aux confins de l'économie et du droit pénal : quelle est la part, dans les crises financières qu'a connues la mondialisation au cours des trente dernières années, de la criminalité ou, devrais-je peut-être dire, des criminalités ?

Une nouvelle délinquance impossible à nommer

Le sujet peut paraître étroit et de peu d'importance, surtout après coup quand on ne songe plus qu'à la manière de faire repartir une économie mondiale exsangue. On aurait tort, cependant, d'en rester à cette première impression. En tout cas, la matière ne concerne pas seulement le juge et le policier, elle est même trop sérieuse pour qu'on la leur laisse. J'y vois plusieurs raisons.

La première est que la crise des *subprimes* est un aboutissement. On l'a beaucoup dit, trop peut-être, cette crise qui fut d'abord immobilière puis devint financière avant d'être économique, en attendant de savoir ce qu'elle sera demain, est l'accomplissement d'un cycle : celui d'un capitalisme sans foi ni loi et surtout sans limites, qui a conduit le monde au désastre. Soulagés de le voir s'effondrer, certains ont cru, un peu vite, que ses jours étaient comptés. Ils devront sans doute déchanter, mais il n'empêche que leur analyse était en partie juste : le capitalisme financier, laissé à lui-même sans contrôle ni garde-fou, est allé jusqu'au bout de ses capacités prédatrices. Je ne veux pas dire que le capitalisme incarne une sorte de mal absolu qui vouerait ses adeptes à une éternelle géhenne, car mon propos n'est pas plus moraliste qu'idéologique. En revanche, le principe du laisser-faire sur lequel il repose impliquerait au moins une vigilance dont il est évident aujourd'hui qu'elle ne devrait jamais se relâcher. Or, l'optimisme de ceux qui espèrent en sa réforme paraît pour le moins prématuré. Un régime ne s'écroule pas parce qu'il a démontré sa nuisance, mais lorsqu'il existe des forces suffisantes pour le remplacer ou le réformer. Ces alternatives, aujourd'hui, n'existent nulle part. Par conséquent, si la crise actuelle est un aboutissement, elle n'est pas un achèvement.

La seconde raison de revenir sur les circonstances dans lesquelles cette crise s'est déroulée est que son accomplissement, que j'évoquais à l'instant, a donné naissance à une forme nouvelle de criminalité. Je ne prétends pas que tout le problème soit là, ni que les capitalistes et leurs banquiers soient des malfaiteurs qu'il suffirait de jeter en prison. Ce discours simpliste et démagogique est plutôt celui des déçus du capitalisme, qui en espéraient tant qu'ils prennent les promesses non tenues pour des trahisons. Là encore, rien de tel n'inspire les réflexions qui vont suivre. Je dois même avouer un certain embarras, qui vient de la faiblesse et de l'inadéquation de notre vocabulaire. Pour désigner spontanément les modalités prédatrices de la crise que nous traversons, je n'ai pas trouvé d'autres termes que celui de « criminalité », mais à peine l'ai-je mis sur le papier que je l'ai aussitôt regretté. Aussi tenterai-je, chaque fois que cela sera possible, de l'atténuer en employant d'autres expressions moins connotées, même si elles ne sont pas moins péjoratives, comme celles de fraude, de pillage ou de prédation. Mais elles ont l'inconvénient inverse d'être imprécises et approximatives. Ce que je veux dire en tout cas, et c'est ainsi qu'il faudra le comprendre, c'est que l'étude détaillée de cette crise éclaire un aspect tout à fait inédit du fonctionnement de l'économie et de la finance. Je pensais pouvoir l'analyser dans le droit-fil des crises financières d'autrefois, dont d'autres études ont montré qu'elles comportent toujours une part de fraude et de criminalité[1]. Il suffisait, étais-je persuadé, d'étendre les résultats des travaux antérieurs — les miens et d'autres — à une situation dans laquelle l'œil exercé distingue d'emblée les malversations et croit ne pas se tromper en leur appliquant une grille de lecture qui a précédemment fait ses preuves. Et, pourtant, ma plume s'est refusée à me suivre et à écrire au présent une histoire qui était celle d'hier mais n'est plus celle d'aujourd'hui.

1. Voir, par exemple, Charles Kindleberger, *Histoire mondiale de la spéculation financière* [1978, 4e éd. 2000], Hendaye, Valor Éditions, 2004.

Toute la difficulté vient de ce que les fraudes et toutes les formes de prédations économiques et financières n'ont certes pas diminué, mais ont pris une autre tournure, révélée par cette crise. Je ne renie pas mes recherches ni mes conclusions antérieures[1], je vais au contraire en rappeler les grandes lignes pour montrer comment notre époque a succédé à la précédente. C'est à partir de là que l'on comprendra aussi la rupture qui semble s'être accomplie. Tout au plus devrais-je préciser que la découverte d'un nouveau paradigme, que je situe dans une période assez récente (vers les années 2000), ne doit pas faire illusion : la réalité qu'il recouvre est peut-être plus ancienne que peut le laisser croire une présentation obligée d'insister sur son émergence puisqu'elle ne nous était pas encore apparue dans cette dimension. La crise financière présente nous montre un autre paysage que nous ne connaissions pas et qui s'est révélé à moi alors que je l'étudiais, mais dont les prémisses au moins étaient, bien entendu, déjà là avant que nous ne l'ayons entrevu. Depuis quand ? Peut-être était-il sous nos yeux depuis longtemps, n'attendant que le moment où nous saurions enfin le voir.

1. Notamment *Les Beaux Jours du crime*, avec Serge Garde, Paris, Plon, 1992, *Un monde sans loi. La criminalité financière en images*, Paris, Stock, 1998, *Le marché fait sa loi*, Paris, Mille et Une Nuits, 2001, *Le Rapport censuré. Critique non autorisée d'un monde déréglé*, Paris, Flammarion, 2004.

Incrustation et irradiation de la criminalité dans l'économie légale

Qu'est-ce donc, alors, qui a changé ? En premier lieu, le regard porté sur ces phénomènes. Travaillant il y a quelques années sur l'imbrication des criminalités dans la société légale, je décrivais ces délinquances comme des phénomènes encore relatifs. Quelle qu'en fût l'étendue, ils me paraissaient limités par l'exploitation de distorsions marginales au sein de nos sociétés. J'insistais certes sur le fait que le recours à l'illégalité n'avait rien d'anormal et n'impliquait pas nécessairement, loin s'en faut, l'existence d'une quelconque altérité de la délinquance ni du délinquant. J'ai toujours défendu la thèse qu'il n'est nullement incompatible d'être à la fois parfaitement intégré dans une société, même au sein de ses élites, et de se comporter en fraudeur, corrompu, délinquant ou criminel dans la fonction même que l'on y exerce. Plus encore, rien ne prouve que cette confusion des rôles soit une exception et moins encore une aberration ou une perversion. Au contraire, je m'étais appliqué à montrer que notre histoire s'explique, dans la perspective que je cherche à faire apparaître, par une articulation entre le légal, l'illégal et l'informel infiniment plus complexe, mais aussi plus répandue que l'idée que l'on s'en fait d'habitude. Cependant il y a plus aujourd'hui, car le monde change sans nous prévenir. Il faut donc lui trouver de nouvelles explications.

Remontons un peu en arrière : les grandes criminalités qui portent sur l'appropriation des richesses et du pouvoir — les trafics transnationaux, les mafias et les cartels, la délinquance économique et financière, la corruption nationale et internationale des élites, le blanchiment de l'argent sale, etc. — ont constitué des menaces croissantes dont la reconnaissance en tant que telle est plutôt récente. Il a fallu *grosso modo* la fin de la guerre froide pour que l'on se rende compte que, derrière la menace géopolitique d'affrontement entre l'Est et l'Ouest qui crevait les yeux et obsédait les esprits, d'autres dangers, insidieux et d'une tout autre nature, s'étaient insinués et logés au plus profond de nos sociétés. Quand on voulut bien les prendre en considération, il fut facile de les voir eux aussi comme des agressions venues de l'extérieur — le mal vient toujours des autres —, mais la réalité était (elle l'est toujours) que ces phénomènes criminels majeurs étaient entièrement imputables au fonctionnement interne de nos sociétés et de nos économies. Cela fut rarement admis, notamment par les dirigeants politiques et les responsables policiers, car l'aveu en eût été politiquement incorrect et sans doute très inconfortable pour eux.

Quoi qu'il en soit, l'analyse objective pouvait conduire à reconnaître deux phases successives dans l'installation de ces menaces en tant que phénomènes permanents : une phase d'incrustation et une autre d'irradiation. Le même cycle pouvait s'appliquer à la fois aux activités criminelles imputables à des acteurs ou des organisations identifiées et à la criminalité dans son ensemble, en tant que système. Autrement dit, qu'un malfaiteur individuel ou un groupe criminel quelconque parviennent à s'implanter quelque part sans encombre, ils ont toutes les chances de se développer ensuite à leur guise comme n'importe quelle entreprise qui accroît ses parts de marché. Policiers et juges l'ont mille fois observé : on arrête un mafieux ou on démantèle une organisation criminelle à leurs débuts, ensuite on compose avec eux. En même temps, force a été de constater que cette criminalité structurée — cet ensemble d'illégalismes majeurs dont les manifestations font partie du fonctionnement d'une société — s'étendait inexorablement, au fur et à mesure que les individus et les groupes criminels assuraient leur propre assise et étendaient leur emprise. C'est ainsi que j'en étais venu à décrire l'existence d'une criminalité intégrée à nos systèmes politiques, économiques et sociaux, la phase d'irradiation ayant partout succédé à celle d'incrustation.

Sur la base de ce simple constat, j'avais essayé non seulement d'apporter une petite contribution à la manière de répertorier la vaste palette d'acteurs criminels et leurs modalités d'action, ainsi que les procédés grâce auxquels ils avaient pris place dans les paysages économiques et sociaux (sans oublier les institutions politiques), mais aussi d'expliquer le paradoxe dans lequel leur incrustation puis leur irradiation nous plongeaient. Une chose est, en effet, de signaler l'implication récurrente de la délinquance dans les mécanismes sociaux, une autre de démontrer qu'elle leur est utile, voire indispensable. Je cherchais à asseoir cette démonstration non pour en faire l'apologie, bien entendu, mais pour montrer que la criminalité joue un rôle et remplit des fonctions qui expliquent pourquoi tous les efforts d'éradication se brisent toujours sur le roc de leur utilité cachée. Dès lors, le problème de la criminalité surgit sur une autre scène, qui n'est plus policière ou judiciaire, mais politique, sociale et même stratégique. Pour ne pas dire aussi, géopolitique et géostratégique.

Le divorce par consentement mutuel de l'État et du capital

La crise des *subprimes* est une sorte d'accomplissement et de dépassement de ce processus, au terme d'une longue maturation qui ne doit rien au hasard. L'histoire commence par la restructuration du capitalisme international mis en place à la fin de la Seconde Guerre mondiale et, plus particulièrement, par la destruction de son système monétaire et financier, se poursuit par la distension croissante des liens économiques qui scellaient la coalition ancestrale du capitalisme avec les États et s'achève par l'effondrement de l'URSS, le concurrent idéologique et stratégique dont la menace verrouillait cette alliance depuis 1945. Elle s'étale donc sur deux décennies — du 15 août 1971[1] au 21 décembre 1991[2], pour qui aime les dates porteuses de symboles — et entraîne un réaménagement radical des relations séculaires entre le capitalisme et l'État.

C'est une séparation à l'amiable, voire un divorce par consentement mutuel, à partir duquel chacun va faire désormais sa vie de son côté. Les États ont laissé la finance devenir l'arbitre de l'économie, ils ont ouvert la voie à ce que j'ai appelé ailleurs une « économie trafiquante[3] ». J'entendais par là que l'économie avait cessé d'être l'instrument par lequel les États prolongeaient leurs politiques de propre renforcement dans les domaines de la production, des échanges et de la création de richesses, qu'elle n'était plus déterminée que par sa propre logique d'auto-renforcement. Mais aussi et surtout, elle cessait de ce fait de devoir justifier son utilité auprès des États et, à travers eux, des sociétés qu'ils administrent. Qu'est-ce qui s'est mis à déterminer alors le fonctionnement de l'économie capitaliste ? Son seul besoin de se conformer à sa propre fonction, c'est-à-dire les échanges marchands. En d'autres termes, les États se privant de la prérogative, qui

1. Date de la décision de Richard Nixon de suspendre la convertibilité du dollar en or.

2. Date à laquelle les représentants de onze Républiques soviétiques concluent le traité d'Alma-Ata qui entérine la dissolution de l'URSS et crée la Communauté des États indépendants (CEI).

3. *Le Rapport censuré*, *op. cit.*, p. 35 et suiv.

avait toujours été jusque-là la leur, de fixer à l'économie les finalités et les limites de ces échanges, ceux-ci n'ont plus eu comme guide et comme objectif que leur propre dynamique et leur seul intérêt. La valeur sociale maximale est donc devenue l'échange, le trafic[1], quels qu'en fussent la forme et le contenu, et les États ont été fermement priés de mettre leurs moyens au service de leur libération et de leur libéralisation, ce qu'ils se sont d'ailleurs empressés de faire.

La nouvelle étape révélée par la crise des *subprimes* pourrait être désignée, après celles de l'incrustation et de l'irradiation, par ce que je propose de nommer l'« incorporation ». Dorénavant, les pratiques transgressives de l'ordre social et juridique ne se diffusent plus seulement dans des secteurs circonscrits, même vastes, elles sont logées au cœur de la matrice financière. Elles ne consistent plus à exploiter des failles et des distorsions politiques et sociales, mais à équilibrer les mécanismes économiques et financiers. Elles n'ont plus pour origine des individus ou des groupes marginaux qui cherchent leur place au soleil, quitte à trouver de forts soutiens au sein des institutions elles-mêmes, elles émanent des élites et sont devenues leur mode de gestion de l'économie et de la finance. Bien sûr, il n'est pas question de soutenir que toute l'économie et toute la

1. Tout trafic n'est pas forcément illégal ou criminel : il peut indifféremment être légal, illégal ou informel, et l'ambiguïté de l'expression « économie trafiquante » préserve cette plurivocité du sens.

finance sont tombées aux mains de gangsters. J'aurai l'occasion d'y revenir, mais il faut d'ores et déjà mentionner ce qui distingue fondamentalement la « fraude de système » de toutes les sortes de délinquance ou de criminalité connues jusqu'à présent. La différence réside dans le caractère impersonnel de ce type de prédation, qui n'est pas imputable à des individus en particulier, mais qui est devenu une modalité à part entière de l'économie et de la finance. Certes, la cupidité reste une excellente incitation à la fraude et à la délinquance. Et nul n'osera prétendre que la mondialisation libérale ait fait reculer ce stimulant énergique du commerce et des trafics. Mais à elle seule, elle n'explique pas grand-chose, ni en tout cas l'essentiel, qui est que la fraude est devenue tantôt une variable d'ajustement de l'économie et de la finance, tantôt même un mode de gestion de ces dernières.

C'est de cela qu'il sera question dans ces pages.

1

Quand les bornes sont franchies, il n'y a plus de limites

Le néolibéralisme a rétabli la morale pour masquer son échec. La réalité est que les États ont accepté le divorce que le capitalisme leur a imposé. Libéré de toute entrave, le capitalisme financier n'a plus d'autres règles à respecter que les siennes.

Les sombres perspectives sur lesquelles se ferme mon introduction peuvent se heurter à une conviction inverse : n'a-t-on pas vu, lorsqu'a explosé la crise financière mondiale des *subprimes*, s'ouvrir une brèche dans le consensus qui, en temps ordinaire, lie les faiseurs d'opinion aux oligarchies politiques, économiques et financières ? Les dirigeants politiques de tous les pays capitalistes ne se sont-ils pas bousculés pour prendre la tête des cortèges contre le capitalisme corrupteur d'une saine économie ? N'ont-ils pas joint leurs cris, *mezzo voce* tout de même, à ceux qui réclamaient le scalp des banquiers ?

Les illusions de la morale

C'était donc une révolution ? Non, pas même une révolte. Certes, à l'acmé de la crise, une orthodoxie a succédé brutalement et temporairement à une autre. Nombreux ont été ceux qui, prônant naguère le retrait de l'État, l'ont soudain supplié de venir sauver la finance et l'économie en déroute. Mais, en fin de compte, la médication, si coûteuse soit-elle pour le contribuable, ne sera pas trop amère pour les illusions collectives. On a seulement glissé d'un consensus à un autre avant de refaire le trajet inverse, après la tourmente. S'il était vulgaire de critiquer hier la dérégulation et la déréglementation, qui se sont imposées depuis vingt-cinq ans sous les vocables de « mondialisation » ou « globalisation », il est indécent de douter aujourd'hui que ceux-là mêmes (à quelque chose près) qui en étaient les acteurs sauront remettre en ordre le chaos qu'ils ont eux-mêmes créé. À l'heure où j'écris ces lignes, gazettes et médias, relayant les discours extatiques des dirigeants des banques et des gouvernements, saluent les signes d'une « reprise » dont ils sont sûrs qu'elle marquera le début de la renaissance tant attendue. Serait-ce le cas, cela voudrait dire que l'on n'a rien voulu comprendre aux causes d'une crise historique et que l'on s'apprête à repartir comme si de rien n'était.

Ce serait peut-être anodin si la réalité de la crise était seulement là où la situent les experts accrédités et leurs mandants. Or mon propos est d'entrouvrir la réflexion sur d'autres vérités que les vérités officielles : une incursion — sans autre enjeu probablement, en l'état des choses, que de pouvoir se faire — dans les profondeurs de la gouvernance mondiale, là où ni les gouvernants ni leurs conseillers ne s'aventurent jamais. La crise économique et financière, déclenchée par l'effondrement du système de crédit hypothécaire américain à partir de l'été de 2007, n'a pas encore dévoilé tous ses aspects, même si elle a plongé la planète entière dans un gigantesque ouragan. Ou plutôt, c'est une autre perspective dont je veux partir et que l'on peut formuler en ces termes : avant d'être économique et financière, la crise en question n'est-elle pas d'abord une crise de gouvernance ? Non seulement parce que, comme le veut la *doxa* libérale, les États ont laissé les marchés gouverner à leur place, mais parce que toute l'invraisemblable machinerie de la globalisation économique et financière a libéré pour ce faire des forces infréquentables, d'autant moins contrôlées de surcroît qu'elles en ont fait l'inavouable prospérité. Ce qui est scandaleux dans cette proposition est qu'elle repose sur un constat cynique (le cynisme n'étant pas dans le constat, mais dans la réalité qu'il dévoile). Le système financier mondial, auquel les États ont délégué leur pouvoir de régulation, a inventé en effet un nouveau concept de gouvernement à l'échelle de la planète : l'anomie[1], matrice d'une dynamique de prédation accé-

1. L'anomie est l'absence de normes et de règles.

lérée de son propre espace, comme condition existentielle de son propre développement. Toutes choses égales par ailleurs, une récupération de leur pouvoir par les États ne changerait pas fondamentalement la donne, elle ne ferait que leur transmettre le mandat de poursuivre la même aventure.

Jadis, le libéral Adam Smith confiait au marché le soin de transformer en vertu publique les mobiles individuels des producteurs — égoïstes ou amoraux, voire immoraux — par la production de biens et de services utiles à la société. Le boulanger, le brasseur de bière ou le boucher n'avaient d'autre éthique à respecter, à ses yeux, que de vouloir fournir aux consommateurs les meilleurs produits qui leur apporteraient à eux-mêmes le plus grand profit[1]. Certes utopique, la vision libérale consolait au moins le citoyen, rassurait le consommateur et donnait une claire répartition des rôles : la morale de l'économie — qui justifiait les sacrifices consentis à la morale individuelle et légitimait l'ensemble de son projet — était à rechercher du côté des équilibres du marché et de l'utilité des biens et services qu'il produit, et non des pulsions personnelles, laissées à la conscience de chacun. Si l'économiste libéral devait concéder

1. « Ce n'est pas de la bienveillance du boucher, du marchand de bière et du boulanger, que nous attendons notre dîner, mais bien du soin qu'ils apportent à leurs intérêts. Nous ne nous adressons pas à leur humanité, mais à leur égoïsme ; et ce n'est jamais de nos besoins que nous leur parlons, c'est toujours de leur avantage » (Adam Smith, *La Richesse des nations*, livre I, chapitre I).

une part d'immoralité au fonctionnement de l'économie, du moins la confinait-il à l'espace privé du producteur, à ses seuls mobiles. Mieux encore, l'immoralité individuelle se muait miraculeusement en moralité collective puisque le marché était censé allouer idéalement à la société tout entière, malgré les faiblesses de la morale personnelle ou peut-être à cause d'elles, les biens et les services dont elle éprouve le besoin légitime.

Le néolibéralisme qui a saisi la globalisation économique et financière a perverti ce rapport naïf. Partant du postulat smithien que l'économie trouve en elle-même sa justification morale, il a produit un sophisme qui semble avoir échappé à son auteur : de l'hypothèse que le marché est spontanément vertueux, il devrait se déduire que toute vertu vient du marché et que du marché ne peut donc sortir que vertu. Au risque, qui s'est accompli, de professer que les marchés n'ont d'autre loi à respecter que la leur, celle du gain à tout prix, rendant ainsi inutile le fait non seulement de les gouverner, mais même de les contrôler. Comment a-t-on concilié *a posteriori* la croyance dans l'innocence à jamais virginale du marché avec la réalité, bien moins rose, dont la crise des *subprimes* a soulevé un coin du voile ? En imputant à l'avidité de quelques *managers*, banquiers et *traders* individuellement cupides — j'insiste sur le terme « individuellement » — le dévoiement de l'économie de marché et son naufrage financier. Empêtrés dans leur paralogisme mais contraints de se bricoler une nouvelle morale, ne serait-ce que pour montrer qu'ils en ont une, les émules post-modernes d'Adam Smith ont fini par contredire son propos. Pour sauver leur dogme, ils doivent soutenir que l'économie globalisée aurait finalement plongé dans une immoralité qui, certes, ne lui serait pas consubstantielle — n'exagérons rien —, mais contre laquelle elle se serait trouvée sans défense, submergée par une horde de coquins sans foi ni loi surgis d'on ne sait où. Smith le moraliste écrivait des pages d'économie. Les néolibéraux, qui jouent aux apprentis sorciers en invoquant ses mânes, n'ont plus d'autre ressource que d'appeler police secours.

La banque au pouvoir

Qu'en désespoir de cause les partisans les plus farouches de la finance de marché aient été obligés d'avouer, *in fine* et *a minima*, que le marché laissé à lui-même a produit le contraire de ce qu'ils proclamaient, et de reconnaître à regret que sa logique n'a pas rendu *ipso facto* vertueux tout échange qui s'en réclame, n'est que la moitié de la route escarpée qui les mène à Canossa. Nul doute qu'ils rebrousseront chemin dès que l'occasion s'en présentera, si ce n'est déjà fait. Qu'importe, puisque c'est l'autre moitié qui nous intéresse ici, celle que de toute façon ils n'accompliront jamais, car il y est question non pas de morale individuelle ou même collective, mais de la désagrégation des structures politiques et sociales que le marché produit quand il n'a plus pour référence que lui-même, ou plutôt sa caricature. Le dogme de l'infaillibilité du marché a servi à mettre en place des mécanismes structurels et permanents qui contredisent tous les axiomes sur lesquels il repose. Ces mécanismes sont de deux ordres, bien qu'ils soient symbiotiquement unis les uns aux autres.

Les premiers sont ceux qui ont été mis en place pour faire fonctionner l'ensemble de l'économie mondialisée ou, plutôt, qui ont réordonné les structures politiques, économiques et sociales, c'est-à-dire l'ensemble des institutions, pour en faire les adjuvants, au mieux, d'une logique économique et financière déconnectée des nécessités politiques et sociales. Pour faire simple, la substitution d'un mode de régulation par les marchés à celui qu'opéraient auparavant les États a nécessité de profondes transformations de structures. Il a fallu, bien sûr, que les États utilisent tout leur pouvoir à réduire leur propre capacité de réglementation, autrement dit qu'ils s'interdisent d'intervenir[1]. Mais ce transfert de compétence aux marchés, ou à ce que l'on nomme ainsi, supposait que l'infrastructure étatique, avec son lourd appareil bureaucratique, soit remplacée par une autre infrastructure de même puissance, qui ne pouvait qu'être celle de la finance.

1. Cela ne signifie pas, d'ailleurs, qu'ils s'en soient strictement tenus au programme de non-intervention prôné par la théorie. Mais l'interventionnisme a dû se dissimuler et a perdu sa légitimité économique.

L'effondrement des principes issus de Bretton Woods* dans les années 1970 s'est accompagné d'une révolution dont les composantes et les effets ont été trop peu commentés, tant on les a présentés comme les seuls possibles : le système bancaire et le crédit, qui n'étaient après guerre que des instruments de financement au service des politiques économiques et sociales des gouvernements — instruments peu nombreux, peu complexes et surtout dépourvus d'autonomie par rapport aux États[1] —, ont été investis comme les nouveaux régulateurs de l'économie à la place de ces mêmes États. On est alors passé de la finance bancaire à la finance de marché. Il a fallu que le système financier invente des outils de gestion et d'anticipation qui pouvaient seuls, par leur nombre, leur diversité et leur sophistication, lui faire remplir son nouveau rôle auprès des agents économiques. Et l'imagination n'a pas manqué ! Toute une ingénierie puis une industrie financiè-

1. Il est vrai que le dispositif de Bretton Woods comportait des failles importantes qui ont causé sa perte et qu'il n'a pu empêcher l'émergence de pratiques financières, comme celle des eurodollars*, qui ont contribué à sa perte. Mais le système, tant qu'il a fonctionné, a permis de reconstruire l'économie occidentale (et celle du Japon) avec une relative stabilité économique. Le système s'est effondré pour deux raisons principales : le refus des Américains de le réformer car ils étaient les principaux bénéficiaires de ses distorsions, et la nécessité de sortir de l'économie de reconstruction qui appelait une plus grande ouverture des échanges. Les États n'ayant pu s'entendre sur une évolution du système, celle-ci s'est faite d'une manière chaotique en abandonnant à la finance de marché le sort de l'économie réelle. Les eurodollars ont d'ailleurs été le premier produit financier apparu dans cette perspective.

res, conçues pour répondre aux besoins exprimés à l'échelle de la planète, ont dû être inventées et agencées afin de fournir aux acteurs les moyens indispensables à leurs opérations d'échanges, de financements, d'investissements, de spéculation, d'épargne, de couverture des risques, libérées des contraintes étatiques.

Le principe est devenu le suivant : les États ne devant plus théoriquement intervenir dans l'économie, toute opération économique a dû se procurer auprès du marché financier les modalités concrètes de sa réalisation. Or, pour qu'une opération financière puisse s'effectuer, la règle d'or, qui en fait la condition *sine qua non*, est que l'opérateur trouve, en face de lui, une contrepartie qui accepte de prendre un risque opposé au sien. C'est ainsi que l'économie s'est mise à reposer désormais sur la spéculation. Par exemple, si l'État n'encadre plus les exportations d'un produit, il reste néanmoins au fabricant et à l'exportateur à trouver sur les marchés financiers les instruments de crédit, de couverture et de règlement sans lesquels leur opération ne serait pas réalisable. Certes, celle-ci n'est plus interdite, limitée, sujette à quota ou à toute autre décision administrative, voire politique, prise au nom d'intérêts supérieurs ou plus vastes. Elle n'en est pas plus libre pour autant, car elle devient conditionnée par l'appréciation qu'en fait le système financier au regard de ses propres critères, notamment de rendement des capitaux investis, prêtés ou immobilisés (sans négliger non plus l'évaluation et la couverture du risque de défaillance de sa contrepartie). Pour convaincre le système financier de permettre une opération économique, il faut donc que ce dernier puisse d'une part fournir les techniques appropriées, d'autre part y trouver lui-même sa propre satisfaction. Et celle-ci n'est évidemment pas désintéressée : autrement dit, c'est lui et lui seul qui choisira où est son plus grand intérêt ainsi que les moyens de l'assouvir et d'accroître ses profits. Le système financier alloue non seulement les outils indispensables sans lesquels les opérations économiques ne peuvent s'accomplir mais également, et au préalable, le critère exclusif de validité qui conditionne leur réalisation effective et la soumet à ses propres exigences.

La prolifération financière, arme de destruction massive de l'économie

Une véritable prolifération financière[1] est donc devenue inévitable pour accorder l'intérêt (en termes de rendement) du système financier à la multitude et à la complexité des tâches dont il a hérité et auxquelles il a dû s'adapter. Dès lors que les États ont cessé d'intervenir pour réglementer et réguler les opérations économiques, rien d'autre que la finance et ses techniques, de plus

1. La formule est de Frédéric Lordon : *Jusqu'à quand ? Pour en finir avec les crises financières*, Paris, Raisons d'agir, 2008.

en plus subtiles et de plus en plus étendues mais aussi de plus en plus gourmandes et de plus en plus risquées[1], n'a pu déterminer les choix des acteurs, encadrer leurs décisions, valider leurs positions. Jusqu'au moment, très vite atteint d'ailleurs, où la finance s'est mise au service exclusif d'elle-même, qu'elle a assujetti l'économie réelle de manière que les bénéfices du capital lui reviennent à elle plutôt qu'aux acteurs qui contribuent à sa valorisation. L'instrument financier est devenu à lui-même son propre objet et son propre but, faisant de l'économie le simple support de ses spéculations. Et quand le système financier peut se passer de l'économie réelle, c'est-à-dire quand il peut faire de l'argent à partir de son propre argent sans passer par l'échange économique, pourquoi s'en priverait-il ? Les instruments qui se sont substitués aux méthodes bureaucratiques de gestion de l'économie ont donc été financiers, mais ils sont restés aussi politiques. Certes, les choix financiers ne sont pas en tant que tels des choix politiques, mais l'économie « réelle », selon la formule consacrée, ne pouvait plus fonctionner que soumise aux lois de la finance de marché et de ses impératifs de retours sur investissements. Et la finance s'est approprié l'essentiel de la mise

1. Comme le principe de toute opération financière est de trouver une contrepartie qui accepte de prendre un risque en pariant sur le futur, toute augmentation de la part de la finance dans l'économie suppose la présence de nouveaux porteurs de risques, qu'on appelle les spéculateurs. La rémunération du risque pris par les spéculateurs devient donc l'enjeu nouveau du développement de l'économie sous-jacente.

en valeur du capital, d'autant plus facilement qu'elle était devenue incontournable et incontrôlable. Ce qui est un choix purement politique.

Les États ont cru ou feint de croire que la finance de marché se limiterait à créer son propre univers de règles, compatibles avec le leur. Ils n'ont pas vu que, libérée de toute contrainte, plus rien ne la retenait de donner à ses modalités de fonctionnement une portée qui l'affranchissait de leur légalité. Ainsi, l'histoire des crises financières des trente dernières années montre le glissement qui s'est opéré, grâce au transfert des mécanismes de régulation des États vers les marchés financiers. Non seulement ceux-ci se sont mis à organiser le fonctionnement de l'économie et de la finance, mais ils se sont aussi chargés de résoudre les problèmes politiques et sociaux créés précisément par ce transfert.

De problèmes, en effet, il n'a pas manqué. Placée sous la tutelle de la finance à partir des années 1970, l'économie a vécu cahin-caha et de crise en crise, accentuant chaque fois ses déséquilibres. Héraut de la dérégulation et de la déréglementation de l'économie, Ronald Reagan aimait à dire que l'État n'était pas la solution, mais le problème. Aujourd'hui, après trente ans de mondialisation néolibérale, il faut retourner la proposition : la prolifération financière sur laquelle s'est construite la nouvelle gouvernance mondiale n'est pas la solution, elle est le problème. Dès les années 1980, au seuil des années libérales et à l'aube de la globalisation économique et financière, les États-Unis affrontent la première épreuve. Le système bancaire, composé d'un secteur mutualiste assuré par les caisses d'épargne (*Savings & Loan, S & L*[1]), qui assure, à côté du secteur commercial, une bonne partie du financement de l'habitat, entre en crise.

Les autorités fédérales vont en faire un test de leur nouvelle politique de laisser-faire. Le résultat est à la hauteur de leur aveuglement idéologique. Une vague de fraudes et d'escroqueries en tout genre s'abat alors sur les caisses d'épargne et entraîne l'ensemble du secteur dans le gouffre. Malversations, faillites, spéculations, escroqueries, banqueroutes se succèdent à un rythme effréné sous l'œil indifférent des pouvoirs publics dont toutes les initiatives ne font qu'aggraver la débâcle. Ce scandale, considéré alors comme la crise la plus importante depuis celle de 1929 (on a fait beaucoup mieux depuis), a coûté très cher au contribuable américain, mais il a surtout introduit ouvertement la criminalité comme mode de gestion des crises.

Cette affaire aurait pu n'être qu'un épisode sans lendemain. Pourtant, elle a créé dans l'économie américaine de profonds déséquilibres qui risquaient de l'affecter durablement et profondément, et de mettre en péril sa puissance et son modèle. Mais une nouvelle forme de politique

1. Ce sont des établissements privés, entièrement composés de capitaux privés. Certaines ont un statut fédéral, d'autres relèvent de la législation des États américains, mais leurs régimes sont comparables.

était née : la finance de marché était appelée à régler, à la place des autorités politiques, les distorsions que leur non-intervention avait engendrées. On a ainsi laissé les banquiers et les financiers inventer les instruments de cette nouvelle politique et, pour corriger ses excès ou erreurs, imposer leurs propres expédients. De crise en crise et de fraude en fraude, les rattrapages de ces déséquilibres par la finance de marché ont aggravé le tangage, jusqu'à l'inéluctable naufrage.

2
La première crise de la mondialisation : la gouvernance par la délinquance

Le secteur financier mutualiste est heurté de plein fouet par la crise du système monétaire et financier international. L'imagination financière devient un moyen de prédation majeur. La criminalité saigne à blanc le secteur des caisses d'épargne. Les comptables habillent les fraudes, les politiques ferment les yeux et l'argent s'envole vers des cieux hospitaliers. Personne n'assume, sauf le contribuable.

Au seuil des années 1980, les *Savings & Loan* sont des caisses d'épargne locales, spécialisées dans le prêt hypothécaire aux particuliers (généralement modestes) et encadrées depuis 1933 par une réglementation rigide. Elles reçoivent des dépôts à court terme raisonnablement rémunérés[1] qui doivent obligatoirement, jusqu'à la fin des

1. Mais à un taux quand même avantageux qui draine une partie importante de l'épargne des ménages, puisque le plafond autorisé est supérieur d'un quart de point à celui que les banques de dépôt offrent à leurs épargnants.

années 1970, être investis à 80 % dans des prêts immobiliers locaux de long terme à taux fixes. Depuis la fin de la guerre jusqu'au seuil des années 1980, le prix des biens immobiliers monte régulièrement et les taux financiers restent stables : le système ne connaît donc pas de choc brutal et bénéficie même d'une prospérité de bon aloi — de 1945 à 1965, le secteur double ses actifs tous les cinq ans et les limites strictes à la concurrence qui lui sont imposées font passer le nombre de caisses de 2 277 en 1940 à 4 508 en 1965[1]. Au milieu des années 1970, le secteur des caisses d'épargne assure plus de la moitié du financement de l'immobilier résidentiel. Son poids est donc considérable et déterminant pour le fonctionnement de l'ensemble du secteur de la construction et de l'immobilier aux États-Unis.

L'enfantement douloureux du capitalisme financier

Mais le tournant néolibéral inauguré à la fin des années 1970 va bouleverser les conditions de fonctionnement de ces caisses. Paul Volcker[2], qui dirige la Réserve fédérale américaine (Fed) à partir de 1979, engage une politique brutale de lutte contre l'inflation, qui entraîne une forte hausse

1. Virginie Coudert, « La crise des Savings and Loan », in *Les Crises financières*, sous la dir. de Jacques Gravereau, Jacques Trauman, Paris, Économica, 2001.
2. Aujourd'hui conseiller économique de Barack Obama.

des taux d'intérêt. Or cette augmentation est particulièrement défavorable aux *S & L* qui entrent dans une rude concurrence avec le marché. Comme les *S & L* ne sont pas encore autorisées (elles ne le seront que par la loi Garn-Saint-Germain de 1982) à augmenter librement leurs propres taux d'intérêt, les déposants désertent leurs guichets pour trouver des rendements plus rentables sur le marché monétaire en voie de dérégulation. Leur financement s'assèche de façon d'autant plus préoccupante qu'elles doivent alors, elles aussi, trouver des ressources de substitution sur ce même marché, à prix fort.

Encore bénéficiaires en 1980 avec des revenus nets de 781 millions de dollars, les *S & L* deviennent lourdement déficitaires en 1981 (4,6 milliards de dollars de pertes) et en 1982 (4,1 milliards de dollars de pertes). Au deuxième trimestre de 1981, 85 % des caisses représentant 94 % de l'actif total du secteur ne sont plus rentables. Entre 1980 et 1982, 118 des quelque 4 000 *S & L* existantes ont fait faillite ; 415 sont en état d'insolvabilité à la fin de 1982, mais elles ne sont pas liquidées pour la simple raison que l'organisme d'assurance qui garantit les dépôts est lui-même incapable de faire face au paiement des indemnités qu'il faudrait verser aux déposants. Comme solution, les administrations Carter en 1980, puis Reagan en 1982 ne trouvent alors pas mieux que de desserrer toujours plus la réglementation tout en augmentant les garanties sur leurs dépôts (l'assurance garantissant les déposants passe de 40 000 à

100 000 dollars). Elles assouplissent les contraintes réglementaires pour permettre aux *S & L* de concurrencer en pratique les banques de dépôt (loi Garn-Saint-Germain), elles leur ouvrent des facilités de financement qui reconstituent artificiellement leurs fonds propres* et masquent comptablement leur insolvabilité...

La déréglementation du secteur, censée lui donner un ballon d'oxygène, va en réalité le précipiter vers sa ruine. Quand la loi Garn-Saint-Germain lève, en 1982, les plafonds réglementaires sur les taux d'intérêt versés par les caisses d'épargne à leurs déposants, celles-ci, maintenues artificiellement en vie mais déprimées par les deux années de cauchemar qu'elles viennent de vivre, peuvent certes augmenter les taux d'intérêt versés à leurs créanciers, mais ceux que leur versent les emprunteurs, fixés du temps où les taux étaient bas, restent les mêmes. Aussi les caisses n'ont-elles d'autre choix, sauf à disparaître, que de diversifier à tout-va et dans tous les sens leurs activités. Elles se jettent sur les possibilités, que l'on vient généreusement de leur offrir, de consentir des prêts à la consommation, à l'immobilier commercial et aux crédits commerciaux, ainsi qu'à d'autres opérations financières naguère réservées aux banques commerciales. Elles se lancent dans des métiers qui ne sont pas les leurs et, comme un fait exprès, les pouvoirs publics diminuent au même moment les moyens des autorités de supervision pour faire des économies budgétaires. S'il existait encore 700 agents fédéraux pour contrôler les 4 002 caisses d'épargne encore en vie en 1980, Ronald Reagan a baissé les crédits et ramené leur nombre, quatre ans plus tard, à 679. Pendant ce temps, le nombre de caisses insolvables a doublé et elles ont acquis le droit de se lancer dans les opérations complexes des banques commerciales[1]. Autant dire que les superviseurs publics sont submergés et se contentent de contrôles superficiels, quand ils en font encore. Les États-Unis sont effectivement entrés de plain-pied dans l'idéologie de la déréglementation et les autorités sont persuadées, ou du moins elles font comme si elles l'étaient, que de toute façon le laisser-faire est le meilleur moyen pour permettre au secteur de se tirer d'affaire. Ce sera plutôt une descente effrénée en enfer.

La crise des *Savings & Loan* peut alors entrer dans sa seconde phase, celle qui fait plonger le secteur dans une course ébouriffée vers les gains faciles et nauséabonds. Les caisses sont exsangues, mais leur agonie les jette dans les affres de la finance la plus douteuse et éveille l'appétit des prédateurs les moins scrupuleux qui se ruent pour en prendre le contrôle et se livrer à toutes sortes d'exactions. Comme il n'y a plus guère de supervision de leurs activités, elles vont ajouter deux nouveaux risques à ceux qu'affronte naturellement tout acteur financier : le risque d'incompétence, dans une certaine mesure, et le risque de

1. Robert Sherrill, « S & Ls, Big Banks and Other Triumphs of Capitalism », *The Nation*, 19 novembre 1990.

malhonnêteté, dans une mesure certaine. Leur gestion immobilière va devenir souvent frauduleuse et leurs dirigeants vont se livrer à des opérations au mieux hasardeuses, au pis franchement crapuleuses. Le tout se fait sur fond de spéculations sur les marchés à terme, dont elles ignorent tout, et principalement sur les *junk bonds* — « obligations pourries » en bon français — dont l'ouverture au public a été réalisée en 1977 par une banque qui devra plus tard sa célébrité mondiale à son implication dans les *subprimes*[1] : Bear Stearns !

Les obligations sont pourries mais les profits solides

Le scandale des *junk bonds* est contemporain de celui des *Savings & Loan* et si celles-ci ont d'ailleurs contribué à la prospérité de ceux-là, ce n'est certainement pas par hasard. Les *junk bonds* sont une invention américaine à laquelle l'ouverture du marché au public va donner une ampleur jusqu'alors inconnue, *via* en particulier les *Savings & Loan*. Ils consistent en l'émission d'obligations, généralement par de petites ou moyennes entreprises qui n'ont pas accès au marché du crédit. Plutôt que de s'adresser aux banques elles vont

1. Le site Internet Lexinter écrit, à propos des *junk bonds* : « Le "*junk bond*" est à l'entreprise ce que le *subprime* est aux prêts aux personnes physiques. »

chercher des capitaux sur les marchés financiers. Bien sûr, l'ouverture au public est, elle aussi, une résultante de la déréglementation financière. L'astuce est qu'au lieu d'offrir des rendements de 5 % à 8 %, à l'époque, comme le font les grandes entreprises qui n'ont aucune difficulté à émettre leurs obligations car elles sont tout en haut du classement des agences de notation*, les émetteurs de *junk bonds* proposent aux investisseurs des taux allant jusqu'à 20 %, si ce n'est plus. Ces taux sont la rémunération du risque qu'ils prennent en achetant des titres considérés comme hautement spéculatifs car ils figurent, quant à eux, tout en bas du classement des agences de notation.

Michael Milken, le petit génie des *junk bonds* déjà cité, sera condamné à dix ans de prison quand on s'apercevra, en 1989, que le succès foudroyant de son produit miracle avait comme secret de réussite la fraude à grande échelle (les chefs d'inculpation viseront le racket, la fraude fiscale, le délit d'initié*). Outre le fait que les *junk bonds* sont émis par n'importe qui, pour faire n'importe quoi, avec la promesse mirobolante de gains surnaturels, ils vont en effet servir, en grande partie, à effectuer des achats d'entreprises selon la technique du *leveraged buy out** (LBO), qui consiste simplement à acquérir les parts d'une entreprise pour en prendre le contrôle en faisant largement appel au crédit, puis à rembourser celui-ci avec les bénéfices ou la trésorerie de l'entreprise rachetée. Un investissement faible (de l'ordre de 10 % de la valeur de l'entreprise achetée), complété par un prêt bancaire, permet de mettre la main sur la firme convoitée, créant ainsi ce qu'on appelle un effet de levier*.

Le LBO est une technique tout ce qu'il y a de plus légal, certes, mais elle peut devenir très malsaine entre des mains trop cupides. Avec les *junk bonds*, le jeu consiste à émettre des obligations à taux très élevés qui font affluer les naïfs, souvent peu au fait des arcanes financières mais fortement alléchés par l'odeur de l'argent facile. On lève ainsi une masse de capitaux importante sur le marché, avec laquelle on peut lancer un LBO sur la proie choisie qui sera ensuite, généralement, dépecée pour en récupérer les actifs[1]. Le meilleur moyen de ne pas prendre de risque étant de se fier non à son flair, mais à ses relations ou aux confidences obtenues dans les couloirs des conseils d'administration. C'est ainsi que Milken préférait opérer, ce qui lui a valu ses déboires judiciaires. À la tête du département « investissement » de la banque Drexel Burnham Lambert, Milken réussira à pousser le marché des *junk bonds* jusqu'à 200 milliards de dollars (de l'époque). Sa chute entraînera celle de sa banque, qui ne survivra pas aux amendes infligées[2]. Elle a été liquidée en 1990.

1. Tous les LBO ne sont pas des opérations de pure prédation, mais dès que le crédit est abondant et distribué sans contrôle, il est une technique à haut risque pour l'économie.

2. Milken, quant à lui, n'en sera pas trop affecté. Condamné à dix ans de prison, il n'en fera même pas deux et il conservait en 2006 la 153e fortune des États-Unis, estimée à plus de 2 milliards de dollars.

Pour en revenir aux *S & L*, le miracle financier que sont les *junk bonds*, alors en plein boom grâce à leur mentor Michael Milken, ne va pas échapper à l'attention des dirigeants des caisses d'épargne. Certains sont à la recherche de placements désespérés pour se tirer d'affaire et prêts à tout pour y parvenir, les plus nombreux à l'affût des profits juteux que procure le désarroi de ce marché. Il va donc attirer toute une cohorte d'investisseurs marrons qui n'ont que faire des prêts hypothécaires mais ont bien compris le parti qu'ils pouvaient tirer de la grande débandade des responsables politiques et financiers face à la dégringolade du secteur. Ils jouent sur du velours car l'Américain moyen qui est au cœur de la cible, dépassé par la vitesse à laquelle le secteur s'est dégradé, garde hélas une confiance à peu près aveugle dans les caisses d'épargne, symboles encore intacts d'une gestion menée en bon père de famille.

Que la fête continue !

Nombreuses sont donc les caisses qui investissent dans les *junk bonds* de la Drexel. Elles en achètent et elles en vendent par millions, jouant sur les deux tableaux. Un exemple est celui d'un certain David Paul, coqueluche du tout-Miami qui organise même des ventes de charité où il reçoit Elizabeth Taylor sur son yacht au luxe insolent. Il va faire d'une caisse qu'il rachète à l'agonie

— la « CenTrust Savings Bank of Miami » — la trente-troisième *S & L* des États-Unis et la plus grosse du Sud-Est. Comme banque d'investissement, la Drexel vend 150 millions de dollars de *junk bonds* de la CenTrust. Sous la casquette de courtier, la Drexel vend à CenTrust 1 milliard de dollars de *junk bonds* et, enfin, comme cliente de CenTrust, la Drexel lui fait un emprunt de 15 millions de dollars sans garantie[1]. Merci Drexel !

La fête bat son plein, et pas seulement à Miami. Neil Bush, par exemple, le dernier fils de George H. Bush (et frère cadet de George W. Bush), d'abord vice-président puis président des États-Unis, entre au conseil d'administration d'une caisse d'épargne de Denver, la Silverado, en 1985. Le rejeton présidentiel était déjà associé dans une entreprise de pétrole avec deux compères : William Walters, promoteur à Denver, et Kenneth Good, un promoteur texan, engagés dans des prêts auprès de la Silverado pour plus de 130 millions de dollars. Est-ce parce qu'il a reçu de Good un cadeau de 100 000 dollars que Neil Bush plaide la cause de ses deux amis devant le conseil d'administration ? On ne le saura jamais, mais ceux-ci obtiennent que la Silverado raye purement et simplement leur dette de son bilan. En 1986, les superviseurs, bien embarrassés malgré tout car les dirigeants de la Silverado sont aussi des contributeurs importants de la campa-

1. R. Sherrill, « S & Ls, Big Banks and Other Triumphs... », art. cité.

gne paternelle et de celle de Ronald Reagan, mettent leur nez dans les comptes assez embrumés de la caisse, trop engagée dans des prêts à haut risque, et pour cause. La Silverado, pour la petite histoire, est aussi en cheville avec la banque Drexel, comme la plupart des grandes *S & L* qui se retrouveront en faillite. Les superviseurs la mettent en demeure, en 1987, de se réformer rapidement. En vain. Du coup, ils se fâchent et menacent carrément de saisir la société. Un coup de téléphone de la Maison Blanche les ramène aux réalités : la campagne bat son plein, ce n'est pas le moment de faire des vagues. On laissera tranquille la Silverado le temps que George H. Bush se fasse élire puis, après saisie, elle sera revendue 96 millions de dollars dans le cadre d'un plan de sauvetage gouvernemental. Non sans avoir bénéficié de plus de 500 millions de dollars de subventions et de remises fiscales.

Un ancien auditeur qui a travaillé dans le secteur des *Savings & Loan* durant cette période, Wade Frazier[1], a témoigné de ces pratiques, en en décrivant certaines par le menu. Il explique comment les caisses, poussées par la nécessité de trouver de l'argent à n'importe quel prix, débarrassées de tout scrupule et libres d'à peu près tout contrôle, paient grassement leurs auditeurs pour qu'ils ne voient rien de leurs manipulations, après s'être livrées à toutes sortes d'opérations qui

1. « The Savings and Loan Scandal and Public Accounting », http://ahealedplanet.net/savings.htm.

auraient dû faire fuir le moins avisé des banquiers ou des investisseurs. Cette foire à l'argent facile n'est alors possible que parce que tout le monde, en réalité, sait ce qu'il en est et veut participer à la curée, le plus vite étant le mieux car elle ne pourra pas durer éternellement. Ainsi, des promoteurs empruntent à des taux supérieurs à ce qu'ils pourraient trouver ailleurs. Pourquoi ? Parce qu'ils savent qu'ils n'auront pas à rembourser. Les caisses leur prêtent, sans vraiment chercher à savoir s'ils rembourseront. Pourquoi ? Parce qu'elles battent la campagne à la recherche de ces promoteurs dont elles sont prêtes à réaliser les rêves les plus fous[1]. Pourquoi ? Parce qu'on leur a permis de financer n'importe quel projet immobilier n'importe où sur le vaste territoire américain. Dans leur fuite en avant, les caisses sont donc disposées à n'importe quelle aventure du moment qu'elle fait tourner l'argent. Enfin, comme le montre Wade Frazier, il n'est pas si grave de perdre des millions car les dirigeants qui ont pris la tête de ces caisses connaissent les astuces comptables qui transforment les pertes en gains, selon des tours de passe-passe dont seuls les financiers ont le secret. Il suffit, au bout du compte, de demander aux auditeurs, payés pour ne rien voir, de rendre un rapport rassurant, à la satisfaction générale.

1. Souvent, d'ailleurs, les caisses seront prises en main par des promoteurs. Au Texas notamment, 80 % des caisses seront dirigées par des promoteurs en 1987.

Vous prendrez bien un peu de désert

En voici une illustration[1]. Un promoteur propose un projet de centre commercial à une caisse, dont il évalue le coût de construction à trois millions de dollars, prétendant pouvoir le revendre quatre millions quand il sera achevé. Sa propre mise n'est que de 50 000 dollars, mais cela ne trouble pas la caisse, pas plus que le lieu d'implantation du complexe, quelque part dans le désert. Ayant obtenu son emprunt, il commence la construction et se verse de confortables honoraires — disons 200 000 dollars —, ce qui fait plus que rembourser son apport personnel. Personne ne s'est préoccupé — faut-il le préciser ? — de savoir s'il y a des candidats pour s'installer dans ce complexe commercial, des clients pour y faire leurs emplettes ou des investisseurs intéressés par un placement ultérieur, car en réalité la question n'est pas là. Pour justifier une opération si hasardeuse, on s'est contenté de faire évaluer le projet par un expert — il existe aux États-Unis une corporation spécialisée dans ces expertises, les *appraisers** (« évaluateurs »), dont la moralité est loin d'être à toute épreuve, et qui jouera un rôle déterminant plus tard dans la crise des *subprimes* — qui vient attester sans sourciller la valeur économique

1. Voir W. Frazier, « The Savings and Loan Scandal... », art. cité.

du projet immobilier au prix que le promoteur lui a glissé dans l'oreille. Tout le monde est content : le courtier qui monte le prêt pour le compte de la caisse touche sa commission, le promoteur obtient un gros emprunt sur lequel il va vivre le temps que son projet sorte de terre et l'*appraiser* est généreusement défrayé pour son évaluation complaisante.

Le bon sens voudrait que la caisse d'épargne se préoccupe quand même un peu de la viabilité du projet qu'elle va financer. Mais la déréglementation est passée par là, les *S & L* peuvent faire ce qu'elles veulent, où elles veulent et elles sont soit aux abois, soit dirigées par des escrocs ou des truands. Nul n'a cherché à s'assurer de l'utilité du projet ni ne se préoccupe, par conséquent, de la manière dont le promoteur va construire son complexe commercial, ni non plus ne vérifie la qualité des matériaux qu'il emploie sur le chantier (le promoteur peut encore se faire un petit profit supplémentaire en utilisant des matériaux de qualité inférieure par rapport à ceux prévus dans les plans initiaux) ou l'avancement de celui-ci. Les provisions financières n'en tombent pas moins avec régularité et, quand la construction est achevée, c'est un immeuble piteux et inutile qui se dresse au milieu de nulle part, et dont personne évidemment ne sait quoi faire. À la fin (provisoire) de l'histoire, le promoteur se retrouve avec un complexe commercial vide d'occupants et qui le restera. Il a perdu ses 50 000 dollars et ne peut faire face aux échéances de son emprunt. Mais il s'est largement rattrapé sur les honoraires qu'il a puisés dans l'emprunt et sur les détournements qu'il a effectués au détriment de la qualité de la construction. La caisse va donc faire jouer l'hypothèque qu'elle a prise sur l'ensemble immobilier mais, ô surprise, elle s'aperçoit que la valeur de celui-ci n'est plus de quatre millions de dollars, comme promis, ni même de trois, tout au plus de deux. Le promoteur est déjà loin, mais qu'à cela ne tienne, puisque la caisse est devenue propriétaire, c'est elle qui va poursuivre l'arnaque.

La voici donc maintenant avec une propriété inutile de deux millions de dollars à l'actif de son bilan. Reste à régler le problème comptable du prêt impayé, avant de repartir vers de nouvelles frasques. Si elle trouvait un acquéreur pour la somme de deux millions de dollars, valeur maximale du complexe immobilier, elle devrait enregistrer et provisionner dans ses comptes une perte d'un million de dollars. Mais elle n'a même pas d'acquéreur. Fâcheuse posture qui pourrait réveiller les superviseurs de leur profonde torpeur et peut-être l'obliger à déposer son bilan. C'est compter sans l'imagination des banquiers. La caisse commence par chercher un autre promoteur, aux ambitions encore plus démesurées que le précédent, puisqu'il rêve d'un complexe encore plus grand, à six millions de dollars.

Acte 1 : la caisse déniche sans difficulté un *appraiser* qui lui certifie une évaluation du complexe, déjà construit dans les conditions que l'on connaît, au prix désormais de cinq millions de dollars. Acte 2 : la caisse propose au second promoteur un prêt de six millions de dollars à condition qu'il achète son complexe commercial en déshérence pour le prix évalué par l'expert véreux, soit cinq millions de dollars. Acte 3 : la caisse prête au promoteur ses six millions de dollars pour qu'il lui achète son immeuble. Sur l'emprunt qu'elle accorde au promoteur, elle va imputer l'apport personnel que le promoteur est censé verser — il n'a donc même pas besoin de débourser un centime — ainsi que les échéances couvrant deux années de remboursement. Pour que les choses soient bien claires : non seulement le second promoteur n'a pas versé un seul dollar pour le rachat du complexe commercial vide d'occupants et de clients, mais la banque a inclus dans son prêt deux années de remboursement de ce même prêt et donc elle se rembourse avec son propre argent... Qui dit mieux ? Acte 4 : les comptables entrent en action, ils vont maintenant habiller la combine pour transformer une perte pharaonique en un gain fabuleux.

Nos magiciens vont s'y prendre de la manière suivante : les trois millions prêtés au premier promoteur apparaissent en charge, mais l'immeuble a été revendu cinq millions (au lieu de deux). Bénéfice affiché : deux millions de dollars ! Mieux encore, la caisse touche tous les mois ses remboursements de prêt du second promoteur et pour cause, puisque c'est elle-même qui se les verse. Elle enregistre donc un chiffre d'affaires positif. Mais ce n'est pas fini : la caisse s'est défaussée de l'immeuble du premier promoteur qu'elle avait sur les bras sur le second promoteur, celui qui rembourse son prêt rubis sur l'ongle avec l'argent que lui a prêté la caisse. En réalité, comme c'est la caisse qui paie tout, elle se trouve « plantée » de neuf millions de dollars. Mais on n'y voit que du feu jusqu'au baisser de rideau, pourvu que les auditeurs ne viennent pas fouiner trop avant, et surtout trop tôt, dans les comptes. Pour la petite histoire, il semble bien que la Silverado où officiait Neil Bush se soit trouvée impliquée dans diverses affaires de ce genre.

Cette cavalerie* ou « boule de neige »*[1] plongera dans des abîmes de perplexité n'importe qui, un peu sensé et approximativement honnête : durant tout ce temps, la caisse doit servir 15 % d'intérêts (taux de l'époque) à ses déposants, tandis qu'elle se contente, en fait de rentrées d'argent, de percevoir les échéances d'un prêt qu'elle paie elle-même et enfin, au terme des deux ans pendant lesquels elle se rembourse à elle-même son propre prêt, elle aura toujours sur les bras son programme immobilier invendable puisque le second promoteur aura alors, bien entendu, rejoint le premier dans la banqueroute. Le tout pour neuf millions de dollars, comme cela a déjà été dit. Mais c'est oublier que les *Savings & Loan* ne sont plus que des machines à sous trafiquées, cachées derrière un décor de pacotille. Prêter de l'argent pour contribuer à l'amélioration de l'habitat est devenu le cadet de leurs soucis et sûre-

1. On parle aussi de schéma de Ponzi* ou de pyramide*.

ment pas, en tout cas, le moyen par lequel elles veulent gagner de l'argent. Ce qu'elles font, c'est écumer les campagnes à la recherche de déposants attirés par des taux d'intérêt faramineux, en les rassurant avec la garantie de 100 000 dollars sur les dépôts donnée par le gouvernement. Et surtout elles misent à tire-larigot sur le marché des *junk bonds.* Là encore, il faut aller voir d'un peu plus près comment les choses se sont passées.

Quand l'argent s'évapore : la part des anges, ou celle des démons ?

Émettre des *junk bonds* assure des rentrées d'argent juteuses, en acheter aussi. On peut donc gagner sur les deux tableaux, tel est le miracle de la finance malodorante. Les plus malignes des caisses (disons plutôt les plus malins de leurs dirigeants) vont se servir en effet des *junk bonds* pour monter des LBO ou, plus simplement, elles vont en vendre pour pouvoir en acheter et faire ainsi la culbute autant de fois que le système le permettra dans l'attente de la chute finale.

L'une des grandes vedettes du scandale des *S & L* est Charles Keating, surtout connu jusqu'alors comme ancien champion de natation, comme président de la Commission contre l'obscénité et la pornographie où l'avait nommé Richard Nixon en 1969 et, enfin, comme un affairiste qui a réussi en tant que promoteur déjà véreux à Phoenix et à Denver. Ses exploits dans les *Savings & Loan* lui vaudront — plus tard — cinq ans de prison. Avant cela, il achète la Lincoln Savings & Loan Association en 1984 grâce à une émission de 55 millions de *junk bonds* par une société de promotion immobilière qu'il possède, l'American Continental Corporation (ACC) — c'est bien sûr la Drexel qui monte l'opération. Il a choisi cette caisse parce qu'elle se trouve en Californie, patrie de Ronald Reagan, qui dispute au Texas de la famille Bush la palme des États les plus laxistes en termes de contrôle. Il attire un public de petits porteurs et de retraités en leur promettant que les obligations pourries d'ACC, la maison mère de la Lincoln, bénéficient de la garantie de 100 000 dollars de l'État comme si elles étaient des dépôts dans une caisse d'épargne. Évidemment il n'en est rien. La Lincoln sert en fait de rabatteur pour piéger les petits épargnants et couvrir les dettes abyssales d'ACC.

L'aventure se terminera en 1989 par la faillite d'ACC et de la Lincoln laissant une ardoise finale de 3,4 milliards de dollars et 23 000 épargnants sur le carreau, dépouillés des économies de toute leur vie. Cela a été rendu possible, entre autres, grâce à l'autorisation stupéfiante accordée aux caisses de se porter acquéreuses de leurs propres prêts, ce qui leur permet de donner l'apparence d'une activité soutenue. Comme Keating, de nombreux promoteurs sans vergogne prennent carrément la direction de *S & L* pour s'octroyer des prêts, en cachant l'insolvabilité de leur caisse, grâce aux fameux *junk bonds* qui leur procurent de la trésorerie et en multipliant les dépôts d'épargnants grugés. Quand cela ne suffit pas, on y ajoute d'autres types d'opérations aussi fumeuses, sans se soucier des contrôles devenus quasi inexistants, dérégulation oblige. Recours à des financements ruineux pour quelques-uns, mais franches magouilles pour tous les autres, dans toutes sortes de domaines puisque, à partir de 1982, les caisses sont autorisées à investir 90 % de leurs actifs dans des affaires autres que le prêt hypothécaire, leur métier d'origine.

En 1989, le secteur détient pour 14 milliards de dollars d'obligations pourries. Selon le journaliste Robert Sherrill, « deux douzaines des plus grandes caisses d'épargne ont perdu la tête, achetant chacune plus de 100 millions de dollars d'obligations. Les dix plus grandes qui ont joué dans les *junk bonds* ont fait faillite, ont dû être absorbées ou se sont trouvées au bord de l'insolvabilité ». Avec ces manières de faire, la faillite est évidemment assurée mais, on s'en doute, l'argent n'est pas perdu pour tout le monde. Pourtant, personne n'a jamais sérieusement demandé à Keating, Good, Walters, Bush, Paul et tous les autres de rembourser quoi que ce soit. Ils ont continué de rouler en voiture de luxe, d'habiter des maisons cossues dans les plus beaux quartiers des villes les plus chères. La seule précaution qu'ils ont dû prendre a consisté, comme Neil Bush, à mettre l'argent dans des trusts ou au nom de leur épouse.

Les *Savings & Loan* ne vont pas seulement être la proie d'escrocs bien mis ou de profiteurs bon chic bon genre. L'odeur de leur décomposition n'a pas manqué d'attirer aussi la mafia. C'est ainsi qu'un certain Mario Renda, flairant les bonnes affaires, a trouvé un moyen ingénieux de blanchir l'argent du crime organisé : « Je vous envoie des emprunteurs, propose-t-il aux caisses, et je vous fournis moi-même l'argent du prêt. » Comment refuser, surtout quand on n'a pas de quoi faire face aux échéances de fin de mois et que l'on va pouvoir en un clin d'œil se mettre à rouler carrosse ? Ce que Renda ne dit pas, mais les caisses ne cherchent pas non plus à le savoir, c'est que les emprunteurs en question ne sont pas de besogneux travailleurs ou de modestes retraités, ce sont des membres de la mafia qui recyclent leurs montagnes de dollars. Il a pu ainsi être estimé que Renda, très ami du syndicat des camionneurs de feu Jimmy Hoffa et lié aux familles mafieuses Gambino et Lucchese, aurait blanchi l'argent de la drogue à hauteur de 5 milliards de dollars par an dans environ cent trente caisses qui ont toutes fait faillite. Plus globalement, quelle a été la contribution de la mafia à la déroute des caisses d'épargne ? On ne doit ni lui faire endosser la responsabilité exclusive, ni la prendre comme une simple anecdote folklorique. Les noms de plusieurs familles de Cosa Nostra[1] — les Gambino, Genovese, Lucchese,

1. Cosa Nostra est le nom donné à la mafia nord-américaine issue de la Mafia sicilienne afin de la différencier de cette dernière. Elle est composée de « familles » qui se partagent des territoires. On compte 26 familles aux États-Unis dont 5 à New York, réunies dans une « Commission ».

Bonanno, Colombo, Marcello, Trafficante, en fait tout le gratin de la pègre américano-sicilienne — reviennent régulièrement dans les comptes rendus du scandale, même si le FBI et le ministère de la Justice se sont soigneusement efforcés de contredire ou de limiter, sans convaincre, l'implication de la criminalité organisée dans l'affaire[1].

Responsables, mais pas coupables

Il n'empêche que le grand mystère des *Savings & Loan*, jamais éclairci, est de savoir où est passé l'argent. Question à 500 milliards de dollars : l'estimation du montant total des sommes évanouies dans le désastre, qui ne sera qu'en partie compensé par la braderie des actifs des 1 600 caisses environ disparues dans la tourmente[2].

1. La dénégation du réel est un vieux travers du FBI. Pendant toute la durée de son interminable règne, Edgar Hoover, le patron tout-puissant du FBI, n'a cessé de contester officiellement l'existence de la mafia. Aujourd'hui, la doctrine officielle a changé, au risque d'ailleurs d'une surestimation du rôle de la criminalité organisée dans les désordres mondiaux, mais il demeure toujours nécessaire à l'occasion, quand trop d'intérêts sont en jeu, de jeter un voile pudique sur la pénétration criminelle dans l'économie.

2. D'où une note finale inférieure, généralement estimée à 153 milliards de dollars dont 124 à la charge de l'État fédéral. La différence a évidemment été payée par les investisseurs spoliés qui n'ont jamais été remboursés. Et comme une affaire douteuse le reste jusqu'au bout, même la résolution du scandale a donné lieu à scandale. En effet, la vente des actifs des caisses a été l'occasion de nouvelles malversations financières, les responsables des caisses et ceux qui les avaient aidés ayant — dans un nombre de cas hélas non répertoriés — racheté (le plus souvent à travers

En fait, il y a d'ailleurs une question dans la question, plus intéressante encore : pourquoi personne ne s'est-il préoccupé de retrouver cet argent et de faire rendre gorge aux spoliateurs qui ont détroussé les petits épargnants trop confiants et le contribuable américain, payeur en dernier ressort ? Force est de dire que la grande presse américaine, d'habitude si jalouse de son indépendance et si fière de ses capacités d'investigation, a brillé dans cette affaire par son inconsistance. Seuls quelques journalistes, universitaires et chercheurs, curieux mais isolés, sont allés renifler du côté des alambics qui ont servi à fabriquer cette impressionnante distillerie financière. De leur propre aveu ils n'ont pu en reconstituer qu'une faible partie, qui laisse cependant déjà rêveur. Car ce que l'on trouve dans ce scandale est un assemblage ahurissant de financiers douteux, de mafieux, d'escrocs, d'agents de la CIA, d'hommes politiques de tous niveaux, jusqu'aux plus élevés. De quoi alimenter le fantasme de conspiration cher aux Américains. Comme l'a avoué Dick Thornburgh, *Attorney General*[1] de George Bush, un brin laconique et sur un ton désinvolte : « Il y a beaucoup de gens à blâmer dans ce fiasco[2]. » Vingt-deux caisses auraient eu des liens, durant les années 1980, à la fois avec la mafia et avec la

---

des trusts dissimulant leur véritable identité) les biens immobiliers vendus à la va-vite et à prix bradés, achevant ainsi de boucler la boucle des malversations.

1. Équivalant au ministre de la Justice.
2. *The New York Times*, 26 juillet 1990.

CIA, dont seize au Texas, État de la famille Bush[1]. Des personnes liées à des caisses impliquées dans des fraudes l'étaient aussi, confirme Robert Sherrill, dans la contrebande d'armes, le trafic de drogue, le blanchiment et l'aide aux *Contras* nicaraguayens. L'un des personnages les plus célèbres du scandale est Herman K. Beebe, un banquier réputé contrôler cinquante-cinq banques et vingt-neuf caisses d'épargne dans huit États. Herman Beebe est alors associé au syndicat des camionneurs, les *Teamsters*, et à Carlos Marcello, patron de la mafia de La Nouvelle-Orléans — l'une des familles les plus puissantes des États-Unis —, qui a été présenté comme « un acteur majeur de ce pillage[2] ». Beebe sera impliqué dans la faillite de douze caisses d'épargne et mis en cause dans plusieurs fraudes.

Si l'on en croit l'avis d'experts, 70 à 80 % des faillites de caisses sont dues, pendant cette période, à des dérives criminelles[3]. William Seidman, président de la caisse de garantie des dépôts bancaires — la Federal Deposit Insurance Corporation (FDIC)*— de 1985 à 1991 et surtout le premier président de la Resolution Trust Corporation (RTC), la structure créée pour vendre les caisses en faillite en 1989, a estimé la proportion à

1. R. Sherrill, « S & Ls, Big Banks and Other Triumphs... », art. cité.

2. Jean-François Gayraud, « Crises financières : la dimension criminelle », *Défense nationale et sécurité collective*, n° 12, 2008.

3. Kitty Calavita, Henry N. Pontell et Robert Tillman, *Big Money Crime, Frauds and Politics in the Savings and Loan Crisis*, University of California Press, 1997.

60 %[1]. Aucune étude n'a été réalisée pour établir un chiffre sûr, ne serait-ce qu'en raison de l'incapacité du système judiciaire et policier à l'appréhender dans toute son importance. Sans doute est-ce pour cela que les économistes qui, eux, n'ont pas compris la dimension avant tout criminelle de la crise des *S & L* ne concèdent en général qu'un taux modeste de 10 % à 20 % de faillites provoquées par les fraudes du secteur.

Au bilan, on estime à environ 1 600 le nombre de caisses d'épargne qui ont fait faillite ou n'ont été sauvées que grâce aux aides publiques. De 1986 à 1995, le nombre de caisses existantes est passé de 3 234 à 1 645, les unes ayant disparu corps et biens, les autres ayant été absorbées pour échapper à la déconfiture. Le secteur des *Savings & Loan* ne représentait donc plus que 30 % des parts de marché sur l'activité des prêts hypothécaires en 1990, contre 53 % en 1975. Pour prendre toute la mesure de la crise, on notera qu'outre les caisses d'épargne l'organisme de garantie des banques — la FDIC — a liquidé 1 911 établissements bancaires en faillite, représentant 703 milliards d'actifs. Il est admis communément, enfin, que les investissements immobiliers extravagants des caisses d'épargne sont la cause d'une bulle de l'immobilier commercial qui se dégonfle avec la récession de 1990-1991 aux États-Unis, la construction de maisons neuves ayant chuté de 1,8 à 1 million entre 1986 et 1991.

1. R. Sherrill, « S & Ls, Big Banks and Other Triumphs... », art. cité.

3
Le bonheur est dans le risque

Les déséquilibres économiques et financiers sont structurels. Le capitalisme financier ne peut s'arrêter sans s'effondrer. Le risque financier dicte sa loi à l'économie. La finance de marché accapare à son seul profit la gestion du risque.

La crise des caisses d'épargne avait résulté d'un besoin brutal d'ajustement du secteur financier, au moment où le capitalisme, converti à un libéralisme extrême, changeait soudainement de doctrine. La gestion criminalisée de cette conversion n'a été alors que conjoncturelle et opportuniste. Elle n'était induite ni par les raisons de la crise, ni par la logique inéluctable de son déroulement, ni par les perspectives de son aboutissement. Face à un pouvoir politique obnubilé par son désir de voir disparaître les caisses d'épargne du fait de leurs particularités et obsédé par son nouveau dogme du laisser-faire, la criminalité qui s'est abattue sur les *Savings & Loan* a seulement contribué à gérer l'effondrement des caisses que le gouvernement américain ne voulait pas prendre lui-même en charge. Ce gangstérisme en col blanc ne survivra pas aux circonstances qui l'ont fait naître mais ses effets laisseront une marque indélébile.

Très différentes seront tant les crises suivantes que leurs modalités frauduleuses de gestion. La nouvelle finance de marché s'est entre-temps incrustée dans le paysage économique, elle commence à le façonner dans la décennie 1980. Elle accomplit une profonde révolution du capitalisme qui se joue, comme toute révolution, sur tous les plans à la fois. Parmi ces enchevêtrements, celui du légal et de l'illégal est une des clés de la dynamique et des ressorts du capitalisme financier qui succède ainsi au vieux capitalisme industriel. Mais la question prend une tournure toute nouvelle, car la finance de marché change les règles du jeu. Les États lui ont cédé leur pouvoir de régulation, et elle doit assumer en première ligne l'équilibre des marchés avec ses propres instruments. La fraude avait occupé une place de choix dans le mode de gestion de la crise des caisses d'épargne, elle va se pérenniser tout en se modifiant profondément.

Haro sur l'État-providence

Tout a commencé avec la stagflation des années 1970. Mélange de stagnation économique et d'inflation, elle a pris à contre-pied les économistes. Les canons de leur discipline enseignaient en effet qu'en récession les prix baissent, tandis que l'inflation accompagne les périodes d'expansion. Quelle n'est pas leur surprise de voir la production économique plonger tandis que l'inflation grimpe à des taux à deux chiffres. L'explication était autre qu'économique ou, plus exactement, elle résidait dans la guerre déclenchée sur le choix du modèle économique.

Certes, la manifestation la plus visible de l'épuisement des Trente Glorieuses est d'ordre économique, il s'agit de l'explosion du système monétaire et financier international, consacrée le 15 août 1971 par la décision de Richard Nixon de suspendre la convertibilité du dollar en or. Mais, derrière cette décision technique qui cherche avant tout à éviter l'effondrement de la monnaie américaine, se profile un enjeu majeur, dont le Président américain n'a probablement d'ailleurs même pas conscience : comment définir le nouvel ordre économique, monétaire et financier dont le monde va avoir besoin pour poursuivre sa croissance, tandis que s'achève la phase de reconstruction des économies nationales de l'après-guerre ? En fait, les États n'y parviendront jamais. Ils seront contraints d'entériner cinq ans plus tard, dans les accords de la Jamaïque*, la disparition définitive de l'ordre monétaire imaginé à Bretton Woods en 1944 et de renoncer, faute d'entente et même de projet, à rebâtir un système monétaire international stable. Le choix de l'ultralibéralisme, qui revient à laisser les marchés financiers dicter leur régulation sous un contrôle politique réduit à la portion congrue, se dégage peu à peu comme le seul possible, à défaut d'accord sur quoi que ce soit d'autre. Les idéologues libéraux en font un article de foi, les autres renoncent au débat théorique. L'ultralibéralisme va donc l'emporter autant par la conviction des uns que par le forfait des autres. La décision de briser l'État-providence, volonté acharnée de Ronald Reagan et de Margaret Thatcher, en constitue à la fois la condition et la conséquence.

Le phénomène de stagflation ne traduisait rien d'autre, par conséquent, que la concurrence qui s'est instaurée entre deux catégories d'agents économiques : les débiteurs et les créanciers de la finance. Autrement dit les salariés, accrochés aux avantages acquis de l'État-providence, se heurtent aux financiers et aux banquiers qui veulent retrouver une liberté dont les avaient complètement privés les accords de Bretton Woods et faire dériver vers eux, qui n'en tiraient jusqu'alors guère profit, les gains de productivité et les plus-values de la production. La remise en question du compromis social d'après guerre, qui penchait nettement en faveur des salariés, provoque une opposition frontale : ces derniers veulent maintenir la croissance continue de leurs revenus que l'État-providence leur assurait jusqu'alors, tandis que les banquiers veulent se libérer des contraintes drastiques qui leur avaient été imposées et qui les brident sévèrement. C'est dans ces conditions que la légitimité économique s'écarte progressivement du droit social et que la finance de marché devient peu à peu l'instance de régulation que le politique renonce à être.

L'inflation est l'un des principaux fronts sur lesquels se livre cette lutte acharnée, car elle manifeste la résistance des salariés à la flexibilité grandissante de leur statut et à la réduction de leur part dans la redistribution de la valeur ajoutée. L'indexation des revenus salariaux, inscrite dans les textes juridiques ou résultant des négociations sociales, qui neutralisait les effets de la hausse des prix, est devenue l'ennemi à abattre, le seul obstacle à la captation des profits de la croissance par la finance. L'échelle mobile des salaires, comme on l'appelait alors, finit par rendre les armes. L'escalade entre la hausse des salaires et celle des prix s'interrompt quand les vagues de licenciements et le chômage de masse ont raison des dernières poches de résistance syndicales. Dans cette bataille, les gouvernements américain et britannique ont pesé de tout leur poids en faveur de la finance, entraînant le monde entier derrière eux. L'un de ces multiples (mais aussi l'un des premiers) combats où s'est jouée d'emblée la révolution du capitalisme est celui qui s'est déroulé pour la disparition des caisses d'épargne, de la manière que l'on sait.

Comment être à soi-même son meilleur ennemi

Avant même les années 1990, les financiers ont déjà gagné. Il leur reste des batailles à livrer, mais ils sont devenus les maîtres de l'économie et le reste n'est plus qu'une question de temps. Les États se sont repliés en ordre plus ou moins dispersé, les salariés et leurs syndicats ont été mis en déroute par les licenciements, le chômage et la stagnation — parfois la baisse — des revenus. La finance de marché installe ses nouveaux quartiers sur l'économie mondiale et l'effondrement de l'URSS lui ouvre les portes du triomphe.

Mais vaincre n'est rien si l'on ne maîtrise pas sa victoire. Or, indépendamment même des invraisemblables conditions dans lesquelles, par exemple, la nouvelle Russie va être livrée au pillage des mafias et des élites les plus corrompues, la finance américaine va, elle aussi, ployer sous ses propres faiblesses. Celles-ci ne doivent rien à des adversaires idéologiques, ils ont disparu avec la conversion des derniers apparatchiks moscovites à l'économie criminelle et Ben Laden est encore l'allié des États-Unis. Elles ne doivent rien non plus à des concurrents économiques, dont aucun n'a la taille ni la puissance américaines. Elles proviennent directement de la victoire par K.O. de la finance de marché sur l'économie sociale. L'enjeu est interne au capitalisme : le basculement du centre de gravité vers la finance et sa logique d'accumulation du capital risque non seulement d'assécher les capacités financières des consommateurs, mais aussi, par contrecoup, d'affecter l'économie qui perd ainsi ses propres débouchés. Le néolibéralisme oublie la grande leçon de la révolution fordienne[1] selon laquelle la solvabilité des consommateurs, qui sont aussi les salariés produisant les biens à consommer, fait croître la demande de biens, donc la production et enfin le profit. Or dans le système financier l'accumulation du capital exige que la part des revenus distribués aux consommateurs, *via* les salaires, change de direction pour aller vers les actionnaires et les banquiers, autrement dit vers la rente et non plus le travail.

L'économie globalisée va trouver la solution à cette contradiction. Puisque tout est en concurrence, y compris les facteurs de production, les firmes iront d'abord produire là où la main-d'œuvre est la moins chère afin d'abaisser leurs coûts. Elles délocalisent donc à tout-va et sans état d'âme, allant chercher la force de travail dans

1. Le fordisme est la théorie de l'organisation d'entreprise développée par Henri Ford, créateur de l'entreprise automobile qui porte son nom. Elle allie une « organisation scientifique du travail » (OST) reposant sur une division du travail imaginée par Frederick Taylor (taylorisme) avec une rémunération élevée des salariés. Le taylorisme consiste à dissocier les fonctions de conception et d'exécution afin d'automatiser au maximum les gestes des ouvriers et de parvenir ainsi à un contrôle optimal des temps de production. Henri Ford eut l'idée de lier cette rationalisation du travail avec une augmentation des salaires afin de créer une solvabilité nouvelle de la classe ouvrière. La nouvelle organisation du travail et cette solvabilité accrue ont permis la création des marchés de masse.

les pays du tiers monde où son coût est le plus faible. Les usines textiles ferment en France mais de nouveaux ateliers s'ouvrent en Tunisie. On exporte la fabrication des chaussures et même des produits de luxe en Chine. Si les usines sidérurgiques ferment en Europe, l'Inde deviendra l'un des principaux producteurs d'acier dans le monde. Dans de multiples domaines d'activités, la production mais aussi le savoir-faire quittent les pays riches, à main-d'œuvre coûteuse, pour s'installer dans des pays où elle n'est pas moins compétente, mais nettement moins chère. C'est ainsi une société chinoise dénommée Lenovo qui rachète IBM en 2004 — preuve que les délocalisations ne concernent pas seulement les emplois bas de gamme. Lenovo reprend alors les 10 000 employés d'IBM, dont 2 300 en Amérique et le reste en Chine, et devient le troisième constructeur mondial d'ordinateurs.

Ces transferts d'activités, de technologie, de capitaux ont évidemment un effet temporairement positif, au moins sur certains pays qui vont se détacher des autres pour entrer dans une nouvelle catégorie, celle des pays « émergents », qui ne sont plus pauvres même s'ils ne sont pas encore riches. Ils ont un autre effet : la baisse des prix des biens de consommation compense, chez le consommateur occidental, la stagnation de ses revenus. L'inflation est maîtrisée sur le long terme puisque toute hausse des revenus salariaux peut être immédiatement compensée par une externalisation des productions vers les pays à faible coût de main-d'œuvre. Les pays riches commencent à se désindustrialiser en transférant leurs usines vers le tiers monde. Non sans paradoxe, puisque cette désindustrialisation des pays riches, qui constitue une industrialisation des pays pauvres, requiert des investissements et mobilise des capitaux. Avec les progrès de l'informatique et de l'ensemble des moyens de communication, on peut aussi délocaliser certains services à l'autre bout du monde. L'économie tourne donc à plein régime, en renouvelant à grands pas les capacités de production, non plus dans les pays riches, mais dans les pays pauvres.

Le déplacement du curseur économique du travail vers la rente a naturellement entraîné une libération des capitaux et une augmentation des liquidités monétaires, concentrés entre les mains des investisseurs financiers. Ils servent à créer une infrastructure sans laquelle le système financier ne pourrait assurer son propre fonctionnement. Car la finance a changé de façon de faire. Les sources et les modes de financement de l'économie et des ménages sont devenus à la fois plus nombreux et plus complexes, en lien avec la multiplication des échanges et surtout avec leur sophistication. L'argent doit circuler entre des pays et des places financières qui ne dépendent pas des mêmes juridictions, dans l'insécurité et l'incertitude que crée la diversification des acteurs et des situations. Mais le commerce repose toujours sur une base immuable : la confiance. Pour l'assurer dans un monde où domine l'inconnu, où les échanges s'effectuent à la vitesse de la lumière, les investisseurs et les financiers doivent donc... s'assurer. Une bonne partie des ressources financières sert désormais d'abord à cela : couvrir, par des montages compliqués et dévoreurs de capitaux, les opérations des acteurs économiques et financiers.

L'objectif primaire de la finance de marché et de ses mécanismes inaccessibles au commun des mortels est de réduire les risques qu'une ouverture sans contrôle des frontières et des échanges a multipliés dans des proportions jusqu'alors inconnues. Toute opération économique doit désormais posséder une couverture financière. Tous ceux qui veulent se protéger du risque doivent ainsi trouver des spéculateurs qui, eux, sont prêts à le prendre à leur place, mais en le faisant payer cher. La finance de marché repose donc sur un curieux paradoxe : plus les échanges croissent, plus les besoins de sécurité financière sont importants, plus les acteurs demandent des produits financiers compliqués leur assurant la couverture de leurs risques et plus il est nécessaire de trouver des spéculateurs acceptant de prendre ces risques. Stabilité et instabilité financières sont donc inséparables, elles croissent de concert dans une course sans fin. Sans spéculateurs, qui vendent de la sécurité en achetant les risques, les agents économiques sont paralysés. Devenus indispensables, les spéculateurs peuvent faire monter les enchères.

Très cher risque

La gestion du risque, souci traditionnel du banquier et du financier, est devenue une gigantesque industrie à l'échelle de la planète, grâce à laquelle s'effectuent désormais les échanges. Ce qui rend la dimension financière si importante et si volumineuse, c'est qu'elle doit assurer à la fois les moyens de paiement des échanges au sein de l'économie réelle, mais aussi le fonctionnement interne de la sphère financière elle-même où une multitude d'acteurs démultiplient les opérations destinées à spéculer afin de couvrir et de sécuriser les transactions ou les investissements de plus en plus risqués à mesure que s'étend la globalisation. Derrière la scène de l'économie réelle s'agite en coulisse une foule de spéculateurs et de financiers de toutes sortes dont le métier consiste simplement à créer l'ingénierie nécessaire aux échanges et à faire tourner une immense machinerie financière qui manipule des volumes de capitaux, de crédits, de produits dérivés* ou d'actifs financiers dont le nombre, les formes et la complexité défient l'imagination.

Une industrie financière fantôme vient dédoubler le système classique, souvent d'ailleurs en dehors de toute règle prudentielle car elle utilise à plein les ressources que lui offre l'hétérogénéité juridique d'un monde qui est tout sauf unifié, notamment à travers les paradis bancaires*, fiscaux*, judiciaires* et réglementaires*. Le rapport entre les masses financières nécessaires aux échanges économiques, d'un côté, et celles qui tournent indéfiniment dans les tuyauteries financières pour les alimenter, de l'autre, est démesuré. En juin 2008, l'activité sur les seuls marchés de produits dérivés de gré à gré* était, dans le monde, de 684 000 milliards de dollars (en valeur notionnelle)[1] : il avait presque doublé en deux ans, malgré la crise des *subprimes* (370 000 milliards de dollars en juin 2006). La cause principale de cette augmentation est la croissance des instruments financiers destinés à assurer la couverture des risques financiers. Sur les marchés organisés, les seuls où un semblant de contrôle puisse s'exercer, le montant notionnel des produits dérivés était de 20 000 milliards en décembre 2008 (contre 25 700 milliards en décembre 2006). Le PIB mondial était, pour la même année 2008, de 68 600 milliards de dollars. L'activité quotidienne du marché des changes en 2007 était de 3 475 milliards de dollars (en 1998 : 1 750 milliards), mais surtout plus de la moitié de cette activité était représentée par des *swaps** cambistes (des opérations de couverture effectuées par les professionnels financiers), lesquels ont augmenté de près de la moitié depuis 2004, tandis que les transactions au comptant (plutôt effectuées par les particuliers) se sont accrues de 17 % dans la même période[2].

1. En décembre 2008, au plus fort de la crise financière, le montant était descendu à 592 000 milliards de dollars.

2. Sources : 78e Rapport annuel de la Banque des règlements internationaux (BRI), juin 2008.

Ce changement de dimension est aussi un changement de nature, car les distances, les volumes, le temps des transactions mondialisées ont créé de nouvelles exigences en termes de sécurité. Il faut faire face, entre autres, aux incompatibilités ou, du moins, à l'extrême diversité des systèmes juridiques à travers le monde. Il y a bien eu des tentatives régionales pour unifier les espaces économiques, comme l'Union européenne, l'ALENA[1], l'Union africaine, etc., mais elles sont loin de résoudre les problèmes, quand elles n'en ont pas créé de nouveaux. L'Organisation mondiale du commerce a ouvert l'espace mondial des échanges en unifiant les règles commerciales, mais sa réglementation ne fait pas disparaître les risques qui leur sont liés. Bien au contraire, la libre concurrence ne fait qu'accroître la disparité des régimes juridiques, politiques, économiques et sociaux applicables aux transactions. Le risque — commercial, économique, financier, juridique… — progresse donc en proportion de l'ouverture des échanges mondiaux et il concerne tous les aspects de ces échanges. Sa maîtrise devient l'obsession des acteurs impliqués dans la globalisation, d'autant qu'au fur et à mesure de la progression des risques on constate l'effacement des dispositifs étatiques censés les réduire. Même les États, à vrai dire, se lancent dans la course au mor-

1. Accord de libre-échange nord-américain qui a créé une zone de libre-échange économique entre les États-Unis, le Mexique et le Canada depuis le 1er janvier 1994.

cellement et à l'insécurité juridiques, dans une surenchère où l'attractivité fiscale, bancaire, réglementaire, judiciaire devient un atout commercial et financier de premier ordre. Les paradis bancaires exotiques, temples du secret des affaires, qui hébergent tous les acteurs cherchant à se dissimuler ou à cacher certaines de leurs opérations ou certains de leurs avoirs financiers, se font une concurrence bruyante et efficace. Les places financières les plus respectables, aux États-Unis, à Londres ou ailleurs, en font autant, parfois en pire, en évitant tout tapage indiscret.

À mesure que l'espace des relations et des échanges s'étend, la capacité de circulation restreint en réalité les distances. Mais sur ce paradoxe s'en greffe un autre, inverse du précédent. Au lieu de s'unifier, l'espace mondial ne cesse de se morceler, de s'émietter en une mosaïque baroque de régimes où les différences se creusent à l'infini car chacun essaie de monnayer ainsi sa propre spécificité. Tel qui dispose d'un savoir-faire économique ira chercher sa main-d'œuvre à l'autre bout du monde pour le mettre en pratique, tel autre qui engrange ses bénéfices ici les fera disparaître là pour échapper au fisc. La gestion des échanges n'est plus confrontée aux seuls problèmes liés à l'espace, mais aussi au temps. Plus précisément, d'ailleurs, le temps n'est plus une variable des distances, comme jadis quand il mesurait l'écart pour se rendre d'un point à un autre. C'est plutôt l'espace qui est devenu une variable du temps, en ce sens que le problème n'est plus d'accorder dans la durée les écarts de distance, mais de gérer les nouvelles capacités qui relient instantanément des endroits en tout point étrangers les uns aux autres. Les risques ne sont plus ceux du voyage au long cours, mais ceux de l'abolition des intervalles entre des lieux éloignés que l'on peut connecter instantanément. C'est ainsi que le risque aujourd'hui a été happé par les marchés, qu'il est devenu une valeur financière. Il n'est plus ce que l'on affronte dans l'action, mais la raison pour laquelle on agit car le risque, c'est de l'argent : *risk is money !* Ce qui effraie en effet l'investisseur allergique au risque mais qu'il doit affronter sous peine de dépérir, le spéculateur en est friand et le recherche avidement. Tout son art repose sur son aptitude à jouer des déséquilibres et des contradictions entre l'espace et le temps de la mondialisation.

4
La religion du risque, opium de la finance

La spéculation, outil de gestion du risque, est devenue un moyen d'influencer les marchés. La fraude affleure en permanence sous la spéculation. Pour reconnaître la fraude, encore faut-il accepter de la voir. Mais comment la voir dans un monde dérégulé et déréglementé où l'on a supprimé la règle ?

Quand un pétrolier dont les cales sont remplies de pétrole brut quitte le détroit d'Ormuz pour le livrer à New York, son capitaine connaît son plan de route et la durée de son parcours, mais il n'est jamais sûr d'y arriver et il ignore même combien de temps il devra rester en mer. Non pas tant en raison des pirates, des naufrages ou des avaries — il y en a, mais ces risques sont statistiquement négligeables — que parce que son voyage est soumis à un nombre d'aléas financiers que personne ne connaît ni ne maîtrise à l'avance.

Le risque, ma non troppo...

Le problème est que le cours du baril de pétrole brut — acheté sur le marché mondial par la compagnie pétrolière qui affrète le pétrolier — monte ou descend sans que l'on puisse prévoir son prix le jour où le navire atteindra sa destination. On peut y remédier en arrêtant ce dernier en pleine mer, pendant quelques jours ou quelques semaines, le temps que la cargaison atteigne son prix optimal pour le jour où elle arrivera à New York. Veut-on au contraire éviter l'aléa des prix en yoyo ? On a inventé un marché à terme du pétrole et de ses produits dérivés : la cargaison est achetée et vendue en fonction d'un prix convenu à l'avance, ce qui évite les mauvaises surprises. Mais cela écarte aussi les bonnes, que procure une spéculation avisée, et il existe par conséquent un marché du négoce *(trading)* — toutes les grandes compagnies pétrolières ont des filiales de ce genre, installées à New York, Londres, Genève, Singapour ou Dubaï — où les cargaisons de brut, d'essence, de goudron et de tous les dérivés du pétrole s'échangent nuit et jour. Ce marché, qui ne s'arrête jamais car il englobe tous les fuseaux horaires, permet d'adapter les livraisons aux besoins en revendant les cargaisons en pleine mer — si Rotterdam a un besoin plus urgent que New York, on peut détourner le pétrolier parti d'Ormuz avant qu'il n'ait franchi le cap de Bonne-Espérance —, mais aussi de spéculer simplement sur les différences de prix selon les cours des produits. Et là, les choses se compliquent : le *trader* peut jouer sur les cours du brut et de l'essence (ils se suivent en général, mais avec un décalage dans le temps), arbitrer ses positions en achetant des actions de groupes pétroliers, acheter ou vendre des options de vente ou d'achat, etc.

Le capitaine de notre *tanker* parti d'Ormuz n'est donc jamais sûr d'arriver à New York et, en tout cas, sa cargaison aura probablement changé de mains plusieurs fois durant les quelques semaines de sa traversée. En fin de compte, qu'est-ce qui détermine le trafic pétrolier sur les mers ? Les besoins de pétrole et d'essence ou leurs cours sur les marchés financiers ? En principe, les besoins économiques. En pratique, nul ne le sait plus. Qu'est-ce qui détermine les prix : les contraintes de production et les besoins de consommation ? Sans doute, mais pas seulement. La spéculation fait monter ou baisser les prix et les grandes compagnies, bien plus encore que les États qui possèdent les puits de pétrole, font varier la production et la distribution selon la pente que suivent les indices boursiers ou les cours dans les salles de marchés. Les cargaisons physiques s'échangent au même titre que les contrats à terme, les options de vente ou d'achat — les spécialistes les appellent les « barils-papier » — et tous les produits financiers dérivés créés pour spéculer autour des navires qui arpentent les mers ou font des ronds dans l'eau en attendant de connaître leur destination finale.

Ce qui est vrai du pétrole l'est de toutes les autres matières premières, des produits agricoles, des métaux rares ou précieux. Qu'un produit soit recherché sur un marché mondial et il se crée tout autour un marché financier fait d'instruments complexes, exotiques et ésotériques, où les professionnels s'achètent et se vendent entre eux ce qu'ils n'ont d'ailleurs souvent pas puisque le fin du fin de la spéculation est d'anticiper des mouvements d'indices — parfois infinitésimaux — qui, rapportés à des masses financières considérables, fourniront une plus-value généreuse. En veine d'imagination, les financiers ont donc inventé toutes sortes de procédés pour acheter ou vendre ce qui ne leur appartient même pas, juste pour tirer profit des marges de négociation. On peut par exemple — c'est d'ailleurs ce qui se fait tous les jours — acquérir une option d'achat* sur une marchandise quelconque à un prix fixé à l'avance (il suffit que le marché existe) en spéculant sur la hausse à terme de cette marchandise, ou souscrire une option de vente* si l'on prévoit une baisse. On peut acheter ou vendre des options d'achat et de vente en même temps et arbitrer ensuite son portefeuille en fonction de l'évolution des cours. On peut aussi acheter ou vendre simplement des indices représentatifs des actifs car ce qui intéresse les spéculateurs n'est pas de savoir si la marchandise existe, moins encore de savoir où elle est et à quoi elle sert, mais seulement de faire des opérations financières en jouant sur les différences de prix. Rien que sur le marché du pétrole à New York, le New York Mercantile Exchange* (NYMEX), le volume des marchés à terme est quinze fois supérieur à celui des quantités réelles. Le seul intérêt des marchandises physiques est que l'on peut organiser à loisir leur pénurie ou leur abondance en en retirant des marchés des quantités importantes ou, à l'inverse, en inondant ceux-ci avec des stocks jusqu'alors tenus en réserve. Ces arrangements servent évidemment à donner les coups de pouce qui orientent les gains dans le bon sens.

Ainsi, après l'amorçage de la bulle immobilière et financière dont l'éclatement allait provoquer en 2007 la crise des *subprimes*, les prix des matières premières (notamment les métaux), des produits agricoles de base et du pétrole se sont mis aussi à grimper à des niveaux record. « Logique », disaient en chœur les économistes : la forte croissance mondiale a créé une demande sur ces produits, qui fait monter les prix. La Chine, avec sa croissance hors norme, coule des montagnes d'acier, brûle des flots de pétrole, avale des tonnes de riz et dévore des troupeaux entiers, et cela fait monter les prix. À voir, répondaient les sceptiques : n'est-ce pas plutôt que la demande a provoqué une spéculation qui, misant sur une pression croissante et une hausse continue des besoins sur ces produits, a entraîné leur fausse pénurie de manière à démultiplier les prix ? Comment soupçonner les opérateurs professionnels d'aussi noirs desseins, s'offusquait alors le concert des bonnes âmes, soutenues d'ailleurs par la Commodity

Futures Trading Commission* (CFTC), l'organisme américain de supervision des marchés de matières premières qui ne voulait pas entendre parler de spéculation et moins encore de manipulations de cours ? Et de toute façon, la logique du marché ne conduirait-elle pas les uns à remettre sur le marché ce que les autres en auraient retiré ? Cette foi inébranlable dans la fluidité et la rationalité des marchés a été une nouvelle fois mise en échec pour une bonne raison, ignorée des ultralibéraux : quand il se crée une bulle (dont ils ne peuvent jamais donner l'explication, puisqu'elle est contraire à leur théorie), tous les effets négatifs se conjuguent pour aller dans la même direction. La fraude est donc tapie en permanence dans les marchés spéculatifs.

Un corner* *en or ou plutôt en argent*

L'exemple le plus célèbre de l'histoire récente est celui des frères Hunt, deux milliardaires texans qui décident au milieu des années 1970 — peu après que Nixon a renoncé à la convertibilité du dollar en or et au plus fort de la « crise du pétrole » — de devenir les rois de l'argent (le métal) pour se protéger contre l'inflation[1]. L'idée loufoque qu'ils ont en tête est de racheter tout le

1. L'histoire est racontée par Tristan Gaston-Breton, « Les frères Hunt et le grand "*corner*" sur l'argent », *Les Échos*, 25 juillet 2008.

métal précieux de la planète — une évaluation des stocks mondiaux de l'époque les situe autour de 500 millions d'onces (15 000 tonnes) — et de l'injecter ensuite comme substitut de la monnaie papier. Ils décident donc de « faire un *corner* », manipulation classique des marchés des matières premières qui consiste à acheter tout ce que l'on trouve pour créer une pénurie artificielle en le retirant du marché. Les vendeurs « à découvert* », spéculateurs qui ont acheté à terme en misant sur la baisse de la marchandise et se sont engagés à vendre ce qu'ils ne possèdent pas et n'ont pas encore payé, sont alors pris de plein fouet par la montée imprévue des cours. Ils doivent acquérir à tout prix sur le marché les marchandises à livrer : celui qui peut les leur vendre est celui qui les a lui-même stockées… Les deux frères commencent donc à acheter tout le métal blanc qu'ils peuvent trouver sur les marchés mondiaux.

Dès 1974, ils ont déjà acquis plus de 10 % du stock mondial. C'est énorme, bien sûr, mais cela ne suffit pas à leur ambition. Ils prennent la précaution d'enfourner leur stock dans trois Boeing 707 et d'aller le cacher dans des banques suisses, mais il leur faut surtout mettre la main sur les 90 % du métal qui ne leur appartiennent pas encore. On a beau être riche, très riche même, 2 milliards de dollars (de l'époque), la somme nécessaire pour continuer l'opération, ne se trouvent pas sous les sabots d'un cheval. Les frères Hunt cherchent donc des associés. Ils y mettront du temps, après avoir essuyé quelques échecs, notamment auprès du shah d'Iran qui les éconduit en 1975 pour ne pas s'attirer les foudres du gouvernement américain. Finalement, des investisseurs saoudiens, qui ont des pétro-dollars à ne savoir qu'en faire, acceptent d'entrer dans la combine. On crée une société commune, l'International Metal Investment Group, en 1979 et le *corner* reprend. De juin à décembre 1979, la société achète 150 millions d'onces : avec les 50 millions qu'elle a déjà, elle possède désormais les deux cinquièmes des stocks mondiaux d'argent. L'once valait 1,95 dollar en 1973, il n'était pas loin des 4 dollars au début de l'année 1975, il avait atteint un palier à 5 dollars au début de l'année 1979, il bondit à 54 dollars un an plus tard. Entre-temps, les frères Hunt ont acheté à tour de bras et à bon prix ; comme prévu, les spéculateurs ne peuvent tenir leurs engagements car l'argent est devenu rare sur un marché mondial asséché de moitié et ils doivent racheter eux-mêmes au prix fort ce qu'ils trouvent encore sur le marché pour le livrer aux frères Hunt, qui se frottent les mains. Le marché est au bord du collapsus pendant que les deux frères se répandent partout en clamant leur intention de réinjecter l'argent, cette fois-ci comme monnaie. Les autorités, qui se sentent alors menacées, sonnent la fin de la partie : des mesures empêchant la spéculation leur coupent l'herbe sous le pied et font chuter les cours de l'argent qui plonge à 10,80 dollars le 26 mars 1980, baptisé le « *Silver Thursday* ». En faillite, les frères Hunt seront condamnés en 1988 pour manipulation de marché, après avoir laissé nombre de spéculateurs sur le carreau.

La bulle a bon dos

La hausse des matières premières, dont l'enflure des cours a accompagné celle de l'immobilier, vient elle aussi de la masse de liquidités que les déséquilibres économiques de la planète ont dégagée et qui ne savent plus où aller. Après l'immobilier américain et ses crédits douteux, pourquoi ne pas faire, par conséquent, quelques juteux *corners* ? Le comble étant que moins l'argent trouve à s'employer utilement, plus il semble avide de se porter sur des spéculations qui en feront gagner encore plus aux spéculateurs, lesquels seront d'autant plus embarrassés pour savoir quoi en faire qu'ils n'avaient déjà pas l'usage de celui qu'ils possédaient. Ainsi va le monde !

En dépit du scepticisme officiel de la CFTC, en réalité noyautée par les *lobbies*, la démonstration du rôle de la spéculation dans la hausse des prix a été apportée devant le Sénat des États-Unis, et ce depuis 2006[1]. Un sous-comité du Sénat publie en effet, le 20 juin 2006, un long rapport de cinquante-trois pages où il passe en

1. « The role of market speculation in rising oil and gas prices: a need to put the cop back on the beat », *Staff Report prepared by the Permanent Subcommittee on Investigations of the Committe on Homeland Security and Governmental Affairs*, United States Senate, 20 juin 2006.

revue toutes les failles en matière de régulation. Décidé à ne pas en rester là, le Sénat reprend ses travaux en 2008. Lors d'une audition de son Comité sur la sécurité nationale et les affaires gouvernementales le 20 mai 2008[1], un *trader* travaillant sur le marché des *futures** (contrats à terme sur un marché organisé) et ancien dirigeant d'un fonds spéculatif* *(hedge fund)* va vendre la mèche. Il jette ce jour-là un beau pavé dans la mare. Michael W. Masters commence par expliquer que le prix des matières premières a plus augmenté au cours des cinq années précédentes qu'à n'importe quelle autre période de l'histoire des États-Unis. Or il n'y a aucune pénurie ni d'essence ni de nourriture, aucune file d'attente devant les stations-service, ni aucun rayon vide dans les magasins d'alimentation, rappelle-t-il. D'où ce grand mystère : si l'offre est suffisante pour répondre à la demande, comment se fait-il que les prix des matières premières aient doublé ou triplé en cinq ans[2] ? La faute en revient à ce que Masters appelle les « spéculateurs d'indices* » *(index speculators)* qui occupent désormais une place dominante sur les marchés des contrats à terme et des options de matières premières. Qui sont ces fonds indiciels ? Des investisseurs institu-

1. Committee on Homeland Security and Governmental Affairs, United States Senate, 20 mai 2008.

2. Pour la seule période comprise entre 2005 et la fin de 2008, les prix de l'énergie ont été multipliés par 2,5, les prix des métaux par 2, ceux enfin des matières premières agricoles par 1,8.

tionnels comme des fonds de pension, des fonds spéculatifs, des fonds souverains ou même des fondations universitaires… qui n'ont donc rien à voir avec les marchés sur lesquels ils interviennent. Mais leur arrivée récente sur ces marchés les a déstabilisés, à tel point, d'ailleurs, que de forts soupçons de fraudes sont apparus, comme par enchantement[1].

Avant d'entrer dans le vif du sujet, Masters commence par balayer la fable selon laquelle l'augmentation du prix du pétrole, au cours de la décennie 2000 et jusqu'à l'effondrement financier des *subprimes*, était due à la demande chinoise. Selon les chiffres officiels du ministère de l'Énergie américain, entre 2002 et 2007, les besoins de la Chine en pétrole sont passés de 1,88 milliard de barils à 2,8 milliards, soit une augmentation d'environ 920 millions. Surprise : durant la même période, la demande des fonds indiciels, portant sur les contrats à terme de pétrole, a augmenté presque dans la même proportion (848 millions de barils). Autrement dit, la croissance de la demande chinoise est à peu près équivalente à la croissance de la demande purement spéculative.

Mais ce n'est pas tout, car il y a plus étonnant encore. Durant toutes les années, à partir sensiblement de 2002, où le prix des matières premières monte en flèche, jusqu'à l'effondrement de

1. Le Congrès a confirmé cette montée en puissance des spéculateurs sur le marché du pétrole : sur le NYMEX, ils réalisaient 37 % des contrats à terme en 2000, taux qui est passé à 71 % en 2008.

2008, la demande n'a jamais été supérieure à l'offre. Soit le cas de la production de maïs, dont les cours ont atteint des sommets durant le premier semestre de 2008. Les économistes expliquaient alors que cette hausse était provoquée par une explosion de la demande d'éthanol. Pourtant, comme le fait remarquer Masters, les quantités de maïs mis en réserve par les spéculateurs institutionnels *via* le marché à terme auraient suffi à satisfaire la demande de l'industrie américaine de l'éthanol pendant une année entière. Même chose pour le blé, dont ces spéculateurs ont mis la main, avec leurs contrats à terme, sur l'équivalent de deux années de consommation de tous les États-Unis. Difficile de croire, dans ces conditions, à des pénuries qui, par simple application de la loi de l'offre et de la demande, renchériraient le coût des matières premières, des produits agricoles ou du pétrole.

Où est la faille ? Elle s'explique par l'histoire récente des crises et des marchés financiers. En 2002, l'économie mondiale commence à peine à se remettre de la bulle Internet et de la récession qui s'est ensuivie, après l'effondrement boursier parti des valeurs technologiques. Les marchés financiers ont été durement secoués et les investisseurs, qui ont des liquidités à ne savoir qu'en faire, ont été cependant échaudés par la folie boursière des « *dot.com*[1] », comme disent les Américains. Or,

1. Entreprises du secteur des nouvelles technologies de l'information et de la communication.

les marchés de matières premières ont une particularité, celle d'être décorrélés des autres marchés tels que celui des actions ou des *fixed income**. Autre avantage : la taille de ces marchés est sans commune mesure avec celle du marché des actions, de sorte que des spéculateurs ayant des capitaux élevés à y investir peuvent influer sur les cours. En 2004, par exemple, les positions ouvertes sur les vingt-cinq indices clés des marchés de matières premières s'élevaient à 183 milliards de dollars. La totalité du marché des actions s'élevait, quant à elle, à 44 000 milliards de dollars, soit 245 fois plus ! La même année, les fonds indiciels investissaient 25 milliards sur les marchés à terme : ce qui aurait été une goutte d'eau dans les marchés boursiers représentait 14 % de leur montant. Dès l'année suivante, leurs investissements atteignaient les 80 milliards de dollars. En août 2008, juste avant que tout ne s'écroule, ils avaient injecté 173 milliards[1].

Tout cela pèse lourd car, s'il existe bien sûr un marché au comptant des matières premières, leurs cours sont en principe déterminés par ceux du marché à terme et, par conséquent, les effets de ce dernier se répercutent sur les prix réels de l'économie. Ce sont les marchés à terme qui font les prix à la consommation. L'entrée des spéculateurs ins-

1. Témoignage de Michael Masters devant le sous-comité sur le prix du pétrole et du gaz et des autres produits énergétiques du Comité permanent de l'industrie, des sciences et de la technologie (Chambre des communes du Parlement canadien), le 27 août 2008.

titutionnels dans les marchés de matières premières a donc eu un effet d'entraînement : plus ils y ont investi, plus les prix ont monté, puisque les capitaux inondaient un marché trop étroit. Et plus les prix ont monté, plus les spéculateurs y ont investi. C'est comme cela, en particulier, que les cours du pétrole ont pu atteindre des sommets. Le « pétrole papier » représentait, au milieu de l'année 2008, plus de 300 milliards de dollars, soit cent fois plus que le marché physique. Après avoir chuté durant tout l'automne et l'hiver de 2008, les cours et les transactions étaient à peu près revenus, en juillet 2009, aux volumes financiers de l'année précédente. Les prix du pétrole brut étaient donc repartis à la hausse, repassant de moins de 35 dollars le baril à New York, en décembre 2008, à plus de 70 dollars en juillet 2009. Rien de tout cela ne correspondait à une logique de production ou de consommation.

Figure 1.
Cours du pétrole (WTI) entre juillet 2007 et juillet 2009

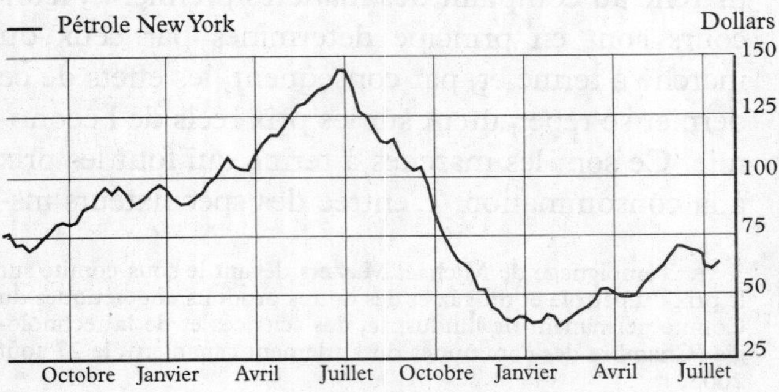

Mentir, mais de bonne foi

La spéculation a fait inexorablement grimper les cours des marchés des matières premières, du pétrole et des produits agricoles comme avait grossi la bulle financière et immobilière américaine dont elle était la petite sœur. Matt Taibbi, un journaliste du magazine américain *Rolling Stone*, estime qu'entre 2003 et 2008 « le montant de l'argent spéculatif sur les matières premières est passé de 13 milliards de dollars à 317 milliards, un accroissement de 2 300 %. En 2008, ajoute-t-il, un baril de pétrole changeait, en moyenne, vingt-sept fois de mains sur le papier avant d'être effectivement délivré et consommé[1] ». Mais, comme on va de surprise en surprise dès que l'on entre dans les détails, on n'en a pas encore fini avec les curiosités de ces marchés. Car, en réalité, rien de tout cela n'aurait dû arriver si l'on s'en était tenu au simple respect des règles posées en 1936, lors du vote par le Congrès américain du *Commodity Exchange Act*[2]. La législation américaine de 1936 prévoyait en effet des limites sur les

1. Matt Taibbi, « The Great American Bubble Machine », *Rolling Stone*, 13 juillet 2009. Version traduite en français : http://www.agoravox.fr/actualites/economie/article/goldman-sachs-la-grande-machine-a-59168.

2. Le marché américain des matières premières étant le plus important du monde, c'est donc lui qui détermine en partie le niveau des cours mondiaux et la législation américaine, *de facto*, s'impose au reste du monde.

positions que les opérateurs étaient autorisés à prendre sur les marchés à terme de matières premières, de façon à empêcher ce qui s'est justement produit. Mais, ici comme ailleurs, la dérégulation était à la mode. Plutôt que faire respecter la loi, la Commodity Futures Trading Commission, tout acquise aux intérêts des gros opérateurs, s'est contentée de fermer les yeux devant les financiers qui la détournaient grâce à leurs astucieuses techniques et elle est même allée jusqu'à leur donner un coup de pouce pour leur faciliter les choses.

Cela ne lui a pas été très difficile. La législation distinguait les professionnels, autorisés à intervenir sur les marchés à terme sans limitation puisqu'ils ne sont censés chercher qu'à se couvrir, et les spéculateurs, qui veulent au contraire gagner de l'argent sans être eux-mêmes concernés par les produits qu'ils achètent ou vendent. Ces derniers, par conséquent, ne pouvaient dépasser certaines limites sur les marchés ni surtout prendre le pas sur les professionnels. Qu'à cela ne tienne, il suffisait de dire que les spéculateurs n'étaient que des opérateurs professionnels et le tour était joué ! À partir de 1991, la CFTC a permis aux banques de Wall Street de dépasser les limites autorisées sur les marchés réglementés. Comme elle n'avait sans doute pas très bonne conscience, cependant, elle s'est bien gardée de révéler quoi que ce soit publiquement.

Tout s'est donc fait dans la plus grande discrétion, voire dans une quasi-clandestinité, par l'octroi à la banque d'investissement Goldman Sachs d'une exemption de « couverture de bonne foi » *(Bona Fide Hedging Exemption)* l'autorisant à se déclarer comme un professionnel et non comme un spéculateur. Dans les années suivantes, quatorze autres banques de Wall Street ont bénéficié de la même exemption. Du coup, il n'y a plus de limites. Un *hedge fund* ou un fonds indiciel peut acheter par exemple un contrat à terme pour 500 millions de dollars de blé, au-dessus des seuils autorisés, en concluant un *swap* avec une banque de Wall Street, ce n'est pas plus compliqué que cela. En revanche, ce qui a été beaucoup plus difficile à faire, c'est de découvrir les drôles de pratiques de la CFTC. C'est par accident, raconte Matt Taibbi[1], qu'un administrateur de la Chambre des représentants, invité à une réunion avec des dirigeants de la CFTC, entend parler de cette exemption en 2008. Quand il demande à voir la lettre en question, il se heurte d'abord à une réserve gênée, puis à des tracasseries et à différents prétextes, jusqu'au moment où les parlementaires ont dû rappeler à la CFTC que la loi lui faisait obligation de leur fournir toutes les informations qu'ils souhaitaient. C'est ainsi que, dix-sept ans plus tard, les lettres d'exemption de « bonne foi » ont été enfin rendues publiques...

Et comme si tout cela ne suffisait pas, la CFTC et le Congrès américain sous les administrations

1. M. Taibbi, « The Great American Bubble Machine », art. cité.

Reagan et Clinton, tout acquis alors aux intérêts des spéculateurs, ont consciencieusement créé d'autres échappatoires* que les experts appellent l'*Enron loophole* (« échappatoire Enron »), le *London loophole* (« échappatoire de Londres ») et encore le *Dubai loophole* (« échappatoire de Dubaï »), qui viennent s'ajouter au *swaps dealers loophole* (« échappatoire des vendeurs de *swaps* ») que décrivait Michael Masters.

En 1992, la présidente de la CFTC était Wendy Gramm, que Ronald Reagan aimait appeler « son économiste favorite ». Elle prend la décision d'exempter du contrôle de la CFTC les transactions faites par la société Enron sur les produits dérivés d'énergie. Enron en profitera largement, notamment pour manipuler les marchés, jusqu'à son effondrement final. L'année suivante, l'économiste favorite du Président démissionne et entre au conseil d'administration d'Enron. En 2000, une loi censée réglementer les marchés, le *Commodity Futures Modernization Act*, consacre l'échappatoire Enron : s'agissant des marchés de l'énergie et des métaux, elle exempte les transactions de gré à gré, qui ne passent pas par les marchés réglementés, mais aussi les transactions effectuées sur des plates-formes électroniques, de quasiment tout contrôle de la CFTC. Même après la faillite frauduleuse d'Enron, on a continué de laisser prospérer les plates-formes électroniques dérégulées jusqu'à l'éclatement de la bulle des *subprimes* : on en a compté jusqu'à dix-huit aux États-Unis, dont douze spécialisées dans le marché de l'énergie. En réalité, il semble que seules huit d'entre elles aient été vraiment actives et une domine largement le marché : l'InterContinental Exchange Inc. * (ICE), au point d'être devenue à peu près aussi grosse que le NYMEX, le marché réglementé spécialisé dans les transactions sur l'énergie et les métaux. Pour le marché du gaz, les contrats négociés sur l'ICE équivalaient en 2007 à peu près à ceux du NYMEX (2 700 milliards de dollars pour l'ICE, 2 900 milliards pour le NYMEX). Quant au marché du pétrole, la filiale d'ICE à Londres avait négocié 111 millions de contrats de pétrole brut, contre 150 millions sur le NYMEX durant la même année.

L'ICE est au cœur du problème de la spéculation sur les produits énergétiques et les métaux. Pour bien en comprendre l'histoire, il faut d'abord indiquer que les cours du pétrole brut dans le monde sont déterminés à partir du pétrole américain, dénommé « *West Texas Intermediate* » (WTI), et du *brent* de la mer du Nord. Le WTI est négocié sur le NYMEX, le marché réglementé de New York. En 2000, quelques banques d'investissement et compagnies pétrolières, profitant de l'échappatoire Enron, créent l'ICE, plate-forme électronique spécialisée sur les contrats d'énergie. Basée à Atlanta, en Géorgie, elle ambitionne de concurrencer le NYMEX et elle va créer ce que l'on a appelé des contrats « sosies » *(look-alike contracts)*. Autrement dit, les opérateurs qui négocient sur l'ICE achètent et vendent des contrats qui ont toutes les apparences de ceux qu'ils pourraient trouver sur le NYMEX, mais avec une grosse différence : le marché bénéficie de l'échappatoire Enron et il n'est donc pas placé sous le contrôle de la CFTC. L'opacité du marché y est totale : pas de statistiques ni de rapport d'activité, pas de contrôle possible des positions des opérateurs, ni des manipulations ou des fraudes éventuelles. La situation est alors un peu comparable à celle d'une rue dans laquelle la police ne pourrait intervenir que sur le trottoir côté pair, mais devrait fermer les yeux sur tout ce qui se passe sur le trottoir côté impair… On comprend mieux pourquoi et comment l'ICE a pu grossir aussi vite.

Mais la spéculation est insatiable et cela ne lui suffit pas encore. La CFTC va accorder en 1999 à la filiale d'ICE à Londres — ICE Futures Europe — une autre échappatoire sur le même format : tout ce qui serait négocié à Londres par la filiale d'ICE serait censé l'avoir été à New York et bénéficierait de la même exemption. En 2006, l'ICE Futures Europe est autorisé par la CFTC à intervenir sur le WTI, le marché du gaz et celui du fuel domestique, dont le négoce ne s'effectue que sur le territoire américain. Grâce à son exemption, la CFTC renonce à contrôler ce qu'il y fait. Quand les bulles se mettent à éclater en 2008, la CFTC est contrainte toutefois de faire un geste en matière de régulation : l'ICE Futures Europe sera tenue de respecter la législation américaine et la surveillance en est confiée à l'autorité de surveillance des marchés de Londres, la

« Financial Services Authority » (FSA). C'est un peu comme si l'on donnait à un prisonnier les clés de sa prison, tant le laxisme de la FSA est devenu légendaire. Du coup, le Sénat américain reprend heureusement l'offensive. Le sénateur Maria Cantwell se met à la tête de la croisade et, huit jours après la nomination par Barack Obama d'un nouveau président de la CFTC, Gary Gensler, elle lui lance un ultimatum en juin 2009 : en finir avec le *London loophole*, comme gage de ses bonnes intentions en matière de régulation. Le 20 août 2009, enfin, la CFTC change ses règles de contrôle de l'ICE Futures Europe qui se voit imposer un délai de cent vingt jours pour rentrer dans le rang.

Mais l'affaire n'est peut-être pas réglée pour autant car en 2007 la place de Dubaï a obtenu à son tour une exemption identique, la CFTC se satisfaisant apparemment parfaitement du contrôle censé être opéré sur le Dubai Mercantile Exchange, affilié au NYMEX, par la Dubai Financial Services Authority. Il semble bien en effet que la longue bataille contre le *London loophole* ait fait oublier le *Dubai loophole*, sur la suppression duquel la CFTC n'a rien communiqué. La spéculation et les manipulations de marché auront sans doute encore un havre où se réfugier si la CFTC devait, comme l'a promis Gary Gensler, faire désormais correctement son travail. Ce qui reste à prouver car, quelle que soit sa bonne volonté, elle aura fort à faire sur les marchés des matières premières, parmi les plus opaques de la finance mondialisée.

Pour leur plus grand bonheur, ils bénéficient en tout cas, pour quelque temps encore, de l'*Enron loophole* qui ne pourra être supprimé que par une loi votée par le Congrès.

La spéculation fait le dos rond

Face à l'exaspération compréhensible du Congrès, la CFTC a dû ouvrir à son tour une enquête, en décembre 2007, en traînant les pieds, sur les débordements de ces dernières années. Le Congrès exigeait que le régulateur américain dise si, oui ou non, le marché du pétrole brut aux États-Unis avait été manipulé afin d'influencer les cours. Ceux-ci sont montés, faut-il le rappeler, jusqu'à près de 150 dollars le baril au plus fort de la bulle avant de chuter à toute vitesse à moins de 40 dollars à l'automne de 2008.

À dire vrai, l'enquête n'a pas trop inquiété les professionnels de ce marché, confiants dans ses capacités de dissimulation et probablement aussi dans le manque d'enthousiasme de la CFTC : « La réalité, dit l'un d'eux, est qu'il est impossible de déterminer à combien s'élève la part de la spéculation dans la hausse des prix sauf à enlever les professionnels du pétrole du marché pour déterminer, en leur absence, comment se fixe le cours du baril[1]. » On ne saurait mieux dire que les spé-

1. « L'enquête impossible sur le rôle de la spéculation dans la flambée de l'or noir », *Le Monde*, 11 juin 2008.

culateurs peuvent faire la pluie et le beau temps sans que personne ne sache même ce qu'ils font. Quant à la part des fraudes et des manipulations, inutile même, bien entendu, d'y songer : « Profits colossaux et argent facile, explique le journaliste du *Monde*, vont de pair avec l'opacité totale d'un secteur qui, compte tenu des fuseaux horaires et des transactions entre places, ne ferme jamais. Dans les banques, les bénéfices de cette activité sont amalgamés dans les comptes du *fixed income* [...]. De plus, avec la nouvelle technologie, le *trading* pétrolier s'est mondialisé. Les sociétés nichent souvent dans des paradis fiscaux peu coopératifs[1]. » C'est pourquoi la CFTC ne trouvera probablement pas grand-chose, même si elle passe des années à retracer les positions des *traders*, à scruter les opérations des banques pour compte propre ou pour compte de tiers, à comparer les volumes réels aux options, à comptabiliser les transactions physiques, les opérations de transport, les stockages, etc. Elle aura d'autant moins de chances de faire toute la lumière qu'elle a appelé à son secours, pour l'aider dans son enquête à New York, Londres, Genève et Singapour, la Financial Services Authority britannique et l'ICE Futures Europe ! On hésite entre la balourdise et la supercherie...

C'est pourquoi, sans doute, le bilan de la CFTC est à ce jour plus que maigre. Peu motivé pour rechercher les fraudes, bien que ce soit son

1. *Ibid.*

rôle, l'organe de supervision n'a jamais réagi jusqu'à présent que lorsqu'il y est contraint par la pression extérieure. Au début de 2007, la Commission d'enquête du Sénat américain s'inquiète, à côté de la spéculation sur les cours du pétrole, de la montée anormale des prix du gaz naturel durant l'été de 2006 et met en garde les autorités de contrôle contre le renouvellement de pratiques douteuses. Le fonds spéculatif Amaranth — l'un des plus importants intervenant sur le marché du gaz naturel, puisqu'il a représenté jusqu'à 5 % du marché américain — est montré du doigt par cette même commission en juin 2007. Comme par enchantement, la CFTC découvre soudain à son tour, en juillet 2007, qu'entre le 24 et le 26 février 2006 Amaranth s'est livré à des manipulations massives des cours qui ont entraîné des répercussions sur les tarifs à la consommation et l'approvisionnement[1]. *Vae victis !* Amaranth a fait faillite en septembre 2006 en laissant une ardoise de 6,5 milliards de dollars. Ses spéculations hasardeuses et dangereuses ont fini par le ruiner. La CFTC pouvait donc, sans faire de peine à personne, déclencher des poursuites six mois après sa disparition.

Sur le marché du pétrole, il semble que la CFTC n'ait pas trouvé grand-chose à se mettre sous la dent et qu'elle ait dû faire mousser ses

1. En août 2006, le NYMEX, s'inquiétant des activités douteuses d'Amaranth, lui avait demandé de réduire ses positions. Amaranth avait bien réduit ses positions sur le NYMEX, mais les avait aussitôt compensées sur l'ICE.

piètres résultats. N'ayant remonté aucun gros poisson dans ses filets, elle annonce avec fierté avoir pêché un fonds d'investissement néerlandais dénommé Optiver, qui avait utilisé à plusieurs reprises en mars 2007 ses deux filiales américaines basées à Chicago pour faire monter et descendre les cours. Total du gain : un million de dollars ! Toute fière de sa prise qui, au demeurant, concerne un opérateur non américain, fût-ce pour une bagatelle, la CFTC s'est donné la peine de préciser qu'il avait causé des prix artificiels pendant onze jours… Cela n'a pas empêché les spéculateurs de la narguer encore à la fin du mois de septembre 2008 : le 22 septembre exactement, le cours du baril de pétrole fait un bond, en deux heures, passant de 108 à 130 dollars. La hausse est tellement importante et brutale dans un marché baissier que la CFTC, dans un communiqué vengeur, promet de faire toute la lumière. L'explication par les difficultés d'approvisionnement en pétrole du marché new-yorkais n'étant pas très solide, celle qui a la faveur des spécialistes est un beau *corner* contre les spéculateurs qui anticipaient la baisse depuis plusieurs semaines. Ils vendaient à l'avance du pétrole qu'ils n'avaient pas encore acheté et ils ont dû se précipiter au dernier moment pour annuler leurs positions. Il ne restait aux plus malins qu'à laisser monter les enchères après avoir pris soin d'assécher le marché. On ne sait pas ce qu'est devenue par la suite cette enquête. Pas plus, d'ailleurs, que celle qu'avait commandée le Congrès américain.

Les mauvais esprits qui ont dénoncé la spéculation comme responsable, pour une bonne part, de la montée des prix des matières premières ont trouvé une nouvelle confirmation de leur diagnostic au cours du printemps de 2009. Tandis que les indices de production de l'ensemble des pays industrialisés continuaient de plonger dans des profondeurs inconnues depuis la fin de la Seconde Guerre mondiale, le pétrole brut a entrepris une lente mais inexorable remontée de ses cours, entraînant, comme il va de soi, le prix à la pompe. Est-ce le signe de la relance économique tant attendue ? C'en est au mieux l'espoir, immédiatement repris à son compte par la spéculation. Les cuves des pays industrialisés sont pleines, les États-Unis ont reconstitué leurs réserves stratégiques, les *tankers* tournent en rond dans les mers et les océans ou attendent sagement dans les ports en se gardant bien de vider leurs cales qui débordent. Et pourtant, en quelques semaines, le cours du pétrole a reconquis la moitié de sa valeur perdue par rapport au sommet de l'été de 2008, quand il cotait 147,50 dollars le baril. Il ne s'est rien passé, sauf que les spéculateurs sont de nouveau à la fête, anticipant une reprise qui ferait repartir les affaires comme avant. Décidément, Gary Gensler aura bien du pain sur la planche.

La force obscure de la fraude

Au cours de ces années bénies pour la finance de marché — dont tout laisse à penser qu'elles s'apprêtent à revenir —, le risque est ainsi devenu le cœur d'activité de l'industrie financière mais à rebours de toutes les règles traditionnelles de gestion. Il est vrai que la présence du risque est aussi vieille que le commerce et la finance et que tout l'art des relations économiques consiste, depuis toujours, à le maîtriser. Mais la finance de marché a fait débarquer l'économie mondiale sur des terres inconnues, où le risque devait à la fois être le plus important possible, car c'est lui qui rémunère le banquier, et ne jamais se réaliser, sans quoi le banquier perd sa fortune, bien entendu, mais aussi sa raison d'être. En somme, dans le système qui a vu le jour au détour des années 1980, le risque doit toujours être là, il doit même y être de plus en plus, car plus il menace, plus il rapporte. Mais rien n'était plus à craindre que de le voir se réaliser, car toute la rationalité et la crédibilité de ce système reposaient sur sa capacité à le juguler. Plus encore, il ne pouvait se réaliser, sauf à créer un risque d'effondrement généralisé.

Bien sûr, la faillite, ici ou là, d'un spéculateur ou d'un investisseur, d'une banque ou d'un fonds de pension, ne met pas forcément en péril l'économie mondiale. À condition, toutefois, qu'il ne soit pas trop gros ni dans un secteur trop sensible. Mais qui s'en souciait ? Les instruments qu'on a inventés étaient supposés avoir démontré, globalement, leur fiabilité et leur solidité, alors même que le risque et l'incertitude des relations et des échanges n'ont cessé de croître et d'infirmer les théories. En septembre 1998, un fonds spéculatif majeur, Long Term Capital Management (LTCM), s'effondre en créant la panique. Il appliquait toutes les recettes de la finance de marché, conseillé par les meilleurs économistes du moment puisqu'il avait recruté deux prix Nobel d'économie (1997), Myron Scholes et Robert Merton, qui avaient été récompensés pour leurs travaux sur un modèle mathématique d'évaluation des options ! La martingale était, paraît-il, infaillible. Le risque était prétendument divisé par quatre, il n'y avait donc plus de raison de limiter l'effet de levier (cent fois la mise chez LTCM)… Au début tout va bien, la conjoncture est porteuse. L'euphorie conduit alors aux pires excès spéculatifs. Nos as de la finance n'avaient oublié qu'une chose : la loi de la gravité s'applique aussi à l'argent. Quand arrive la crise asiatique en 1997, qui s'étend ensuite à la Russie, le château de cartes s'écroule. Le 23 septembre 1998, la Réserve fédérale retombe lourdement sur terre : non seulement le risque existe — les banquiers viennent à nouveau de le rencontrer —, mais à ces hauteurs il pourrait bien faire s'effondrer tout le système. Elle force donc les banquiers qui avaient misé sur les élucubrations de LTCM à le sauver du désastre. Il en coûtera une facture de 110 milliards de dollars, mais cette fois-ci — une fois n'est pas coutume —, ce sont les banques qui ont payé et l'on aura évité de justesse la crise systémique.

La leçon sera vite oubliée, car elle n'est pas financièrement correcte. Banquiers et financiers avaient remplacé les États dans leur mission de protection contre les risques : qui pouvait douter qu'ils fussent bien plus habiles qu'eux en ce domaine ? En tout cas pas les États eux-mêmes, qui s'en sont remis entièrement aux professionnels de la finance pour inventer les outils de gestion et de maîtrise du risque et les mettre en œuvre. Hélas, ils ont accepté pour cela l'inacceptable : laisser les banquiers et les financiers définir tout seuls les règles qu'ils imposeraient au monde entier pour le protéger contre leur propre faillite. Dans les usines à gaz de la finance fantôme et de ses impénétrables marchés, les États et les régulateurs publics n'ont plus mis les pieds depuis des lustres, ne sachant plus ce qui s'y passe et ne cherchant même pas à le savoir. L'auraient-ils voulu, d'ailleurs, qu'ils seraient seulement parvenus à faire fuir les maîtres de la finance encore plus vite, et en cohorte plus serrée, vers les paradis bancaires, fiscaux, judiciaires et réglementaires qu'ils ont complaisamment entretenus à leur porte, quand ce n'est pas chez eux.

Tout le problème est que vouloir accroître le risque sans qu'il ne se réalise jamais, c'est chercher la quadrature du cercle ou croire au mouvement perpétuel. Arrive un moment où les meilleurs instruments financiers, concoctés avec les équations de la mathématique financière la plus élaborée, butent sur une logique élémentaire, que le vieux bon sens a transformée depuis longtemps en adage ironique : « On ne peut pas avoir le beurre et l'argent du beurre. » C'est pourquoi la finance de marché et tout son lourd appareil ont eu besoin de substituts et d'artifices pour accorder l'improbable avec l'impensable, c'est-à-dire l'assurance permanente du gain le plus élevé, procuré par un risque croissant qui ne doit jamais entrer dans les faits. La crise des *subprimes* en est l'apothéose, préparée cependant par presque une décennie de fraudes et de subterfuges en tout genre qui ont succédé sans discontinuer à celle des *Savings & Loan*. Entre ces deux crises, dont l'éclatement dévoile chaque fois, en vain, les dérèglements permanents de la globalisation financière, le recours à la fraude n'a cessé de se sophistiquer en pénétrant plus profondément dans les mécanismes financiers.

La mémoire collective conserve le souvenir d'Enron[1] comme un symbole maladroit des scandales qui ont émaillé la période euphorique de la bulle des nouvelles technologies. Mais cette remémoration douloureuse s'accompagne d'une étrange amnésie. Si quelques-uns se souviennent d'Enron, et de beaucoup d'autres firmes d'envergure qui se sont effondrées aussi sous le poids de fraudes massives, comme d'un dommage collatéral grave mais limité, bien peu ont compris que les métho-

1. Voir chapitre v, p. 124 et suiv.

des employées par ce fleuron du capitalisme financier n'était pas un cas isolé, mais plutôt le prototype d'un nouveau modèle. Un autre type de fraude que celui des *Savings & Loan* se met alors en place, centré sur la communauté financière. *Exeunt* les mafieux trop voyants et désormais inutiles, le système financier n'a plus besoin de ses gangsters en col blanc des temps héroïques. Il a fourbi ses armes avec la bulle Internet. Il est prêt à monter sa propre flibuste autour d'une fraude endémique et systémique.

La fraude n'est plus ce qu'elle était

Parler de fraudes peut créer ici une ambiguïté qu'il faut lever avant de poursuivre. Le terme évoque au premier chef des procédés interdits par la loi ou les réglementations professionnelles. Mais les choses sont devenues autrement plus subtiles. La dérégulation et la déréglementation ont transféré une grande partie du contrôle des activités économiques et financières des États vers les acteurs privés, priés de mettre en place eux-mêmes les règles et les normes de fonctionnement de leurs propres marchés. Avec comme seule garantie le vague espoir qu'ils auraient ensuite à cœur de s'y conformer. Réelle ou feinte, cette naïveté a servi d'évangile jusqu'à la crise des *subprimes*, et il n'est pas sûr, loin s'en faut, que celle-ci ait provoqué chez les dirigeants politiques du monde entier, quoi qu'ils en disent, le moindre élan d'apostasie. Le résultat en fut en tout cas qu'au cours du temps les réglementations publiques se sont effacées, soit qu'on les eût abrogées, soit qu'on les eût complaisamment évitées, soit qu'on se fût arrangé pour qu'elles ne soient pas trop contraignantes et qu'elles soient facilement évitables. Le contournement des règles du marché des matières premières par la CFTC elle-même n'en est qu'une illustration parmi tant d'autres. Depuis longtemps, la conception idéale d'un monde ordonné et soucieux de limiter les nuisances des activités humaines a laissé la place à un chaos dont les plus chanceux espéraient seulement qu'il leur ferait la grâce de les épargner. De fait, plus on s'enfonce dans les arcanes de la finance, dans les labyrinthes des marchés ou le dédale de la gestion des entreprises, où seuls les initiés peuvent encore se frayer un chemin, moins les règles deviennent contraignantes et plus il est aisé d'éviter celles qui subsistent.

La notion de fraude, si l'on entend par là l'infraction délibérée à une norme préalable, s'estompe par conséquent à mesure que l'on s'engage dans les souterrains obscurs de l'économie libérale, où la transparence est une noble devise dépourvue de toute substance. Il ne faut donc pas prendre le terme de fraude toujours au pied de la lettre. Il ne signifie plus seulement le franchissement d'une ligne interdite par des règles claires au détriment de ce et de ceux qu'elles devraient protéger, mais aussi, de plus en plus souvent, une conduite prédatrice que l'on ne découvre, trop tard, qu'à travers les dégâts qu'elle laisse dans son sillage. Dans ces cas, c'est plutôt au vu de ses résultats que l'on constate, après coup et avec consternation, non pas l'infraction à une règle bien identifiée, mais la nécessité d'en poser enfin une pour éviter le retour du désastre. Ce qui ne veut pas dire pour autant, d'ailleurs, que cette règle verra le jour[1].

Le problème se complique en outre du fait que l'on assimile généralement la fraude à un acte ou à un ensemble d'actes qui seraient isolés (ou isolables) et qui comporteraient en eux-mêmes leur propre raison d'être, produisant immédiatement l'effet prédateur recherché. Autrement dit, on pense volontiers qu'une fraude est l'acte qui permet d'obtenir directement, en tant que tel et à lui seul, un gain illicite et illégitime comme la fabrication d'un produit contrefait, le détournement de fonds d'une entreprise ou la dissimulation d'un revenu soumis à l'impôt. Cette perception trop étroite ne permet plus de rendre compte des comportements de la criminalité en réseaux ni du fonctionnement des institutions contemporaines, qui mêlent en permanence le légal avec l'illégal et l'informel. Cette imbrication peut entraîner la mise en œuvre de procédés et de techniques plus ou moins interdits ou plus ou moins licites, dont

1. L'exemple des bonus et des rémunérations des banques et des dirigeants des grandes sociétés est là pour le prouver. Malgré le scandale mondial que représente l'augmentation des rémunérations fabuleuses jusque durant la crise, aucun État n'est parvenu, ni n'a même vraiment tenté de parvenir, à l'enrayer.

l'articulation avec d'autres, les uns franchement licites, certains peut-être vraiment illicites, permettra en fin de compte d'exercer une activité ou de mener une entreprise dont la prédation est l'objectif (ou l'un des objectifs), mais dont les méthodes usent de toutes sortes de moyens peu ou pas du tout punissables quand on les isole les uns des autres. À supposer, d'ailleurs, que l'on arrive à les détecter. Et surtout, quand on les punit, on ne le fait que pour ce que l'on croit qu'ils sont : des faits isolés, dont le lien avec une activité prédatrice d'ensemble n'est jamais établi. Les États-Unis ont soupçonné — ils avaient sûrement de bonnes raisons de le faire — la mégabanque suisse UBS d'avoir organisé une vaste filière de fraude fiscale dont auraient profité plus de 50 000 contribuables américains, évidemment pas parmi les plus pauvres. L'affaire s'est soldée en août 2009 par un accord entre la banque et le gouvernement américain dont UBS ne s'est pas si mal sortie. Si la justice n'a pas épargné Bradley Birkenfeld, le gérant de fortune d'UBS qui, pris la main dans le sac, a tout raconté sur les réseaux organisés de fraude montés par UBS, en le condamnant à quarante mois de prison et 30 000 dollars d'amende, son ex-employeur a eu plus de chance. En acceptant de livrer 4 500 de ses clients au fisc américain, UBS a évité pour elle-même tout ennui. Elle a conservé sa licence aux États-Unis et n'a même pas eu un dollar d'amende à payer. Autant d'économisé, en attendant la prochaine fois.

À vrai dire, une fraude peut résulter de la violation directe d'une règle claire mais dont souvent la sanction est insignifiante, voire inexistante, elle peut aussi exploiter une ambiguïté juridique mineure dont l'utilisation à grande échelle provoque des effets économiques ou financiers majeurs. Il existe ainsi une sorte d'« effet papillon » de la fraude : un acte frauduleux insignifiant peut, à distance, causer des dommages considérables. À quoi sert une fraude comptable, par exemple ? Quand un comptable d'entreprise la commet pour détourner des sommes pour son propre compte, on le devine aisément. Dans ce cas, l'affaire est classique et n'appelle pas de commentaire particulier. Mais quand c'est l'entreprise elle-même qui monte une comptabilité frauduleuse pour dissimuler ses activités ou sa structure, on a affaire à de nouvelles formes de prédation où la fraude comptable, souvent invisible ou difficilement détectable de l'extérieur tant que dure l'entreprise frauduleuse, n'est que le moyen d'accomplir, de développer ou de poursuivre cette dernière. Une petite société *off shore** dissimulée dans un paradis bancaire, fiscal, judiciaire et réglementaire peut être l'épicentre d'une fraude massive que nul ne soupçonne. Le sommet de l'art est d'ailleurs d'utiliser des procédés juridiques et financiers rigoureusement conformes aux règles professionnelles, habilement agglomérés à d'autres qui ne le sont pas ou le sont moins, le tout avec les encouragements parfois chaleureux des pouvoirs publics.

5
L'économie saisie par la fraude

Après la crise des Savings & Loan, *la bulle Internet se porte au secours de l'économie américaine en péril. Pour aider la bulle à gonfler, on fraude et, quand la bulle ne gonfle plus, on fraude encore. Enron, un prototype de fraude promis à un bel avenir. Quand une bulle est épuisée et que la fraude ne suffit plus à la gonfler, il faut créer une autre bulle. Retour à l'immobilier en passant par la case « finance ».*

La logique d'un système correctement régulé voudrait que, lorsqu'une situation recèle des dangers particuliers, les responsables de l'ordre public s'attachent à les surveiller, à les réduire, voire à les empêcher s'ils risquent de se répandre et de mettre en péril l'ensemble des équilibres dont ils sont les garants. Tel était l'esprit de Bretton Woods, quand les Alliés conçurent un ordre économique et monétaire international dont ils avaient enfin compris qu'il était le premier garant de la stabilité politique mondiale. Ils voulaient prévenir le retour des désordres de l'entre-deux-guerres, qui avaient débouché sur le triomphe du nazisme. Tout autre est devenu le dogme de la nouvelle mondialisation, qui confie aux marchés le soin non seulement de s'autoréguler sous un contrôle des États lointain, distrait et, quand il s'exerce, gauche et timoré, mais aussi de régler les problèmes d'équilibre du monde lui-même. Qui se soucie des désordres économiques, monétaires et financiers globaux ? La foi aveugle dans le marché permet de croire que les problèmes se résolvent tout seuls.

Apothéose de l'économie casino

Il est vrai que, dans un premier temps, les faits ont semblé donner raison aux optimistes de l'autorégulation. À peine sortie de la crise des *Savings & Loan*, définitivement soldée en 1995, l'Amérique financière a retrouvé tout son entrain. Côté économique, la nouvelle structure mondiale est en place, dans la ligne ricardienne[1] la plus classique, consistant à exploiter les avantages comparatifs de chacun : aux pays riches, et surtout aux États-Unis, les technologies de pointe (notam-

1. Économiste anglais du XIXe siècle, David Ricardo est considéré comme l'un des plus importants de l'école classique. Il est notamment connu pour sa théorie de l'avantage compétitif selon laquelle un pays a intérêt à concentrer sa production sur l'activité où il est le plus performant et à importer les autres produits dont il a besoin et pour lesquels d'autres pays sont plus compétitifs que lui. Cette division du travail permettra, selon Ricardo, une augmentation simultanée des productions à meilleur coût.

ment dans le secteur en pleine explosion des nouvelles technologies de l'information et de la communication), aux pays pauvres la fourniture de leur main-d'œuvre bon marché dans les nouveaux ateliers ou usines vers lesquels les industries du Nord délocalisent les emplois par millions.

Les hautes technologies ont toutefois un lourd inconvénient : elles consomment peu de main-d'œuvre et celle qu'elles emploient est en général hautement qualifiée. Aux États-Unis, par exemple, les nouvelles technologies n'emploient que 4 % de la main-d'œuvre. C'est maigre pour propulser le PIB. On devine le résultat : la baisse de l'emploi industriel s'est traduite par un transfert de la main-d'œuvre vers les services, mais au prix d'une baisse de la qualité des emplois, la plupart de ceux qui ont été créés étant alors de faible qualification et donc mal rémunérés. La structure salariale change par conséquent de composition, les mauvais emplois chassent les bons et les salaires fondent. Mais peu importe, car l'époque n'est plus keynésienne, elle est devenue libérale et « friedmanienne[1] ». Les financiers tiennent le haut du pavé et, dégagés de la pression des États qui jadis vou-

1. Économiste américain, prix Nobel d'économie, Milton Friedman est à l'origine du courant monétariste et fondateur de l'École de Chicago. Il a inspiré toutes les politiques néolibérales, dont celle d'Augusto Pinochet qui a mis ses idées en pratique au Chili. Sa pensée s'oppose au keynésianisme qui a influencé les politiques de reconstruction de l'après-guerre et repose sur le principe de l'État minimal. Son néolibéralisme, qui caractérise la globalisation économique et financière, s'est imposé depuis Ronald Reagan et Margaret Thatcher, y compris dans les instances de la Commission européenne.

laient assurer un équilibre en faveur des salariés, ils entendent bien ne plus partager. Rien ne les gêne, par conséquent, dans le fait d'envoyer les productions dans les pays du tiers monde, non pour en favoriser le développement, mais pour en exploiter le bas coût de main-d'œuvre.

Dans le même temps, les pays du tiers monde qui ont su exploiter la situation — la Chine apparaîtra plus tard comme l'élément clé de la nouvelle configuration qui commence à se dessiner — ouvrent grand leurs frontières aux entreprises qui viennent chercher des coûts de main-d'œuvre défiant toute concurrence. Ces pays savent aussi une chose, notamment la Chine : s'ils veulent conserver leur avantage comparatif, ils ne doivent pas augmenter les salaires de leurs ouvriers, car ils cesseraient aussi vite d'être compétitifs. Les Chinois et les autres vont donc se mettre à travailler pour produire les biens de consommation vendus en Europe et aux États-Unis, dans des conditions qui choquent évidemment les bonnes âmes occidentales mais qui réjouissent le portefeuille des ménagères et enthousiasment les comptes d'exploitation des multinationales. Tandis que les ONG de défense des droits de l'homme engagent des campagnes perdues d'avance contre le travail forcé ou celui des enfants, les actionnaires plébiscitent les « licenciements boursiers[1] ».

1. On a appelé « licenciements boursiers » les décisions de suppression d'emplois par une entreprise non en raison d'une situation économique difficile mais, en pleine prospérité, pour augmenter les résultats en diminuant les coûts afin d'accroître les bénéfices et les distributions de dividendes aux actionnaires.

Mais les choses sérieuses sont ailleurs, du côté de la finance. Les outils et instruments financiers de toute nature se développent à grande vitesse et, déjà en 1995, les entreprises, les banques, les financiers débordent de liquidités qu'ils ne savent plus où placer. Les pays émergents thésaurisent leurs plus-values et commencent ainsi à devenir les coffres-forts des États-Unis (et, dans une moindre mesure, de la Grande-Bretagne, dont le modèle est le même). Ils commencent à avoir des liquidités à revendre et retournent les placer dans les pays riches. Cela tombe à pic, car les salaires américains ne suivent pas les courbes ascendantes qui permettraient de tirer la croissance mais se déconnectent, au contraire, de l'enrichissement global — le fordisme est mort depuis longtemps. Affligés par le « mauvais » emploi, une partie des salariés américains se paupérise, les salaires de la plupart stagnent ou diminuent, les inégalités explosent, l'épargne des ménages s'effondre. Mais les liquidités sont là, les investisseurs ne savent qu'en faire. Tout va bien, par conséquent, il suffira de les employer à bon escient.

Au seuil des années 2000, les nouvelles technologies arrivent ainsi à point nommé pour fournir la solution à plusieurs préoccupations. D'abord, tout le monde est convaincu que ce secteur est porteur de capacités formidables de développement de la « nouvelle économie » dont rêvent les dirigeants politiques et économiques. Internet a fait son apparition depuis peu et les possibilités de développement qu'il laisse deviner semblent fabuleuses. De lourds investissements seront nécessaires, tant en infrastructures qu'en matière grise, mais tant mieux, puisque les capitaux sont disponibles. *Last but not least*, on entrevoit de substantiels gains de productivité par la généralisation de ces nouvelles technologies, notamment dans un domaine où ils sont toujours plus difficiles à réaliser, celui des services. Cerise sur le gâteau : les « nouvelles technologies » de la « nouvelle économie » apporteront à ceux qui les posséderont et les contrôleront une supériorité stratégique qui fera d'eux les maîtres du monde. C'est l'époque aussi, il ne faut pas l'oublier, où est créée l'Organisation mondiale du commerce, qui succède au GATT et entérine le principe de liberté des échanges économiques, ouvrant définitivement les vannes de la globalisation. En 1997, un accord sur la libéralisation du secteur des télécommunications est signé par soixante-huit pays à Genève, dans le cadre de l'OMC. Tout est prêt, par conséquent, pour que l'euphorie de la mondialisation heureuse se transforme en une superbe bulle.

Hélas, si les liquidités sont au rendez-vous, et en surabondance, les promesses de la nouvelle économie, elles, n'y sont pas. Moins peut-être parce qu'elles étaient surfaites que parce que les pays riches, États-Unis en tête, ont cru qu'il suffisait de claquer les doigts et de sortir son portefeuille pour les voir se réaliser. Or le temps de l'économie n'est pas celui de la finance et il ne suffit pas d'inonder les entreprises de liquidités pour faire pousser en un clin d'œil n'importe quoi, n'importe où et n'importe comment. Avant qu'on ne s'en soit rendu compte, cependant, un vent de folie va souffler sur les investisseurs et les créateurs d'entreprises qui se sont pris pour des avatars de Bill Gates. La frénésie démarre en 1995 et l'indice du Nasdaq, le marché électronique des sociétés technologiques, s'envole. Entre 1995 et 2000, il sera multiplié par cinq. De nouveaux opérateurs apparaissent, de nombreuses entreprises se créent, des investissements gigantesques sont financés sans que l'on prenne la peine d'aller y regarder, de nouveaux groupes voient le jour, d'anciens (comme la Compagnie générale des eaux, qui devient Vivendi en 1998) abandonnent leurs vieilles productions et se jettent sur les nouvelles technologies ; les restructurations, les fusions-acquisitions*, les OPA* (offres publiques d'achat) prolifèrent. Le tout prend forme autour des nouvelles technologies de l'information et de la communication, bien sûr, mais aussi de la finance, qui voit toutes les possibilités que peuvent lui offrir ces technologies. C'est comme cela que, entre autres, Enron devient un géant de l'économie casino, gratifié de septième société mondiale par sa capitalisation. Donnée comme un modèle aux heures de sa gloire, l'entreprise phare de la nouvelle économie sera aussi la référence quand on voudra, après sa chute, dénoncer les méfaits de la mondialisation dérégulée et du capitalisme financier.

La fraude amorce la pompe

Le désastre n'est donc pas simplement celui d'Enron, mais bien plutôt celui de la bulle Internet qui ne s'est formée qu'à cause de ces pratiques générales dont Enron est la caricature. Car le problème est bien celui de toute l'économie, désormais organisée autour de la finance de marché : « Le contexte financier (concentration des acteurs de la chaîne d'information financière, pression accrue sur les performances, volatilité des évaluations financières, créativité infinie en matière d'instruments financiers), expliquent deux chercheurs de l'Institut de recherches économiques et sociales, contribue à réduire les frontières entre les différents maillons de la chaîne. [...] L'endettement croît, ce qui pose alors la question de la notation financière. Tous les acteurs de la communauté financière [...] ont donc tendance à agir de concert pour créer les rendements les plus élevés possibles, dans une consanguinité et un mimétisme de plus en plus forts [...] on assiste à une véritable crise systémique des dispositifs de supervision des entreprises[1]. »

Plus concrètement, pour le journaliste Matt Taibbi[2], la banque d'investissement Goldman Sachs est le chef de file des manipulations du

1. Patrick Roturier et Claude Serfati, « Enron, la "communauté" et le capital financier », *Revue de l'IRES*, n° 40, 2002/3.
2. « The Great American Bubble Machine », art. cité.

marché qui ont favorisé le gonflement de la bulle Internet, illustrant tous les ingrédients décrits par Patrick Roturier et Claude Serfati. Les administrations démocrates et républicaines sont, depuis longtemps, peuplées de créatures de Goldman, comme Robert Rubin, ministre des Finances de Bill Clinton, ou Henri Paulson, son équivalent chez George Bush, pour ne parler que des plus connues. Les petits soldats de Goldman n'occupent pas seulement les postes clés de la politique, on les trouve aussi dans la finance, les organisations internationales et les organes de supervision où ils n'oublient jamais les intérêts de la maison qui les a formés. Après s'être entraînée à la manipulation des cours de bourse durant la crise de 1929 et avoir surtout réussi à s'en sortir sans dommage, la banque Goldman Sachs a grimpé vers les sommets de la finance où elle occupe une bonne position dans les années 1980.

La bulle Internet va lui permettre d'accéder à ces sommets. Elle se distingue à la fin des années 1990 en utilisant notamment une technique d'introduction en bourse, l'« échelonnement » *(laddering)*, pour laquelle elle sera condamnée à payer une amende de 40 millions de dollars en 2005. L'échelonnement consiste à démarcher des investisseurs avant une introduction en bourse en leur proposant le marché suivant : vous achetez un certain nombre d'actions au prix plancher au moment de l'introduction et vous vous engagez à en acheter d'autres quelque temps après. De cette manière, le cours des actions monte mécaniquement et attire les ingénus qui ne sont pas au courant, bien entendu, des arrangements qui ont été pris sur leur dos. Il sera toujours temps ensuite de revendre au plus haut. Les investisseurs démarchés sont contents parce qu'ils vont faire un bénéfice sur une spéculation sans danger, l'entreprise qui a fait son augmentation de capital est contente parce qu'elle a réussi son opération et la banque Goldman Sachs est contente parce qu'elle touche une commission qui s'élève à 6 % ou 7 % du capital ramassé.

Il existe une autre technique de manipulation lors d'une introduction en bourse dont raffolait Goldman, celle du *spinning* : la banque qui monte l'opération sous-estime volontairement la valeur de l'action et offre aux dirigeants de l'entreprise qui va être bientôt cotée d'acquérir ces actions en échange de leur fidélité à la banque. L'entreprise et les actionnaires non initiés y perdent, mais l'important est ce que gagnent les dirigeants et la banque. Taibbi cite un rapport de la Chambre des représentants faisant état de vingt et une entreprises embarquées dans un *spinning* par Goldman Sachs durant la bulle Internet. Goldman préféra payer une transaction de 110 millions de dollars pour voir arrêter l'enquête du procureur de New York, Eliot Spitzer, plutôt que de devoir reconnaître les faits et passer en jugement.

Toutes ces manipulations qui incitent les entreprises à s'introduire en bourse ont-elles suffi à gonfler la bulle Internet, comme le pense Matt Taibbi ? Ce serait peut-être excessif de le dire, mais cela a dû donner quelques coups de pouce à des pratiques bancaires qui étaient toutes orientées vers l'abandon des règles de bonne conduite propres à la profession. Tandis qu'il était d'usage, en effet, de n'introduire en bourse que des entreprises ayant réalisé cinq années consécutives de bénéfices, « au début des années 1980, affirme un spécialiste, les plus grandes banques exigeaient trois années bénéficiaires. Puis, ça a été un an, puis un trimestre. Au moment de la bulle Internet, les banques ne demandaient même pas une prévision de rentabilité[1] ». Comme on le voit ici encore, la fraude n'est pas tout, bien sûr, mais sans transgression des normes on ne va plus très loin de nos jours.

Enron ou le capitalisme tricheur

Au zénith de sa gloire, la baudruche éclatera d'un seul coup en révélant une gigantesque escroquerie que personne n'avait apparemment soupçonnée[2]. Née de la fusion de deux entreprises spécialisées dans le transport de gaz en 1985, Enron est trop vite devenue l'une des plus importantes sociétés américaines par son chiffre d'affai-

1. Cité par M. Taibbi, « The Great American Bubble Machine », art. cité.

2. Pour une description documentée de l'histoire d'Enron, voir Christophe Defeuilley, « La faillite d'Enron, un tournant dans la dérégulation des marchés », *Entreprises et histoire*, n° 30, 2002/3, pp. 88-99.

res, du moins celui qu'elle prétend avoir. La dérégulation du secteur de l'énergie et notamment du gaz crée en effet un nouveau marché concurrentiel où les entreprises vont se battre comme des chiffonniers. Naît alors le besoin de développer le négoce (le *trading*) et les outils financiers de couverture du risque qui vont avec. Le transporteur de gaz qu'est encore Enron pressent bien l'envol que va connaître le *trading* et il se lance dans ce nouveau métier dont il détient, en 1995, une bonne part du marché. Le vent en poupe, Enron modernise en 1999 ses méthodes en créant EnronOnline, une plate-forme de transaction électronique par Internet. Vu son succès, elle a déjà étendu son activité à la vente d'électricité et s'est lancée dans le courtage de nombreux autres produits de toute nature — on en a compté jusqu'à 1 600 : métaux, dérivés climatiques, communications, bois, papier, eau, etc. En quelques années, la firme est devenue un grand du négoce mondial d'énergie et d'une multitude d'autres produits, elle s'implante un peu partout dans le monde. De 4 milliards de chiffre d'affaires en 1989, elle en revendique 100 milliards en 2000, dont 90 % viennent des activités de *trading*.

Derrière la rutilante façade, la réalité est pourtant moins présentable. On s'en apercevra bien sûr trop tard puisque la CFTC avait cru judicieux d'accorder à Enron une exemption de surveillance et de contrôle de ses activités[1]. Quand l'édifice

1. Voir chapitre III.

s'écroule, on découvre qu'il ne tenait que grâce à une myriade de montages frauduleux. Ils ont été rendus possibles par la conjonction de trois types de mécanismes couramment utilisés, frauduleux ou non : le recours à des procédés financiers sophistiqués ; des manipulations destinées à rendre rentables des actifs qui ne le sont pas ; enfin, des dissimulations comptables utilisant en particulier des sociétés *off shore* dans les paradis bancaires et réglementaires ainsi que le « hors bilan »*[1]. Dans le cas d'Enron, les dissimulations comptables étaient massives et systématiques puisqu'il a été répertorié quelque 3 000 filiales dans des paradis bancaires, fiscaux, judiciaires et réglementaires, afin de sortir les activités correspondantes du bilan consolidé* du groupe.

Le hors bilan, technique bien connue et largement employée dans les milieux économiques et financiers, peut faciliter bien des opérations différentes, répondant à des objectifs multiples. Ainsi, parmi les innombrables filiales occultes *off shore* dont la fonction était uniquement de permettre à Enron de sortir de son bilan les actifs qu'elle voulait sécuriser ou grâce auxquelles elle pouvait faire apparaître des plus-values immédiates, en figurait une dénommée « Whitewing ». La commission d'enquête du Sénat américain qui s'est penchée

1. Jacques Mistral, Christian de Boissieu et Jean-Hervé Lorenzi, *Les Normes comptables et le monde post-Enron*, Paris, La Documentation française, 2003, annexe 2, pp. 47-53.

sur le scandale a calculé qu'entre 1999 et 2001 ce satellite avait acheté pour deux milliards de dollars d'actifs à Enron. Une autre entité *ad hoc* est créée le 28 juin 1999 sous le nom de « LJM1 ». Pour l'isoler du groupe Enron, on y installe un homme de paille comme propriétaire apparent : il s'agit d'Andrew Fastow, le directeur financier d'Enron qui avait mis toute son imagination financière au service des malversations de son employeur. L'une des opérations caractéristiques des montages conçus avec cette filiale clandestine porte sur les actions d'une société dénommée « Rythms NetConnection », qui est un fournisseur d'accès ADSL. Enron a investi dans le capital de cette société qui, portée par la bulle Internet, voit le cours de ses actions s'envoler. Pour se prémunir contre leur baisse éventuelle, Enron vend les titres qu'elle détient à sa filiale et lui garantit, par un produit financier inverse, la valeur de ces titres. Elle peut ainsi enregistrer dans son compte de résultats un bénéfice non négligeable après s'être vendu à elle-même des valeurs boursières au cours fluctuant. Le procédé était courant : « Cet allégement des actifs de l'entreprise *(asset light strategy)*, explique Christine Zumello, permettait à Enron de réduire son niveau d'endettement et faisait glisser des actifs peu générateurs de revenus dans les entités satellites [...]. Les différentes entités satellites créées devaient, d'une part, servir de déversoir pour des éléments d'actifs non désirés et, d'autre part, générer des revenus pour "assainir" la situation comptable d'Enron afin de la rendre attractive financièrement[1]. » Toutes ces manipulations d'écritures ne servaient donc qu'à camoufler des actifs que les dirigeants d'Enron voulaient soustraire à toute visibilité ou à faire des opérations fictives qui grossissaient le volume de chiffre d'affaires ou les profits artificiels.

En juillet 2003, la Securities and Exchange Commission* (SEC), l'autorité américaine de contrôle des marchés financiers, condamnait la banque J. P. Morgan à une amende de 135 millions de dollars pour une autre sorte de fraudes commises avec Enron. La J. P. Morgan avait créé une filiale *off shore* basée à Jersey, la Mahonia Ltd, qui achetait à terme des contrats de fourniture de gaz ou d'électricité à Enron, qu'elle payait comptant à la commande. Selon le mécanisme qui a été mis au jour, Enron achetait l'équivalent à une autre filiale *off shore* de J. P. Morgan, gérée par les mêmes dirigeants. Les deux contrats s'annulaient donc, mais ils correspondaient en fait à un prêt dissimulé effectué par la banque. Le mécanisme peut être décrit simplement de la manière suivante : J. P. Morgan prêtait une somme à Mahonia pour acheter un contrat à terme, portant sur du gaz ou du pétrole devant être livré sur plusieurs années et Mahonia payait immédiatement la totalité du contrat. De son côté, Enron passait com-

1. Christine Zumello, « Enron, une entreprise américaine en question », *in* Nathalie Champroux et Olivier Frayssé (éd.), *Entreprises et entrepreneurs dans leur environnement en Grande-Bretagne et aux États-Unis*, Paris, Presses de la Sorbonne nouvelle, 2005, pp. 35-36.

mande d'une quantité équivalente de gaz ou de pétrole à l'autre société dirigée de façon occulte par Mahonia, la Stoneville Aegean Ltd, à un prix plus élevé qui couvrait le montant des intérêts du prêt consenti par J. P. Morgan à Mahonia. Bien entendu, Stonneville ne livrait rien à Enron, qui ne livrait rien non plus à Mahonia puisqu'il ne s'agissait que d'un prêt déguisé. Enron enregistrait la totalité du contrat avec Mahonia comme une vente qui venait grossir son chiffre d'affaires et sa trésorerie et payait ensuite à Stonneville régulièrement ses prétendues livraisons, pour rembourser le prêt de J. P. Morgan. Entre 1997 et 2001, la SEC a retrouvé sept opérations de cette nature, portant sur 2,6 milliards de dollars.

Les dirigeants d'Enron n'étaient jamais à court d'imagination. Comment tirer profit, par exemple, d'un réseau de fibre optique inutilisé pour cause de surinvestissement ? Le problème était double : quelle était la vraie valeur de ce réseau, inscrit pour 33 millions de dollars dans les comptes de la société au moment où les cours de la bulle Internet chutaient, et comment rentabiliser malgré tout cet investissement pour faire de la trésorerie et dégager du bénéfice ? L'astuce allait permettre de répondre aux deux questions en même temps, en multipliant par trois la valeur apparente du réseau, bien qu'il ne fût pas utilisé ni même utilisable. Enron choisit parmi les multiples entités qu'elle avait créées dans les paradis bancaires et réglementaires une société nommée « LJM2 » pour lui acheter 100 millions de dollars les droits sur le réseau : 30 millions sont payés immédiatement et le reste en paiement différé. Profit : 67 millions de dollars, apparus miraculeusement. Avec en prime, cette fois-ci, une nouvelle estimation de la valeur du réseau à la « valeur du marché », qui permet à Enron de réévaluer dans son bilan l'ensemble des actifs « fibre optique » qu'elle détient. Une grosse ficelle, sans doute, mais qui a marché tant qu'Enron était adulée par Wall Street et bien en cour à la Maison Blanche.

Une fraude intrinsèque

Pourquoi les dirigeants d'Enron se sont-ils livrés à de telles fraudes (et à beaucoup d'autres), aussi vastes et aussi massives ? Par avidité, bien sûr, mais l'explication est courte. La réponse la plus probante est qu'ils l'ont fait, tout simplement, parce qu'ils avaient l'opportunité de le faire, grâce aux nouveaux mécanismes de l'économie et de la finance de marché. Restait à trouver l'élément déclencheur, et c'est lui qui fait d'Enron un emblème et non une exception. La fraude est désormais intégrée comme un moyen de gestion ou, si l'on préfère, une variable d'ajustement permanente et non plus comme une simple variable d'ajustement à la marge.

Quand le modèle économique est lui-même en question, la fraude s'intègre au *management* de manière structurelle. La preuve en est qu'Enron n'a pas été une exception, mais seulement une exagération, au moment où l'éclatement de la bulle Internet a révélé l'extrême fragilité de la « nouvelle économie » à laquelle l'ensemble du monde politique, économique et financier avait cru à la fin des années 1990. Les facteurs de la fraude sont désormais incorporés dans la structure de l'économie financiarisée. Autrement dit, les caractéristiques de l'économie dominée par la finance de marché créent les conditions structurelles de la fraude et il ne dépend que des acteurs économiques et financiers d'y recourir quand le besoin s'en fait sentir et dans les proportions nécessaires à leurs desseins. Plus encore, et c'est ce que va révéler la crise suivante des *subprimes* : l'aspect structurel de la fraude lui ôte pour ses agents toute connotation morale susceptible de les retenir et, dès lors, la fraude devient un simple mode de gestion pour résoudre les blocages du système économique et financier. Elle est d'autant plus facile à utiliser qu'elle n'est également qu'un segment parmi de nombreux autres de la chaîne de production de la valeur financière et qu'elle peut, souvent, être déléguée par ses bénéficiaires ou même sous-traitée à des spécialistes de la fraude qui en assument à la fois le risque pénal et la stigmatisation morale.

Par conséquent, les causes de la fraude sont à rechercher du côté des éléments du système économique et financier puisqu'elle dépend, d'une part, des distorsions propres à ce système, d'autre part des facteurs conjoncturels qui en déclenchent la mise en œuvre. C'est exactement ce que l'on va observer dès la sortie de la bulle Internet.

Quand le mirage commence à s'estomper, sonne enfin l'heure des comptes. Encore au faîte de sa gloire et de sa fortune, mais à l'approche de sa fin, Enron est accusée d'avoir provoqué des pénuries artificielles d'électricité en Californie pour manipuler les cours — les faits seront ensuite avérés par l'enquête. La voici surtout foudroyée par l'éclatement de la bulle Internet qui va révéler les multiples malversations qui lui avaient permis de gonfler son chiffre d'affaires et ses profits. On va alors découvrir que les investissements, parfois énormes, n'étaient pas rentables, que l'activité de courtage d'énergie était loin d'être la panacée néolibérale annoncée, que les profits n'étaient pas au rendez-vous et que pour masquer ces piètres résultats Kenneth Lay, son fondateur et P.-D. G., avait transformé son groupe en une vaste entreprise de prédation, de fraudes et de malversations qui a ruiné tous ceux qui avaient cru dans ses promesses : investisseurs, salariés, fonds de retraite, etc. « La stratégie de l'entreprise [...] fait appel à tous les poncifs de l'époque, résume l'économiste Jacques Mistral : c'est une histoire qui se rapporte à des réseaux, on y trouve des financements sophistiqués et naturellement une entrée en force dans l'*e*-économie. [...] Le succès d'Enron, c'est d'avoir réussi mieux que d'autres la croissance rapide et régulière de son résultat, sa singularité, ce sont les conditions baroques dans lesquelles cet objectif a été atteint[1]. »

1. J. Mistral, C. de Boissieu et J.-H. Lorenzi, *Les Normes comptables et le monde post-Enron*, *op. cit.*, pp. 47-48.

Singularité, est-ce si sûr ? Certes, toutes les entreprises n'ont pas recours à de fausses salles de marché pour duper les visiteurs crédules, toutes ne pratiquent pas des coupures d'électricité pour organiser des pénuries justifiant des augmentations de tarif, toutes ne dépouillent pas les ouvriers et les retraités qui ont cotisé dans des fonds de pension toute leur vie. Mais en décortiquant les procédés grâce auxquels Enron a pu berner l'ensemble de la place financière, les autorités fédérales américaines et les marchés, on touche du doigt les faiblesses structurelles récurrentes de la régulation du capitalisme financier mondialisé. Alors que tout le monde de la finance et de la politique affichait, après l'effondrement crapuleux d'Enron, une volonté sans faille de prévenir le renouvellement d'un scandale identique, rien n'a empêché que se perpétuent et se généralisent les pratiques prédatrices de la finance de marché. Ce ne sont pas les signes d'alerte qui ont pourtant manqué. À commencer par le fait qu'Enron est loin d'avoir été un cas isolé. En réalité, elle s'est surtout distinguée par l'importance et la concentration des malversations commises, ses dirigeants ayant érigé la fraude en industrie de pointe pour accéder au podium des plus grandes entreprises multinationales américaines. Mais elle n'a été que la crête d'une vague grossie par une multitude d'autres entreprises.

Loin d'être une affaire isolée, un cas pathologique de la globalisation, l'affaire Enron est au contraire la simple exacerbation des capacités prédatrices d'une équipe dirigeante qui a poussé jusqu'au bout les possibilités qui lui étaient offertes. « Si Enron est un désastre, juge ainsi Jacques Mistral, c'est bien parce qu'il ne s'agit pas de quelques erreurs spectaculaires mais isolées et, si l'on ose dire, "honnêtes" : de mauvais choix technologiques ou des paris financiers trop audacieux. Ce qui est saisissant, c'est la multitude d'actions délibérées qui se sont enchaînées pendant plusieurs années pour gonfler artificiellement les profits, masquer les pertes, manipuler les actifs et les engagements, organiser l'évasion fiscale, inventer le chiffre d'affaires, ficeler l'*establishment* politique, tromper les auditeurs, *lawyers*, analystes et agences de *rating*[1]. » Constat presque complet, sauf à ajouter que ceux qui auraient dû empêcher les innombrables malversations et ne l'ont pas fait ont moins péché par ignorance que par laxisme, sinon par complicité active comme le cabinet d'audit Arthur Andersen, qui a d'ailleurs disparu dans la tourmente Enron, sans parler des gouvernements américains successifs et des instances de régulation, totalement défaillants en raison notamment des conflits d'intérêt des personnels politiques avec les dirigeants d'Enron[2].

1. *Ibid.*, p. 47.
2. Kenneth Lay était un ami proche de la famille Bush qui l'a beaucoup aidé dans ses entreprises.

Honni soit qui mal y fraude

Dans ce contexte, comment s'étonner que les entreprises aient été nombreuses à se laisser ensorceler par les perspectives de la « nouvelle économie », fasciner par les profits de la finance dérégulée et griser ensuite par les facilités de la fraude globalisée pour cacher leur faible rentabilité ou même leurs pertes abyssales ? Worldcom, par exemple, qui fait faillite en juillet 2002, dispute à Enron le titre peu enviable de la plus grande fraude comptable de l'histoire. Son parcours est tout aussi édifiant. Worldcom était un « géant des télécommunications », propriétaire d'un réseau de 1 300 km de fibres optiques et producteur de toute une gamme de services aux entreprises en matière de télécommunications. Dans son principe, le schéma était le même que celui d'Enron, il semble seulement qu'il ait été plus simple dans sa mise en œuvre. Les bénéfices attendus par les marchés financiers et les investisseurs n'étant pas au rendez-vous, dès 1999 les comptables entrent en action. Ils vont transformer les dépenses courantes en investissements. Sur le plan comptable, une dépense de fonctionnement est une charge qui vient directement et immédiatement en déduction des bénéfices. Un investissement en revanche est étalé (amorti) sur plusieurs années. On n'est pas plus riche évidemment, mais on peut le faire croire, au moins pendant un certain temps. Le résultat des manipulations comptables de Worldcom a été évalué à 11 milliards de dollars. En juillet 2002, Worldcom dépose son bilan et, en novembre de la même année, un accord avec la SEC vient mettre fin aux poursuites de l'organisme de contrôle des marchés américains. Poursuivi néanmoins sur le plan pénal, son P.-D.G, Bernie Ebbers, sera condamné en septembre 2006 à vingt-cinq ans de prison. Son ancien directeur financier, Scott Sullivan, élu directeur financier de l'année 1998 par *CFO Magazine* au temps de sa gloire, était devenu le principal accusateur lors de son procès. Son « repentir » lui a permis de négocier une peine de cinq ans de prison, opportunité que n'a pas su saisir son ancien patron.

Il serait fastidieux de dresser la liste de toutes les sociétés qui ont fraudé, truqué leur comptabilité, multiplié les irrégularités de gestion pour faire apparaître des bénéfices inexistants, engranger des profits douteux, gonfler leurs bilans avec des actifs pourris, dissimuler leurs pertes tout en continuant de lever des capitaux sur les marchés financiers..., tout cela pour que leurs dirigeants empochent de fabuleux bonus et des rémunérations gargantuesques, s'octroient des retraites chapeau[1] faramineuses et des parachutes en or massif, quand ils ne se contentent pas de confondre leur cassette personnelle avec la trésorerie de l'entreprise. Certains

1. Une retraite chapeau est un complément de retraite alloué aux dirigeants grâce à des cotisations versées par leur entreprise. Les montants de ces compléments de retraite peuvent être très élevés et font partie de la panoplie des avantages financiers que les dirigeants des entreprises négocient avant leur nomination.

dirigeants, pris la main dans le sac, ont été poursuivis, parfois condamnés, comme ceux de Worldcom, Adelphia, Lernout & Hauspie, Qwest, Comverse Technology, Vivendi… D'autres ont eu plus de chance ou plus d'habileté en s'empressant de corriger et de retraiter leurs comptabilités, manifestement mensongères et surévaluées : Alsthom, Xerox, Global Crossing, Safran, AOL Time Warner, pour ne citer qu'un tout petit nombre parmi les entreprises les plus connues ou les fraudes les plus grosses. Certaines n'échappent pas à la faillite frauduleuse : Global Crossing, Winstar, Adelphia[1]… Quant aux chiffres, ils valsent par milliards ou dizaines de milliards de dollars.

Une vague de stupéfaction et d'indignation oblige alors les gouvernements à réagir. Les États-Unis votent la loi Sarbanes-Oxley en 2002, la France les a devancés avec la loi NRE (« Nouvelles régulations économiques ») en 2001. Les analystes se penchent sur les causes du désastre économique, financier mais aussi moral et politique. Dans un rapport qui porte sur le problème des normes comptables à la suite de l'affaire Enron, rédigé en 2003 par trois économistes du Conseil d'analyse économique (CAE)[2], l'un d'entre eux, Jacques Mistral, est chargé de dresser le constat : « Dans les cas les plus notoires […], le caractère frauduleux des manipulations est assez

1. Pour une liste plus longue et une analyse plus complète, voir article « Bulle Internet » *in* Wikipedia.

2. Le CAE est le *think tank* officiel du Premier ministre en matière économique.

manifeste et l'on peut être tenté de conclure que "les principes comptables étaient sains, mais que leur mise en œuvre *(enforcement)* a été défaillante". Avant d'arriver à une conclusion qui pourrait se révéler prématurée, il est intéressant de discuter l'ampleur prise par les manipulations comptables : lorsqu'on en prend une vue d'ensemble, on s'aperçoit qu'il ne s'agit pas d'actes isolés, même nombreux, mais du produit d'une nouvelle stratégie financière[1]. » Cet auteur n'est pas un adversaire acharné de l'ordre économique dominant. Il reconnaît toutefois que le capitalisme financier a fait la part belle aux dirigeants devenus incontrôlables. Beaucoup plus préoccupés à la fois de satisfaire au mythe des 15 % de retour sur fonds propres et de défendre leurs intérêts personnels, les *managers* dont on a fait les héros de la mondialisation ne répugnent pas, selon une formule toute en retenue, à « battre légèrement le résultat anticipé ». En clair, à se livrer à des « jeux comptables » qui ne sont rien d'autre que des « manipulations comptables » : anticipation ou report du chiffre d'affaires, détermination extensive des « charges exceptionnelles[2] », gestion généreuse des provisions et réserves[3], le

1. J. Mistral, C. de Boissieu et J.-H. Lorenzi, *Les Normes comptables et le monde post-Enron*, *op. cit.*, pp. 11-12.
2. Quand on a perdu de l'argent, mieux vaut le présenter comme un fait exceptionnel à ses actionnaires…
3. Quand on peut prévoir une dépense future importante et inévitable, on provisionne en mettant des bénéfices de côté. On peut le faire quand il y a justement des bénéfices et, quand la charge sera comptabilisée, elle sera moins douloureuse et, avec de la chance, quasiment invisible.

tout bien camouflé, pourquoi pas ? par des fusions-acquisitions qui brassent allégrement ce qu'il vaut mieux ne pas faire voir. Et de citer Warren Buffet qui, dénonçant en 1998 ces méthodes, se lamentait que « beaucoup de CEOs [P.-D. G.] considèrent ces manipulations non seulement comme convenables, mais comme un devoir[1] ». En fin de compte, les économistes du CAE font un long catalogue de ces pratiques, et elles sont aussi nombreuses que variées, qui aboutissent à donner des informations erronées ou trompeuses de la réalité de l'entreprise, avec la complicité des auditeurs, des comptables, des commissaires aux comptes et la passivité des autorités de contrôle... Paradoxalement, d'ailleurs, le problème ne vient pas toujours de l'absence de normes ou du flou des règles, mais aussi du trop-plein et des contradictions qui ne manquent pas d'apparaître entre elles[2], sans parler des chicanes entre les autorités de supervision qui se marchent sur les pieds, ou au contraire des défaillances induites par leur extrême complaisance.

1. *Berkshire Hattaway Inc. Shareholders Letter 1998*, p. 13, cité par J. Mistral, C. de Boissieu et J.-H. Lorenzi, *Les Normes comptables et le monde post-Enron*, *op. cit.*, p. 14.

2. Ce peut être le cas, notamment, de la différence entre les normes comptables européennes et américaines, qui reposent sur des philosophies différentes et difficilement conciliables.

Une bulle prépare l'autre

Tout cela aurait pu n'être plus par la suite qu'une anecdote historique à mettre au passif d'une dérégulation balbutiante. Mais les événements qui se sont déroulés depuis l'éclatement de la bulle Internet ont montré que ni les maigres tentatives de régulation entreprises par réaction contre le scandale Enron, ni l'évolution des fondamentaux de l'économie et de la finance n'ont permis d'enrayer une logique inscrite dans la structure même de l'économie mondialisée sous dépendance anglo-américaine. Les lois censées porter remède aux trop grandes facilités comptables et aux manipulations des marchés ont toutes montré leur insuffisance et, en fin de compte, leur inutilité.

Quand la bulle Internet explose, le bilan en effet est lourd et les États-Unis ne vont trouver pour s'en sortir une nouvelle fois que la fuite en avant. Les bourses s'effondrent, la bulle immobilière qui s'était constituée derrière celle des nouvelles technologies se dégonfle à son tour, les États-Unis entrent en stagnation en 2000, puis en récession en 2001. 1,5 million d'emplois sont détruits entre mars 2001 et janvier 2002. Mais si la situation est inquiétante, c'est aussi parce que entre-temps l'économie américaine a continué d'évoluer en accentuant ses déséquilibres. Jusqu'en 2000, le déficit américain était financé par l'afflux de capitaux privés. À partir de 2001, cela ne suffit plus, le Trésor américain prend la relève en émettant des bons achetés en masse par des non-résidents, en pratique essentiellement par la Chine. Le déficit du commerce extérieur américain a plus que doublé entre 1997 et 2000, passant de 196,7 à 435 milliards de dollars (il était de 173,7 milliards en 1995). Les États-Unis ont définitivement opéré le tournant qui consiste à exporter leurs usines vers les pays émergents pour augmenter les profits mais en détruisant leurs propres emplois industriels, mal compensés par des emplois sous-qualifiés et peu payés dans les services. Les États-Unis sont alors devant un choix politique délicat : enrayer l'aggravation du déficit extérieur obligerait la Réserve fédérale à augmenter ses taux d'intérêt. Mais la dépression économique serait inévitable et l'Amérique entrerait dans une ère de turbulences incontrôlables et dans une spirale descendante infernale. Baisser les taux, c'est au contraire relancer la consommation.

Inutile de dire que la décision est vite prise, par conséquent la Fed commence à baisser ses taux directeurs dès la fin de l'année 2000. Mais rien ne vient empêcher la poursuite de la désindustrialisation, avec ses répercussions sur le niveau de vie des Américains. La seule concession faite au soutien de l'économie traditionnelle est en faveur de l'immobilier qui représente environ 8 % du PIB américain. *Too big to fail*[1] ! Le soutien à l'immobi-

1. « Trop gros pour tomber » : l'expression signifie que lorsqu'une firme, une banque ou un secteur de production jouent un rôle majeur dans l'économie ou la finance, les pouvoirs publics ne peuvent les voir disparaître et qu'ils sont donc assurés d'être sauvés en tout état de cause de la faillite.

lier répond à une autre nécessité que j'ai déjà signalée. La disparition des caisses d'épargne américaines — celles qui ont survécu se sont alignées sur le secteur bancaire concurrentiel — a mis fin en même temps aux particularités du système financier mutualiste qui permettait aux ménages de se loger avec un endettement raisonnable. Or, non seulement l'Américain moyen ne dispose plus d'un secteur aidé d'accession à la propriété, mais en plus les classes moyennes s'appauvrissent et ont perdu leur capacité d'épargne, sans compter les minorités (noires, latino-américaines) qui sombrent encore plus bas. Toutes les conditions sont donc réunies pour que se forme la prochaine bulle, celle des *subprimes*. Le piège est redoutable et, comme personne ne l'a vu se refermer à temps, imparable.

En fait, le piège comporte deux mâchoires. La première est la situation socio-économique des États-Unis, qui nécessite en particulier le soutien à l'industrie de l'immobilier et à la consommation tandis que les revenus des Américains ne leur permettent plus de financer leur logement et leurs dépenses par l'épargne. L'Amérique va donc vivre à crédit sur le reste du monde. La Chine, qui amasse des centaines, voire des milliers de milliards de dollars dans son commerce avec les États-Unis, les place en bons du Trésor américains plutôt que de les affecter à l'amélioration du niveau de vie des Chinois. Dans la grande imposture de ce nouveau millénaire, la Chine communiste s'enrichit grâce au capitalisme mondial en sacrifiant ses travailleurs, et sauve en même temps la patrie du libéralisme de la faillite. Les États-Unis deviennent dépendants de cette épargne qui remplace celle que les Américains n'ont plus, faute de revenus suffisants. Mais, bien sûr, cet argent ne va pas directement dans le portefeuille de la ménagère du Connecticut, il va dans les caisses de l'État fédéral qui supporte deux guerres (Irak, Afghanistan) et un train de vie inchangé[1]. Au moins cette perfusion financière permet-elle à l'Amérique de ne pas avoir à remettre en question son modèle ni son mode de vie, en lui maintenant la tête hors de l'eau. Reste à assurer le financement des logements, qui font tourner l'industrie immobilière, sans parler du niveau de vie qui assure la consommation des biens courants, car il va de soi que les Américains n'envisagent à aucun instant de réduire leurs dépenses. C'est la nouvelle bulle immobilière et financière qui va y pourvoir, mais la situation est délicate puisque les acheteurs potentiels sont de moins en moins solvables et qu'un nombre déjà important d'entre eux ne l'est plus du tout ou ne l'a jamais été.

À qui revient le mérite de la puissante trouvaille qui va accorder un répit d'environ cinq années à l'Amérique surendettée ? Peut-être à personne en particulier, tant l'urgence et la nécessité ont dicté l'évidence d'une solution qui s'est imposée sans même qu'elle ait été décidée. Le principe a été le suivant : plutôt que de gager le crédit sur la capa-

1. Et qui de surcroît a baissé les impôts.

cité d'épargne ou le revenu des emprunteurs, l'une et l'autre ne permettant plus d'accorder des prêts selon les principes bancaires traditionnels, on prêtera l'argent du financement des logements (et accessoirement de la consommation) sur la seule garantie de valeur du bien immobilier acheté, pris en hypothèque par précaution. Les prêteurs ne se préoccupent plus de savoir si les emprunteurs ont des revenus et une stabilité professionnels leur permettant de faire face aux échéances, il leur suffit dorénavant que le bien immobilier puisse couvrir la dette en cas de défaut de paiement. La belle mécanique ne peut fonctionner qu'à une seule condition : l'augmentation permanente de la valeur des actifs immobiliers, autant dire la constitution d'une bulle immobilière. Qu'importe alors si l'emprunteur peut ou non rembourser, il suffira de vendre son bien, qui aura entre-temps accru sa valeur sur le marché. L'emprunteur lui-même n'est pas forcément perdant. S'il a de la chance, la revente de son bien dégagera une plus-value qui lui laissera un petit reliquat quand la banque aura récupéré sa créance.

Pour être sûres de leur fait, les banques rendent leurs offres alléchantes en proposant des prêts à taux variables qui, durant les deux ou trois premières années de remboursement, sont plafonnés à des montants très supportables. Quand s'abat le couperet de la clause d'indexation — le *reset*, comme disent les Américains —, le taux d'intérêt monte en flèche et l'emprunteur — qui n'avait pas lu ou pas compris son contrat — tombe de haut. Car, libéralisme oblige, les États-Unis ont supprimé depuis longtemps l'interdiction des taux usuraires et les banquiers peuvent imposer les taux qu'ils veulent. Autant dire qu'une fois les clients ferrés ils ne s'en privent pas. Ceux qui ont vu leur situation professionnelle s'effondrer pour cause de délocalisation des emplois rejoignent ainsi la cohorte de ceux qui ont contracté des emprunts dont la banque savait, dès le début, qu'ils ne pourraient les rembourser.

On ne change pas une équipe qui fraude

La seconde mâchoire du piège est la désormais fameuse titrisation. Elle va servir à surmonter la contradiction de l'Amérique néolibérale. Les gouvernements successifs entendent d'un côté, pour des raisons économiques et sociales, maintenir les possibilités d'accès à la propriété ; mais, de l'autre, ils ne veulent pas s'engager dans des programmes publics d'aide au logement, après que les *Savings & Loan* qui assuraient jadis un financement mutualiste ont été soit liquidées, soit intégrées dans le secteur concurrentiel. Pour en sortir, l'aide est accordée non aux emprunteurs, mais aux organismes de crédit pour qu'ils consentent des prêts à des emprunteurs dans l'incapacité de souscrire des prêts normaux. Deux organismes parapublics, Fannie Mae et Freddie Mac[1], sont

1. Diminutifs familiers respectifs de « Federal National Mortgage Association » et de « Federal Home Loan Mortgage Corporation ».

chargés de racheter aux banques leurs créances hypothécaires. Pour les banquiers, l'intérêt de cette titrisation est triple : d'une part, ils se débarrassent des risques potentiels de leur portefeuille, d'autre part, ils récupèrent immédiatement des liquidités leur permettant de financer de nouveaux prêts, enfin ils sortent les prêts de leur bilan, ce qui leur évite d'avoir à conserver des fonds propres[1]. Pour se financer eux-mêmes, Fannie Mae et Freddie Mac regroupent les crédits achetés en *pools* et les titrisent. Les traites des emprunteurs sont ainsi versées à la société constituée à cet effet, que le droit français appelle « fonds commun de titrisation* » (en anglais, *Special Purpose Vehicle*, *SPV*). L'État apporte sa garantie contre le risque d'insolvabilité des débiteurs aux prêts achetés et titrisés par Fannie Mae et Freddie Mac.

À l'origine, seuls les prêts *prime*, c'est-à-dire ceux consentis à des débiteurs solvables, faisaient l'objet de rachat par Fannie Mae et Freddie Mac en vue de leur titrisation. Le risque était donc faible et, en tout cas, sous contrôle. Sauf que, depuis 1977, le *Community Reinvestment Act* fait obligation aux banques de niveau fédéral d'accorder des prêts aux personnes vivant dans les ghettos et dont la solvabilité est insuffisante pour accéder au *prime market*. En 1980, le *Depository*

1. Les banques doivent conserver une part de fonds propres proportionnelle à leurs engagements, de manière à garantir les remboursements de leurs créanciers.

Institutions Deregulations and Money Control Act légalise *de facto* les prêts *subprime* en autorisant les prêteurs à prélever les taux et les frais qu'ils veulent sur les emprunteurs, en clair en supprimant la limite du taux usuraire. Les prêts *subprime*, en effet, ont notamment pour particularité que les taux pratiqués sont plus élevés que sur les prêts *prime*, pour rémunérer le prix du risque. Le détail est savoureux : les prêts que l'on accorde aux plus pauvres sont plus chers que ceux que l'on accorde aux plus riches car leur risque de défaut est plus élevé. L'exploitation de la pauvreté est toujours le meilleur moyen de s'enrichir ! En 1982, l'*Alternative Mortgage Transaction Parity Act* introduit les prêts à taux variables et une catégorie particulière de prêts, nommés « crédits ballon » *(balloon payments)*, qui favorise l'endettement[1].

En 1994, les premiers excès des prêts *subprime* se sont déjà fait sentir et le *Home Ownership and Equity Protectection Act* tente de freiner les abus. Cela, évidemment, ne servira à rien. Ainsi va naître, d'abord modestement, le marché des *subprimes*, qui s'adresse aux emprunteurs issus des « minorités » pour la plupart, dont la capacité de

1. Voir Richard Bitner, *Confessions of a Subprime Lender*, Wiley, 2008, p. 23. Le crédit ballon, utilisé en Europe pour des prêts automobile, consiste à prévoir un remboursement du capital pour l'essentiel (la moitié en général) avec la dernière mensualité, sur une durée d'emprunt assez courte (deux ans par exemple). Les mensualités sont donc faibles, mais l'emprunteur se trouve obligé, en fin de contrat, de conclure un nouveau prêt ballon s'il ne peut pas rembourser la totalité à l'échéance et il se trouve ainsi captif du prêt.

crédit est jugée insuffisante selon les critères d'octroi traditionnels. Mais il reçoit un coup d'accélérateur quand, à partir de 1993, les banques de Wall Street commencent à titriser les prêts *subprime* dans des MBS, créant ainsi un « marché secondaire » qui va permettre de revendre les crédits et de refinancer les prêteurs. Entre 1993 et 1998, le nombre de prêts *subprime* avec une garantie foncière est passé de 80 000 à 790 000. Richard Bitner, un prêteur de prêts *subprime* repenti qui a écrit un livre pour expliquer le fonctionnement de toute l'affaire[1], a donné une idée, avec un calcul simple, des profits que pouvait réaliser même un petit prêteur : avec un volume mensuel de prêts de 10 millions de dollars et des honoraires de 7 % en 1994, le profit brut était de 700 000 dollars et le profit net pouvait être de 300 000 dollars par mois. « Pouvoir produire un tel revenu avec moins de cinquante employés, conclut Bitner, était phénoménal[2]. » On comprend donc son attractivité.

C'est surtout après 1996 que les *subprimes* vont commencer à prendre de l'importance, car l'obligation est étendue à Fannie Mae et Freddie Mac : ils reçoivent pour instruction gouvernementale d'accorder 42 % de leurs financements à des prêts consentis à des emprunteurs situés au-dessous du revenu médian de leur région, taux qui passera à 50 % en 2000 et 52 % en 2005. Sous la pression

1. Voir R. Bitner, *Confessions of a Subprime Lender*, *op. cit.*
2. *Ibid.*, p. 24.

politique incitant les organismes de refinancement et les banques à prêter aux catégories sociales défavorisées, la titrisation des crédits hypothécaires, qui s'était installée dans le paysage financier au cours des années 1980, s'ouvre largement, désormais, aux prêts *subprime*. En 1993, le volume des prêts *subprime* était de 20 milliards de dollars, en 1998 il est passé à 150 milliards. Ils vont connaître une première crise en 1998 après l'effondrement du fonds spéculatif LTCM, mais ils redémarreront peu après puisqu'en 2000 Edward Gramlich, l'un des membres du bureau des gouverneurs de la Réserve fédérale, s'inquiète officiellement des pratiques des « rapaces » dans l'octroi des prêts *subprime*, mais personne ne l'écoute. En 1998, 10 % des prêts hypothécaires étaient *subprime*, en 2006 ils seront 23 %. Les prêts *subprime* ne sont pas d'ailleurs les seuls à se faire prendre dans la spirale, car les prêts à taux variables se généralisent : ils commencent habituellement par des taux faibles, fortement attractifs, et la clause de réajustement se déclenche après deux ou trois ans, entraînant les emprunteurs dans les cimes de l'endettement. Le slogan électoral de George Bush — « une société de propriétaires » *(ownership society)* — trouve sa consécration dans les incitations aux prêts, les déductions fiscales et autres aides indirectes à l'endettement qui poussent les Américains à s'endetter sans compter et en toute insouciance. Ils ne vont pas s'en priver puisque l'endettement des ménages va atteindre, lorsque éclate la crise des *subprimes* en 2007, 138 % de leur revenu disponible (93 % dix ans plus tôt).

Quand tout est en place pour déclencher la mécanique infernale à l'aube des années 2000, il ne reste donc à la Fed qu'à donner le signal en baissant son taux directeur. Parti de 6,5 %, il descendra, treize décisions de baisse plus tard, à 1 % en 2004. La course à l'endettement sans frein est lancée puisque les taux d'intérêt sont rattrapés par l'inflation et la flambée des prix de l'immobilier, qu'attise la politique intense en faveur de l'achat de logements. À cela s'ajoute, d'ailleurs, une forte demande d'endettement pour les dépenses courantes de consommation, car l'octroi des cartes de crédit dont les Américains sont friands est lié à celui du crédit immobilier à travers le système de notation FICO[1]. Qui peut s'endetter pour sa maison trouve une même disponibilité des banques pour lui accorder des crédits à la consommation. Les prix de l'immobilier, qui avaient commencé leur ascension au milieu des années 1990, s'envolent dès le début de la décennie suivante. Désormais, le piège est amorcé et il se referme inexorablement.

1. Voir *infra*, p. 167.

6

Une variable d'ajustement et un mode de gestion de l'économie

Plus l'économie va mal, moins le politique gouverne, mieux la finance se porte et plus la fraude prospère. Les recettes d'Enron au service de l'économie tout entière. Le triomphe de la finance Ponzi. L'aveuglement des autorités politiques et financières. La police a vu la montée du péril, elle n'a pas pu l'enrayer. Quand la fraude ne suffit plus pour sauver la bulle, le mieux est de légaliser la fraude.

Prise dans sa spirale d'endettement privé — l'endettement public va se ralentir en revanche à partir de 2003 —, l'Amérique en devient doublement dépendante. D'une part, bien sûr, les ménages ne disposent que de ce moyen pour continuer à vivre sur un train inchangé quand leurs revenus ne leur permettent plus de le financer, mais ils s'endettent en toute quiétude puisqu'ils bénéficient de l'« effet de richesse » créé par la montée des prix de l'immobilier. Persuadés que leur patrimoine s'enrichit avec la montée de la valeur de leur logement, même si leurs revenus ne suivent pas, ils s'endettent sans souci, encouragés par les pouvoirs publics que leur engouement pour la dette dispense de toute politique sociale. Mais, d'autre part, l'économie et la finance deviennent tout aussi dépendantes du crédit facile, à tel point que les fondamentaux de l'économie financière deviennent vite des contraintes ringardes.

Cette addiction de la banque et de la finance va se révéler bien plus grave que celle des particuliers, puisque c'est d'elle que dépendent leurs débiteurs. Si les banquiers veulent mettre les emprunteurs à la diète, rien ne les en empêchera ; s'ils veulent au contraire les gaver de crédits, il leur suffit d'avoir les liquidités pour faire face à la demande. Celle-ci grossira ensuite toute seule. Dès lors, l'équation est simple : d'un côté, il faut soutenir la demande ; de l'autre, il faut fournir les liquidités requises. Il faut donc que la croissance de la demande de crédits et celle de l'offre de liquidités soient corrélées et que ni l'une ni l'autre ne s'interrompent ou ne se ralentissent.

Diviser les risques, multiplier les profits

L'ingénierie complexe mise en place pour rassasier la demande de logements résidentiels tout en satisfaisant les besoins spéculatifs de la finance de marché sert donc à alimenter continûment le double flux de demande de logements et de croissance financière. Il y a toutefois deux paramètres que cette ingénierie ne maîtrise pas : il est indispensable de s'assurer d'abord que le marché de l'immobilier, d'une part, le marché du crédit, d'autre part, bénéficient chacun de son côté d'une croissance régulière ininterrompue ; il faut ensuite, pour que cette croissance soit harmonieuse, que les deux marchés — le marché immobilier et le marché financier — soient coordonnés afin que leur progression reste corrélée. Autrement dit, il faut que le système financier fournisse les liquidités demandées par le marché immobilier et que les fluctuations de l'un soient associées aux fluctuations de l'autre, le tout étant évidemment à la hausse.

Ce que les mécanismes économiques et financiers classiques n'auraient jamais permis de faire, la finance de marché et la fraude vont s'en charger, main dans la main. La fraude systémique qui est introduite dans les circuits immobilier et financier répond en effet à cette double exigence car elle constitue à la fois un diviseur de risques et un multiplicateur de profits. Elle va permettre de garantir une croissance forte, continue et liée du marché de l'immobilier et du marché financier. Elle va ainsi se porter concrètement sur les segments de ces deux marchés qui nécessitent des soutiens spécifiques que les règles normales des marchés ne pourraient assurer. Bien entendu, tout n'est pas frauduleux dans les montages financiers et les pratiques de marché qui s'installent dans le secteur de l'immobilier et dans le système financier. Mais ils dépendent de la fraude pour ôter les obstacles à la hausse des marchés et à leur harmonisation. La fraude intervient pour lisser les aspérités et les imperfections de chacun de ces deux marchés, séparément et ensemble, afin que leur articulation permette une expansion croissante, régulière et corrélée de la bulle immobilière et de la bulle financière.

La fraude se situe à deux niveaux. Le premier est si vaste que peu de gens l'ont vu ou ont bien voulu le voir. Sans doute était-il trop visible et les économistes comptent dans leurs rangs assez peu de chevaliers Dupin[1]. Dans un bref article paru dans *Les Échos* le 14 septembre 2007, l'économiste Patrick Artus a eu le mérite de le dire sans détour : le système des *subprimes* n'était rien d'autre que la variante à grande échelle d'une assez classique escroquerie que l'on appelle la « boule de neige » ou la pyramide et, en Amérique, un schéma de Ponzi : « La Ponzi Finance, écrivait-il, fait référence à un mécanisme dont la solvabilité n'est pas assurée par les revenus, mais par un endettement récurrent. Ce qualificatif s'applique bien au système du "*subprime*" dans la mesure où au moment où les personnes ont contracté

1. Personnage de *La Lettre cachée* d'Edgar Poe, le chevalier Dupin trouve une lettre compromettante que cherchait en vain la police : au lieu de la dissimuler, son propriétaire l'avait laissée posée négligemment en évidence sur son bureau. Convaincus qu'un document contenant un secret capable de discréditer un ministre ne pouvait qu'être soigneusement dissimulé, les policiers n'avaient pas imaginé que la meilleure cachette était de l'exposer au regard de tous.

leurs prêts, elles disposaient de revenus qui ne les mettaient pas en capacité de rembourser leur crédit après le "*reset*"[1]. […] Concernant les ménages endettés par les "*subprimes*", ils ne pouvaient continuer à payer leurs intérêts qu'à condition que le prix des maisons augmente. »

Parlant de finance Ponzi, Patrick Artus faisait référence aux travaux d'un économiste post-keynésien, Hyman Minsky, qui a élaboré à partir de 1977 une théorie appelée l'« hypothèse d'instabilité financière[2] ». Selon Minsky, le capitalisme a évolué en raison d'une dégradation inéluctable, c'est-à-dire endogène et structurelle, de ses conditions de fonctionnement, qui l'ont fragilisé et rendu instable[3]. L'évolution de l'État-providence vers le capitalisme financier, avec les failles structurelles que j'ai décrites, est celle qu'analyse Minsky en expliquant que le capitalisme a tra-

1. Le *reset* est le déclenchement du changement de taux, qui passe du faible taux initial contractuellement bloqué à un taux variable aligné sur le taux des marchés financiers.

2. « The Financial Instability Hypothesis : An Interpretation of Keynes and an Alternative to "Standard" Theory », *Nebraska Journal of Economics and Business*, 1977.

3. Selon Minsky, l'instabilité financière est due à l'euphorie des marchés, qui repoussent ainsi leurs limites jusqu'à éliminer les cadres institutionnels qui maintiennent l'économie dans un régime sain d'accumulation. La dégénérescence du capitalisme vers la finance Ponzi est donc inéluctable selon lui. Si cette dégradation endogène est vérifiée par la crise des *subprimes*, son caractère inéluctable peut être discuté car on peut s'interroger sur le moteur qui l'anime : est-ce l'euphorie financière ou la panique engendrée par la baisse du taux de profit ? Ou, plus exactement, le basculement dans la finance Ponzi n'est-elle pas le moyen de créer une euphorie financière à la place de la panique qui surviendrait si l'économie n'était pas biaisée par la fraude systémique ?

versé trois phases, qui correspondent à trois types de financiers et à trois comportements également typiques : la « finance couverte », la « finance spéculative » et la « finance Ponzi ». Seul le premier mode de financement correspond à des processus stables de financement de l'économie, puisqu'il implique que les investissements couvrent les intérêts et le remboursement du capital. C'est, en somme, le « bon père de famille » balzacien qui n'emprunte que ce qu'il sait pouvoir rembourser. Le spéculateur est dans une autre logique : il emprunte non pour rembourser un capital, mais pour gagner plus que les intérêts que lui coûtent ses emprunts. Quand arrive une échéance, il conclut par conséquent un nouveau prêt. Il a donc besoin de financements permanents et d'un capital qui tourne continuellement puisqu'il ne le rembourse jamais.

Le troisième type de financier — et de financement — s'inspire directement de l'escroquerie dite « schéma » ou « pyramide de Ponzi ». Le principe de la pyramide est simple : les gains proviennent non d'une prestation réelle (vente ou service), mais du paiement, par ceux qui veulent entrer dans la chaîne, du gain de ceux qui les précèdent. Les suivants récupéreront leur bénéfice de la même façon, grâce à l'entrée dans la chaîne de nouveaux participants qui paieront un même droit d'entrée à leurs prédécesseurs. L'exemple classique est celui de la « chaîne » dont les initiateurs invitent les membres futurs à verser une contribution aux membres qui les précèdent pour s'inscrire dans celle-ci et acquérir le droit de demander à leur tour à de nouveaux « prospects » une contribution qui les autorise à entrer également dans la chaîne, et ainsi de suite. Pour être plus discrète, une pyramide de ce genre peut se dissimuler derrière une prestation fictive, habilement présentée. Dans le cas des *subprimes*, l'astuce était la suivante : l'emprunteur entrait dans le système de crédit à un coût attractif, reposant sur la promesse d'achat d'un bien immobilier dont la valeur augmenterait plus vite que le coût de son crédit. De la sorte, si ses revenus n'étaient pas suffisants pour faire face aux échéances du prêt, l'emprunteur pourrait acquérir un nouveau prêt en remplacement de l'ancien en réévaluant la valeur hypothécaire du bien gagé. Ce que ne voyait pas l'emprunteur, c'est qu'il s'engageait dans une spirale infernale qui ne pourrait fonctionner que tant que la bulle immobilière grossirait et dans laquelle il était tenu de rembourser indéfiniment un prêt dont les échéances se mettaient à monter au bout de deux ou trois ans quand le taux cessait d'être bloqué et s'alignait sur ceux du marché financier. Le seul moyen d'échapper à des mensualités confiscatoires était de conclure un nouveau prêt pour rembourser en quelque sorte l'ancien, en attendant qu'il déclenche deux ou trois ans plus tard son propre *reset*.

Madoff n'était qu'un amateur

Minsky est mort en 1996 et n'a donc pas vu se réaliser ses prévisions, puisque les *subprimes* sont une parfaite illustration de la finance Ponzi que les autorités gouvernementales, comme la plupart des économistes, n'ont pas perçue ou voulu percevoir comme telle. Pourtant, les *subprimes* n'étaient qu'une version, à la taille de l'économie américaine, d'un procédé qui, lorsqu'il est mené à petite échelle, conduit ses auteurs devant les juridictions pénales. Bernard Madoff, qui a été condamné en juin 2009 à cent cinquante ans de prison, n'avait fait qu'appliquer à son niveau artisanal (dont on mesure quand même la capacité prédatrice puisque son escroquerie semble avoir porté sur 65 milliards de dollars) ce que les *subprimes* ont représenté à l'échelle des États-Unis. L'escroquerie de Madoff était simple et elle a pu durer au moins vingt ans. Elle consistait à récolter des fonds, surtout dans la communauté juive dont faisait partie Madoff, avec la promesse de rendements élevés et surtout réguliers, indépendants de la rentabilité des marchés. Madoff faisait croire à ses victimes qu'elles entraient dans un club sélect où il fallait montrer patte blanche pour obtenir le droit de confier ses économies au *maestro* de la finance. La manigance ne pouvait fonctionner qu'à condition que le flot des nouveaux arrivants soit suffisant pour payer les intérêts des anciens. La crise des *subprimes*, en asséchant le système financier, a mis un terme brutal à la pyramide de Madoff, parfait schéma de Ponzi.

Dans l'affaire des *subprimes*, le coup de génie est que l'emprunteur entre dans une mécanique où il est pour lui-même en quelque sorte son propre escroc. Le banquier, qui ne fait que financer son investissement sans y participer personnellement, en est toutefois le seul gagnant. Dans une pyramide traditionnelle, il faut payer pour entrer. Dans les *subprimes*, la pyramide se met en place au moment de l'achat de la maison, mais elle ne provoque ses effets que lors du déclenchement du *reset*. En effet, l'emprunteur qui ne peut payer ses mensualités quand le *reset* est déclenché ne peut conserver sa maison qu'en concluant un nouveau prêt, lui-même gagé sur la nouvelle valeur de celle-ci. Il doit donc payer pour rester dans le circuit des emprunteurs, mais il paie à un tiers, le banquier, qui fournit les fonds donnant le droit de demeurer dans la pyramide. L'emprunteur doit contracter de nouveaux endettements auprès de son banquier, uniquement pour ne pas être éliminé de la course à l'endettement, qui se traduirait par la vente et l'expulsion de son logement. Le banquier prête d'autant plus volontiers que, non seulement chaque prêt est une source de profits, mais aussi que la pyramide exige une croissance de l'endettement général. Son rôle consiste simplement à alimenter par ses prêts la bulle immobilière qui, une fois le processus enclenché, grossit toute seule tant qu'on l'approvisionne. La pression sur le marché immobilier fait monter régulièrement les prix : c'est la condition *sine qua non* pour que le mécanisme de réendettement persiste à fonctionner.

Tout le monde avait donc intérêt, à des titres divers, à ce que la bulle immobilière continue inexorablement de gonfler : les emprunteurs qui ne pouvaient garder leur maison qu'en réempruntant pour continuer de la rembourser, les banquiers qui encaissaient, sans que les emprunteurs s'en aperçoivent, la plus-value spéculative de l'augmentation du prix des biens immobiliers et tous les acteurs du secteur immobilier qui produisaient et vendaient d'autant plus de biens immobiliers que leur prix ne cessait de monter : « De 2001 au retournement dans le secteur immobilier, c'est-à-dire la fin du deuxième trimestre 2006, la proportion des prêts *non primes* accordés est passée de 22,8 à 49,9 % du total des prêts hypothécaires accordés. Pour les seuls *subprimes*, cette proportion est passée de 7,2 à 20,6 % pendant la même période. Symétriquement, les prêts *primes* qui, quant à eux, pesaient plus des trois quarts des prêts hypothécaires en 2001 ne représentaient plus que 50,1 % du total à la fin du deuxième semestre 200[6][1]. » Jusqu'au moment, bien sûr, où la construction de logements et l'augmentation de leur prix qui ont fait grossir le stock des biens vacants et provoqué la hausse des taux

1. Samba Diop, « La crise du crédit à risque américain : une interprétation par l'Hypothèse d'Instabilité Financière de Minsky », *Revue de la régulation,* n° 5, 1er semestre 2009.

d'intérêt rappellent aux ultralibéraux l'une des lois fondamentales de l'économie de marché qu'ils avaient curieusement perdue de vue, celle du nécessaire équilibre entre l'offre et la demande. Trop de logements, et trop chers, ont enrayé la belle mécanique pyramidale, et l'on connaît la suite.

Mais la plus belle des mécaniques ne fonctionne que lorsque ses rouages sont bien huilés. Or, les prêts *subprime* reposaient sur une contradiction délicate à gérer. Ce marché d'accession à la propriété s'adressait d'abord aux pauvres et à tous les emprunteurs dans l'incapacité de souscrire des prêts normaux. Il était donc *a priori* improbable que les prêts hypothécaires en question puissent accéder à un niveau économique élevé, quelque désir qu'en aient eu les emprunteurs, d'un côté, les banquiers, de l'autre. Seule la tricherie pouvait faire coïncider une offre inépuisable de crédits avec une demande de masse insolvable ou à haut risque. Quand les moyens légaux et réguliers des marchés n'ont plus permis un fonctionnement normal de l'immense pyramide qu'était devenu le système de financement de l'immobilier américain, les fraudes individuelles sont ainsi devenues l'adjuvant, la variable d'ajustement ou le mode de gestion de la finance Ponzi des *subprimes*. Une seconde sorte de fraudes, non plus celle du système lui-même mais celle que le système met en place pour demeurer lui-même frauduleux, se superpose alors à la finance Ponzi.

Le triptyque frauduleux, version subprime

Ces fraudes individuelles ne sont pas des avatars ou des épiphénomènes, elles ont été structurellement nécessaires au modèle *subprime* car il ne pouvait longtemps fonctionner sur le modèle pyramidal. La raison en est que, à la différence du schéma mis en place par Enron, l'insuffisante rentabilité des actifs — ici les actifs immobiliers — est originelle[1] : seule la hausse du prix des biens immobiliers peut permettre le réamorçage de l'économie financière et la progression continue des dépenses des ménages. Dans un premier temps, le marché immobilier part donc en quête des acheteurs potentiels. D'un côté, les professionnels de l'immobilier s'appuient sur les incitations gouvernementales prises pour contourner l'appauvrissement des ménages américains et, notamment, en faveur des minorités et des pauvres habitant les ghettos[2]. De l'autre, les banquiers

1. L'hypothèse d'instabilité financière de Minsky s'applique tout aussi bien à la bulle Internet qu'à celle des *subprimes*, mais la différence est que les fraudes individuelles étaient alors une réponse des entreprises pour éviter ou retarder l'effondrement de la pyramide, tandis que dans l'affaire des *subprimes* la pyramide était le principe même des montages conçus par la finance de marché.

2. De fait, en 2006, les statistiques ethniques qui doivent être tenues en ce domaine depuis la loi « *Home Mortgage Disclosure* » de 1995 indiquaient que 53 % des Noirs avaient un prêt *subprime*, pour 17 % de Blancs. Selon une étude de 2006 également du Center for Responsible Lending, à risque de crédit égal, un Noir a de 31 % à 34 % de chances d'obtenir un taux de prêt plus élevé qu'un Blanc.

font miroiter aux emprunteurs des conditions de crédit alléchantes, à base de taux variables dont le *reset* n'interviendra que plus tard, quand leur maison aura acquis une valeur suffisante, leur dit-on, pour négocier un nouveau crédit.

Ainsi, la traque commerciale des acheteurs peu ou pas solvables ne s'est pas effectuée au jugé ou de manière empirique, mais de façon « professionnelle », en utilisant toutes les ressources du système de crédit américain. La surprise vient donc du fait que les failles utilisées et les principes de fraude mis en œuvre pour les exploiter sont de même nature dans la crise des *subprimes* que ceux qui ont permis à Enron de devenir l'entreprise la plus admirée de l'Amérique des années 1990. Avant qu'on ne découvre, au seuil des années 2000, qu'elle était l'escroquerie la plus importante de la nouvelle économie mondialisée. Les ressorts de la fraude vont se présenter d'une manière différente et sous des habillages nouveaux, mais leur présence constante, d'une crise à l'autre, permet de repérer l'existence d'une sorte de triptyque de la fraude financière sur la permanence duquel il serait intéressant de réfléchir le jour où l'on voudra s'attaquer réellement au problème. Il est troublant, en effet, de constater qu'à la suite des scandales de la bulle Internet, dont Enron constitue le fleuron, non seulement rien n'ait été entrepris pour prévenir le retour de telles pratiques, mais qu'elles se soient au contraire étendues à la gestion de toute l'économie financière.

Les volets de ce triptyque désormais pratiqué à grande échelle sont, d'une part, l'existence d'actifs* qui ne peuvent être rentabilisés que par la transgression ou la manipulation des lois du marché, d'autre part l'utilisation de techniques de dissimulation comptables et d'habillages juridiques (hors bilan et places *off shore*), enfin la vertigineuse floraison de produits financiers. Si l'on y regarde d'un peu près, il est clair que l'articulation entre eux des rouages de la fraude diffère de la bulle Internet à la bulle des *subprimes*, ce qui indique que leur utilité, leur fonction et leur efficacité ne dépendent pas de chacun d'eux séparément, mais de l'agencement des uns avec les autres. À chaque combinaison, par conséquent, peuvent correspondre un type de crise différent ou des variations dans les modalités de leur déroulement, mais on peut au moins se demander si les trois ressorts en question ne sont pas les éléments à la fois nécessaires et suffisants de la constitution des bulles modernes. Ainsi, Enron avait fondé son modèle d'entreprise sur la conception d'une multitude de produits financiers destinés à rentabiliser des actifs qui, en réalité, étaient insuffisamment performants, voire franchement ruineux. C'est lorsqu'il est apparu qu'ils ne pouvaient devenir rentables autrement que l'entreprise s'est lancée dans la manipulation des marchés sur lesquels elle les plaçait. A surgi du même coup la nécessité des dissimulations juridiques et comptables pour à la fois camoufler l'insuffisance de rentabilité de ses actifs et opérer de nouvelles valorisations fictives de ces derniers grâce à des jeux d'écritures comptables. Ici, la fraude se situait essentiellement lors des manipulations diverses qui favorisaient la rentabilisation artificielle des actifs, puis dans le détournement de règles ou de pratiques juridiques et comptables à des fins de dissimulation et de malversation financières.

L'articulation des trois facteurs dans la crise des *subprimes* n'est pas la même, ce qui fait aussi que les fraudes vont apparaître à d'autres niveaux et selon des modalités différentes. Les trois volets du triptyque, qui apparaissaient encore les uns après les autres et les uns à côté des autres dans le cas d'Enron — valorisation artificielle d'actifs, manipulations comptables, produits financiers sophistiqués —, vont désormais être intégrés les uns dans les autres. S'il existe, bien sûr, une division des tâches entre l'industrie de l'immobilier et l'industrie financière, les étapes du processus de transformation du plomb en or ne sont plus successives mais inhérentes au système, simultanées et étroitement corrélées. Tout d'abord, le problème n'est plus seulement celui d'une entreprise, mais d'un secteur entier, voire de toute l'économie américaine qui attend du secteur immobilier qu'il la sorte de son marasme et de la dépression où l'a plongée l'éclatement de la bulle Internet. De crise en crise, en effet, l'instabilité du système économique et financier américain n'a cessé de croître et d'englober des domaines plus vastes. Désormais, le problème s'est répandu à l'ensemble de l'économie du pays. Les facteurs de solution qui vont déboucher sur la crise suivante vont donc se mettre en place à un niveau collectif et global, et non entreprise par entreprise. Il y a une autre différence : l'insuffisante rentabilité des actifs n'est plus le résultat d'un modèle de croissance qui n'a pas tenu ses promesses, mais constitue le problème de départ qu'il faut résoudre et pour la solution duquel vont être mobilisés de gigantesques moyens économiques et financiers. Comme le joueur de poker qui, pour faire tourner la chance, fait « tapis » et mise ses derniers jetons sur un seul et ultime coup de bluff. Dans la crise des *subprimes*, l'improbable résurrection de la capacité solvable d'une population en voie d'appauvrissement est l'enjeu autour duquel va se nouer l'ensemble des pratiques commerciales du secteur immobilier et des montages financiers du système bancaire. La fraude est au cœur de ce dispositif.

La fraude appelle les fraudes

Il faut connaître la manière dont est organisé le système de crédit américain pour comprendre comment tout s'est agencé. Il existe aux États-Unis des organismes appelés « bureaux de crédit », dont la fonction est d'évaluer la solvabilité des emprunteurs et demandeurs de crédit, que ce soit pour obtenir une carte de crédit, un crédit à la consommation ou un emprunt immobilier. Ces bureaux de crédit — les trois plus grands s'appellent Equifax, Transunion et Experian — ont accès, par le biais du numéro de sécurité sociale de toute personne vivant et travaillant aux États-Unis, à l'ensemble des renseignements permettant d'établir son profil financier et son historique d'endettement. Utilisant une méthode mise au point dans les années 1950 par la société Fair Isaac Corp (FICO), ces bureaux allouent à chaque individu une note de solvabilité. La méthode FICO fixe une échelle théorique qui s'étage de 300 à 850[1] : pour obtenir un prêt ou un crédit auprès du secteur bancaire, il faut être dans le premier marché *(prime market)*, c'est-à-dire disposer d'une note supérieure à 620. Le score, bien entendu, peut monter ou descendre, un peu comme le bonus et le malus d'assurance, en fonction des incidents de crédit ou des changements de classe de risque recensés par les bureaux de crédit. Au-dessous de 620, on entre dans le marché *subprime* qui est la zone à haut risque dans laquelle, en principe, les banques ne prêtent plus.

Une autre caractéristique du système immobilier américain, qu'il est nécessaire de connaître pour comprendre certains mécanismes de fraude couramment utilisés, est le recours aux « évaluateurs », les *appraisers*, qui s'étaient déjà illustrés dans la crise des *Savings & Loan*. Comme les banques qui financent les prêts passent habituel-

1. Dans la réalité, les choses sont un peu plus complexes. La méthode FICO a été adaptée par les bureaux de crédit et les scores peuvent donc varier d'un bureau à l'autre.

lement par des organismes de prêt *(lenders)* faisant eux-mêmes souvent appel à des courtiers qui démarchent activement les acheteurs potentiels, elles ont besoin d'être assurées par une évaluation, en principe neutre, objective et honnête, de la valeur réelle sur le marché du bien immobilier qu'elles prennent en hypothèque. Les banques n'interviennent donc en général qu'en retrait, pour refinancer les organismes de prêt en leur rachetant les crédits qu'ils ont consentis et ensuite les titriser et se refinancer elles-mêmes. En parallèle, Fannie Mae et Freddie Mac jouent le même rôle que les banques, initialement sur les prêts *prime*, puis sur les prêts *subprime*.

Tout cet énorme dispositif a donc rendu possible la « macro-fraude » que constitue, en tant que tel, le système *subprime*. Mais au-dessous de cette macro-fraude, pullulaient des micro-fraudes au niveau individuel, qui permettaient aux individus et aux ménages qui voulaient conclure des prêts *subprime* d'entrer discrètement dans le processus. Ce ne sont pas les banques prêteuses qui en ont été les victimes. Au contraire, elles ont mis en place les mécanismes complices (au mieux, elles ont fermé les yeux) qui étaient le seul moyen de débloquer un prêt pour lequel l'emprunteur était en réalité inéligible. L'analyse des fraudes dans le fonctionnement du système de crédit américain porte sur deux aspects différents. Le premier est celui des techniques de fraude, le second est celui de la mesure de ces fraudes et de leur impact sur le fonctionnement du marché lui-même.

Commençons par ce dernier, qui fixe la nature des enjeux. La connaissance que l'on en a provient pour l'essentiel, d'une part, des déclarations de soupçon que les institutions financières sont tenues d'adresser aux autorités de contrôle, d'autre part de l'activité des autorités de poursuite. En raison de la multiplicité des intervenants sur le marché du crédit et de l'immobilier, les déclarations de soupçon ne sont issues que d'une fraction des professions concernées et ne constituent pas une source d'information exhaustive, loin de là. Elles ne donnent donc qu'un aperçu tronqué de l'ensemble des fraudes susceptibles d'être commises, d'autant plus que, s'agissant de pratiques qui impliquent les professionnels eux-mêmes, il n'est pas illégitime de penser que ceux qui commettent des infractions n'iront pas s'empresser de les dénoncer. Quant aux poursuites engagées par les autorités répressives, elles sont encore moins représentatives de l'étendue de la fraude, puisqu'elles se limitent aux cas traités, entrant dans un cadre juridique notamment restreint par les capacités d'absorption de l'appareil répressif.

La délicate évaluation des fraudes

Malgré tout, il existe de nombreux repères, les uns chiffrés, d'autres plus subjectifs, qui donnent au moins une idée de l'importance de la fraude hypothécaire et de son rôle dans la crise des *subprimes*.

Sur le plan quantitatif, le nombre de déclarations de soupçon[1] était de 1 318 en 1996 et de 63 173 en 2008, soit une augmentation 4 793 %. Si 7 % seulement de ces déclarations mentionnaient les montants financiers concernés par la fraude, ce qui ne permet pas d'avoir une vue globale du coût de celle-ci, il n'empêche que la somme de ces montants était de 1,5 milliard de dollars en 2008. Ce chiffre est faible si on le rapporte au montant financier des prêts hypothécaires à risque, lesquels se sont élevés en 2006, au sommet de la bulle immobilière, à 685 milliards de dollars. Mais il ne s'agit que de la fraude immédiatement visible, tout le reste échappant aux statistiques. Une projection faite par le Prieston Group, une société spécialisée dans la prévention et la protection contre la fraude hypothécaire, citée par le FBI, estime ainsi entre 4 et 6 milliards de dollars par an les pertes induites par la fraude hypothécaire[2].

Dans un autre ordre d'idées, le nombre d'investigations engagées par le FBI sur la fraude hypothécaire était de 881 en 2006 : il est passé à plus de 2 000 en 2008, à quoi s'ajoutait, au premier trimestre de 2009, 566 enquêtes portant sur des fraudes commises par des entreprises en lien direct avec la crise financière. 734 dossiers ont été ouverts

1. Les organismes financiers sont tenus de déclarer aux diverses autorités de contrôle les dossiers qui leur paraissent suspects.
2. Site Internet du FBI. Il s'agit d'une estimation annuelle, qui ne précise pas cependant si les fraudes sont exclusivement liées aux prêts *subprime*.

en 2007, contre 295 en 2003. Le FBI s'est ainsi trouvé submergé sous les enquêtes et a dû accroître de façon importante ses effectifs affectés à la seule fraude hypothécaire qui ont plus que doublé entre 2007 et le début de 2009 (120 en 2007, 250 en février 2009).

Mais la police fédérale a aussi eu recours à des méthodes d'enquête utilisées d'habitude pour faire face à la grande criminalité ou à des enquêtes d'ampleur nationale : création de 18 équipes communes, intitulées « *Mort-gage Fraud Task Forces* », avec d'autres départements fédéraux ayant des pouvoirs de police (ministère du Logement, Service de l'inspection postale, services fiscaux, FDIC, procureurs locaux...) et même des services de police locaux relevant de la tutelle des États ; création également de 47 groupes de travail à travers tout le territoire américain ; infiltration d'agents « sous couverture » ; développement d'une application informatique d'analyse afin d'identifier les fraudes commises dans les ressorts de Washington et Baltimore ; création d'une équipe de coordination nationale des enquêtes au siège du FBI à Washington... L'agence fédérale a aussi lancé trois grandes opérations judiciaires avec divers autres départements et agences du gouvernement fédéral. La première est montée en 2004, elle s'intitule « *Continued Action* ». Les enquêtes menées dans 37 États, mobilisant 47 bureaux locaux du FBI, portent sur des délits financiers et visent à démanteler une multitude de fraudes parmi lesquelles figurent des fraudes hypothécaires, mais la cible n'est pas exclusivement celles-ci. En revanche, en 2005, une autre opération au nom de code « *Quick Flip* » est décidée en raison du fait que « la fraude hypothécaire est l'une des formes de délinquance en col blanc qui grossit le plus vite aux États-Unis », dit le FBI dans son compte rendu aux médias. Elle aboutit à l'inculpation de 156 personnes, dont 81 font l'objet d'arrestations et 89 de condamnations. Le montant de la fraude est de 600 000 dollars. La troisième opération, dénommée « *Malicious Mortgage* », est d'une tout autre dimension. L'enquête menée, de mars à juin 2008, porte sur 144 affaires impliquant 406 inculpés dont 60 sont arrêtés le 18 juin 2008 dans 15 districts (l'enquête elle-même couvrant 50 districts) : cette fois-ci, le montant de la fraude est estimé à un milliard de dollars.

Autant dire que les moyens policiers et judiciaires, qui avaient été fortement réduits après les attentats du 11 Septembre pour être affectés à la lutte antiterroriste — malgré l'éclatement de la bulle Internet et les affaires Enron, Worldcom et toutes les autres —, ont été tardivement, mais significativement augmentés depuis l'éclosion de la bulle des *subprimes*, la nouvelle urgence nationale. Devant le Sénat où il défend son budget, le directeur du FBI, Robert Mueller, déclare au début de 2008 : « Nous avons eu une vague formidable d'affaires en lien avec la débâcle des prêts *subprime*. Nous pensons qu'elles vont croître encore plus. Je ne suis pas sûr que nous puissions à ce point voir l'ampleur de la vague. » Il est vrai que la proportion estimée des prêts frauduleux donne le vertige. Une société de conseil aux prêteurs et aux banques spécialisée dans la détection des prêts frauduleux, BasePoint Analytics, a analysé plus de trois millions de prêts entre 1997 et 2006, avec une majorité portant sur la période 2005-2006. Elle a établi que 70 % des prêts *subprime* dont les emprunteurs se sont trouvés rapidement en cessation de paiement étaient frauduleux. Dans la plupart des cas, la fraude consistait simplement en de fausses déclarations de revenus, parfois massives (jusqu'à cinq fois le revenu réel), au besoin avec de faux documents fabriqués sur leur propre ordinateur par les emprunteurs[1].

Quelle est la proportion des prêts *subprime* frauduleux dans la masse totale de ceux qui ont été accordés ? Nul ne peut le dire évidemment, d'autant que la nature des fraudes est diverse et qu'elles n'ont pas toutes la même portée frauduleuse ou économique. L'une des plus répandues est la surévaluation des biens immobiliers, au point, par exemple, que Richard Bitner avoue qu'au moins la moitié des évaluations de ses propres prêts était gonflée de 10 %[2] au minimum. L'intérêt d'une surévaluation par les *appraisers* consiste on l'a dit à obtenir un prêt d'un montant supérieur avec lequel l'emprunteur peut financer

1. Katalina Bianco, *The Subprime Lending Crisis : Causes and Effects of the Mortgage Meltdown*, CCH, 2008, et Steven Malanga, « Predatory Lending, or Mortgage Fraud ? », *Real Clear Market*, 9 avril 2008.

2. R. Bitner, *Confessions of a Subprime Lender, op. cit.*, p. 97.

d'autres projets, faire des travaux sur sa maison, rembourser ses mensualités… d'autant que les banques, dans l'euphorie de la bulle, renonçaient volontiers à demander des apports personnels et se moquaient des risques, que la titrisation permettait de passer à d'autres investisseurs comme un mistigri. D'une grande banalité et presque insensible d'un point de vue criminologique, la surévaluation systématique des biens immobiliers avait une conséquence directe importante sur le marché, puisque la valeur des maisons, estimée par rapport aux ventes effectuées dans leur voisinage, gonflait à vue d'œil et faisait croître la bulle encore plus vite. Comment cela aurait-il pu s'arrêter, puisque les revenus des professionnels étaient calculés en pourcentage des ventes et des prêts ? Ainsi, une fraude peu réprouvée mais généralisée a été l'un des moteurs de la crise, créant une sorte d'effet levier sur le marché immobilier.

Des avertissements sans frais et surtout sans suite

En sus des chiffres forcément incomplets, il existe de nombreux autres indices montrant que la fraude a été un élément moteur du succès des prêts *subprime*. En septembre 2004, trois ans avant l'éclatement de la bulle, le chef de la division criminelle au quartier général du FBI, Chris Swecker, tirait déjà la sonnette d'alarme. La fraude dans le marché des prêts hypothécaires, affirmait-il, risquait de se transformer en « épidémie » parce que la bulle immobilière, causée par la baisse des taux d'intérêt et la montée en flèche de la valeur des biens immobiliers, avait attiré une cohorte de professionnels sans scrupules, voire de groupes criminels. Fine mouche, le policier pressentait déjà que les records de la crise des *Savings & Loan* seraient pulvérisés. Prétendant pouvoir prévenir le désastre en gestation par des moyens policiers, il en profitait pour annoncer la mise en place d'équipes d'enquête « sous couverture » dans le milieu des courtiers, des évaluateurs, des investisseurs et des prêteurs. Le FBI a dû pourtant reconnaître ultérieurement que les moyens accordés n'étaient ni suffisants ni adaptés (ils ne seront accrus qu'après l'éclatement de la bulle), mais son directeur s'est défaussé en expliquant que sa responsabilité n'était pas économique ou financière mais policière, et qu'il n'était pas dans son rôle de se substituer aux autorités de contrôle des marchés, ce qui n'était pas complètement faux.

Quoi qu'il en soit, l'avertissement était loin d'être isolé. On pourra toujours dire d'ailleurs qu'en 2004, année où la Fed remonte ses taux directeurs, les jeux sont faits puisque la bulle s'est constituée en 2000 quand la Fed avait commencé à baisser ses taux. En 2004, le crédit devient alors plus cher, la spéculation immobilière moins intéressante, la valeur des biens immobiliers cesse de croître, et c'est ainsi que la bulle finira par éclater en 2007. Mais si l'on remonte dans le temps, on trouve d'autres alertes tout aussi nettes, dont personne n'a voulu tenir compte dans les plus hautes sphères du gouvernement et des agences ou autorités fédérales. La plus sérieuse, ou qui aurait dû être considérée comme telle, est celle qu'a lancée Edward Gramlich, un des gouverneurs de la Réserve fédérale. Témoignant devant le Comité sur les affaires bancaires et financières de la Chambre des représentants le 24 mai 2000, il mettait en garde contre les prêts « rapaces » *(predatory lending)*, résultant des pratiques abusives des professionnels. Il existe un vaste débat aux États-Unis pour savoir ce que sont exactement ces prêts « rapaces » dont tout le monde parle et qui peuvent apparaître comme une sorte d'auberge espagnole de la fraude et des pratiques douteuses. Mais une chose au moins est sûre : ces pratiques sont si répandues que de doctes universitaires en ont fait un sujet d'étude et dissertent longuement sur la notion de prêts rapaces et sur leurs rapports ou leurs liens avec les *subprimes*[1]. Disons pour faire bref, et sans entrer dans une discussion théorique qui dépasse le cadre de ce travail, que si les pratiques déloyales et trompeuses des professionnels au détriment des emprunteurs excèdent le champ des prêts *subprime*, ces procédés frauduleux ont trouvé là un terreau de choix. Et si

1. Voir Philip Bond, David K. Musto et Bilge Yilmaz, « Predatory Lending in a Rational World », *Working Papers*, n° 06-2, Research Department, Bank of Philadelphia, 13 novembre 2006, http://ssrn.com/abstract=87562.

Edward Gramlich s'en inquiétait, c'était bien parce qu'il avait perçu la montée en puissance des prêts *subprime* et vu le caractère explosif des comportements rapaces dans ce domaine, car ceux-ci sont anciens, bien connus et n'ont jamais été efficacement combattus.

Gramlich avait eu beau s'en ouvrir auprès d'Alan Greenspan, le président de la Réserve fédérale, celui-ci n'avait pas daigné y prêter la moindre attention. En 2001, Sheila Bair, haut fonctionnaire du département du Trésor[1], estimait urgent de son côté de proposer aux prêteurs de *subprimes* un guide des bonnes pratiques et des modes de contrôle de leur déontologie. Ceux-ci l'ont refusé avec dédain. En 2004, John Gamboa et Robert Gnaizda, deux responsables du Greenlining Institute, un groupe de pression californien pour la défense du logement, avaient eux aussi rencontré Alan Greenspan pour à leur tour le mettre en garde contre la montée des procédés frauduleux et lui demander d'agir en faveur d'un code de conduite. Peine perdue : sans donner la moindre bonne raison, Alan Greenspan s'était contenté d'une fin de non-recevoir. Incompétence, insouciance, négligence, aveuglement ? Après le désastre, Greenspan a tenté de se dédouaner en alléguant le manque de moyens et en renvoyant la responsabilité principale sur la justice et la police… : l'investigation sur la fraude, a-t-il expliqué, « devient essentiellement une action de mise en

1. Devenue présidente de la FDIC.

évidence. Une assez grande proportion de ces affaires sont des fraudes et celles-ci sont un domaine que les comptables ne sont pas les plus aptes à traiter[1] ». Ce qui ne l'empêchait pas de s'embrouiller dans ses propos puisqu'il a déclaré ailleurs exactement le contraire, cherchant à se justifier rétroactivement de son inaction face aux avertissements qu'il avait reçus personnellement : « Le problème a toujours été de savoir ce que la loi signifie quand elle évoque des procédés trompeurs et malhonnêtes. Parler de pratiques trompeuses et malhonnêtes semble aller de soi, sauf quand vous essayez de déterminer ce que cela veut dire[2]. » Étonnant plaidoyer plein d'embarras, on le voit, pour l'ancien responsable de la politique monétaire des États-Unis qui avait sous sa responsabilité l'ensemble du secteur bancaire de la plus grande puissance financière mondiale. Et comme l'ancien président de la Réserve fédérale n'en est pas à une contradiction ni à une échappatoire près, il faisait dans ses Mémoires, *The Age of Turbulence : Adventures in A New World*, ce demi-aveu : « J'étais avisé que le relâchement des conditions d'attribution du crédit hypothécaire aux emprunteurs *subprime* augmentait le risque financier, mais je croyais alors, comme maintenant, que les bénéfices apportés par l'extension de la propriété immobilière en valait le coup[3]. » Saurait-

1. Edmund Andrews, « Fed Shrugged as Subprime Crisis Spread », *The New York Times*, 18 décembre 2007.
2. *Ibid.*
3. *Ibid.*

on mieux dire, et sans la moindre vergogne, que tout compte fait la fraude a du bon quand elle conforte les visées idéologiques et remplit le porte-monnaie, et, en un mot, que la fin justifie les moyens ?

La fraude est un jeu d'équipe dans lequel chacun joue pour soi

Si l'impact de la fraude dans le secteur des prêts *subprime* ne peut être évalué directement, et soyons assurés qu'on n'aura jamais d'indication précise sur ce point, tout laisse à penser en revanche qu'elle a été étendue, sinon massive. Le criminologue William Black, ancien régulateur des *Savings & Loan* qui est l'un des seuls à s'être battu pour y remettre de l'ordre, a tenté récemment d'en évaluer l'importance[1]. Il estime que les quelque 63 000 cas de fraudes relevés par le FBI en 2007 devraient être multipliés par cinq pour approcher le chiffre des fraudes qui auraient été dénoncées par les professionnels si l'ensemble des professions concernées étaient astreintes à l'obligation de signaler les cas suspects. Mais cela n'aurait pas suffi à donner une estimation véritable des fraudes puisque les fraudeurs n'allaient pas se dénoncer eux-mêmes et que même avec de la bonne volonté toutes les fraudes ne sont pas

1. « Cette finance frauduleuse qu'on ne veut pas voir », *L'Économie politique*, n° 42, avril 2009.

découvertes. Pour Black, par conséquent, l'intégration du chiffre noir de la fraude conduirait à multiplier le chiffre de 63 000 de 2007 par dix ou vingt.

Même si de telles extrapolations sont sujettes à caution, on peut s'étonner que l'ampleur des fraudes n'ait pas entraîné de mobilisation avant qu'il ne soit trop tard car elles étaient quand même bien visibles. Le FBI le reconnaît dans son rapport annuel de 2007 où il mentionne qu'il enquête activement depuis 1999 sur les fraudes hypothécaires. Cela lui a donné une connaissance approfondie des techniques de fraude, à partir de laquelle la police fédérale a élaboré une typologie qui distingue deux catégories de fraudes ou plus exactement de fraudeurs : la fraude professionnelle *(fraud for profit)* et la fraude individuelle *(fraud for housing)*. Cette distinction a une portée opérationnelle car elle dicte les choix et les méthodes de poursuite des autorités fédérales.

La fraude professionnelle est celle qui est attribuée à de véritables prédateurs, qui connaissent les techniques de l'immobilier sur le bout des doigts. Ainsi, la « fraude à la culbute » *(property flipping)* consiste à acheter une propriété, à la faire évaluer par un *appraiser* à un prix nettement plus élevé et à demander un prêt au nom d'un homme de paille, qui ne sera évidemment jamais remboursé. Dans son rapport 2007, le FBI donne l'exemple suivant : un acquéreur achète une propriété 20 000 dollars et la soumet à un évaluateur qui l'estime à 80 000 dollars. Un homme de paille se propose à l'achat et sollicite un prêt de 80 % du prix d'achat, soit 64 000 dollars. Profit frauduleux : 44 000 dollars. Pour peu que le prêt soit assuré dans le cadre d'une opération de refinancement, quand l'homme de paille disparaît en laissant son prêt impayé, c'est l'État qui assume la perte. Une organisation de fraude mise en place par des professionnels pourra aussi, par exemple, inclure des travaux fictifs dans la demande de prêt afin de gonfler le montant de ce dernier. L'acheteur gardera le surplus, en versant simplement une commission au courtier qui a monté son dossier. La simple surévaluation de l'immeuble par l'*appraiser* a le même but et se fera aux mêmes conditions : le surplus pour l'acheteur, moins la commission de l'évaluateur et celle du courtier. Le fin du fin est évidemment de tout inventer, selon une méthode de fraude que l'on pourrait traduire, au choix, par « prêt sur du vent » ou « prêt fille de l'air » *(air loan)* : pas d'immeuble, pas d'acheteur, pas de vrai compte en banque, mais des hommes de paille, des faux documents, de fausses identités, etc. Une bonne arnaque y ajoutera une batterie de téléphones censés être celui de l'employeur, celui de l'évaluateur, celui du bureau de crédit, etc., au cas où il y aurait des vérifications. En fin de compte, de multiples combinaisons sont possibles entre professionnels sans scrupules, elles ne sont limitées que par leur propre imagination.

Les fraudes individuelles sont évidemment plus simples car, même quand elles nécessitent la complicité plus ou moins active d'un professionnel (le courtier et l'évaluateur habituellement, ensemble ou séparément), elles ne requièrent pas, en général, la mobilisation de moyens nombreux et sophistiqués. L'objectif est le plus souvent d'obtenir un prêt auquel le score de crédit de l'emprunteur ne permettrait pas de prétendre en utilisant un prête-nom, une fausse identité ou le nom de son conjoint s'il a un meilleur « score FICO ». Tout aussi fréquemment, les emprunteurs font gonfler le montant du prêt en demandant à l'*appraiser* de surévaluer le bien immobilier. Une autre fraude courante, du moins lorsque la banque exige un apport personnel, est de solliciter un second prêt « silencieux » *(silent second)*, qui ne sera pas déclaré au premier prêteur, afin de couvrir l'apport personnel. Pour toutes ces fraudes, il faut souvent falsifier sa déclaration de revenus en fournissant de faux bulletins de salaire, produire parfois une fausse identité, dissimuler ses autres engagements ou utiliser un prête-nom de son entourage.

La distinction entre fraudes professionnelles et fraudes individuelles n'est sans doute pas dénuée de toute pertinence, mais elle s'est trouvée inadaptée dans le contexte de la bulle des *subprimes*. Cette typologie part en effet d'un point de vue classique en criminologie, selon lequel la compréhension d'un acte délinquant doit s'apprécier au regard de la motivation et de la situation de son auteur. On ne peut évidemment en faire toujours abstraction, surtout quand l'acte délinquant est isolé. Mais la perspective criminologique est-elle la seule appropriée et, surtout, ne risque-t-elle pas d'occulter les autres aspects, autrement plus importants ? Dans l'hypothèse qui traverse l'ensemble de cet ouvrage, une fraude collective ou généralisée, à plus forte raison systémique, n'est compréhensible que si on la rapporte à l'environnement dans lequel elle s'insère et doit être regardée comme une variable d'ajustement de l'économie et du social. Peu importent, dans ces circonstances, les motivations individuelles des acteurs.

Même d'un point de vue policier, l'accent mis sur la différence entre fraude individuelle et fraude professionnelle induit en l'espèce des démarches inappropriées, car cette approche ne permet pas d'appréhender les incitations et les causes qui sont ailleurs que dans la poursuite du seul intérêt personnel du ou des fraudeurs. En fait, dans l'affaire des *subprimes*, l'intérêt de la fraude était certes, pour les acteurs directs, la satisfaction d'intérêts personnels faciles à comprendre : pour les emprunteurs, l'accès à la propriété ; pour les professionnels corrompus, les pots-de-vin tirés de la constitution de dossiers frauduleux ; pour l'ensemble des professions, une activité économique en pleine croissance, produisant chiffre d'affaires en hausse et profits abondants. En fait, loin d'agir chacun de son côté, comme tend à le faire croire la distinction du FBI entre professionnels et particuliers, les emprunteurs et les professionnels s'associaient le plus souvent pour monter ensemble des prêts hypothécaires frauduleux ou, au moins, pour fermer les yeux sur les fraudes des autres : la distinction entre fraude professionnelle et fraude individuelle perdait donc toute sa pertinence. Sans doute s'est-il trouvé des emprunteurs qui ont commis certaines fraudes — essentiellement de fausses déclarations d'emploi ou des majorations mensongères de revenus — sans le secours des professionnels, il n'empêche que ces fraudes étaient non seulement tolérées, mais qu'elles apparaissaient légitimes aux yeux des acteurs du système qu'elles faisaient fonctionner. Personne n'allait y regarder de près car elles arrangeaient tout le monde. Peu importe ainsi, quel que soit l'angle sous lequel on les regarde, qu'elles aient été engagées par les emprunteurs ou par les professionnels.

Une typologie de fraude inadaptée

La police américaine s'est donc trouvée dans une situation assez inconfortable et en tout cas paradoxale. Son analyse globale des fraudes la conduisait à en faire une interprétation en termes systémiques et même à prévoir les implications ravageuses sur l'ensemble de l'économie, mais ses analyses opérationnelles l'orientaient dans des directions opposées qui n'étaient que des impasses. Elle déterminait ainsi soit des cibles individuelles, sur lesquelles aucune prévention n'est possible, soit des cibles collectives perçues comme des « groupes criminels », notion particulièrement vague, surtout quand elle ne peut être rattachée à des organisations mafieuses ou à toute autre criminalité organisée clairement identifiée. Les analystes du FBI ont fait part, en effet, de leur perplexité, car ils ont retrouvé dans les méthodes employées pour les fraudes hypothécaires, selon leurs dires, toutes les caractéristiques de l'empreinte du crime organisé, sans pouvoir cependant les imputer aux syndicats du crime organisé, ni à des organisations terroristes ou radicales connues.

L'embarras des policiers provient de l'erreur opérationnelle consistant à rechercher des fraudeurs au lieu de rechercher la fraude et les circonstances qui l'ont rendue possible. Et comme la cause de la fraude n'était pas du côté des fraudeurs, la police a dû assister, impuissante, à la montée inexorable des *subprimes* et des procédés qui les multipliaient comme des petits pains. Il est vrai que l'architecture à multiples étages du secteur immobilier est un casse-tête pour qui veut, comme le policier ou le juge, chercher des responsabilités. Il se trouve face à des fraudes qui sont répétitives, similaires et convergentes, mais la grande dispersion des intervenants lui permet difficilement de prouver qu'elles ont été programmées de concert entre tous les professionnels concernés ni moins encore qu'elles sont centralisées de quelque manière que ce soit. C'est bien en cela, d'ailleurs, que ces fraudes sont systémiques : les comportements identiques sont très répandus, s'ils ne sont pas généralisés ils ont en tout cas un impact certain sur le fonctionnement de l'ensemble, mais on ne peut identifier un cerveau ni une organisation, ni même un vrai réseau qui relie les acteurs de la fraude[1]. Pour une criminologie triviale, il est alors tentant d'assimiler la fraude au comportement des fraudeurs les plus aisément repérables, en se privant de toute explication sur les raisons pour lesquelles ils ont pu aussi librement s'y livrer. Il est facile aussi, par conséquent, d'occulter les liens qui relient ces acteurs manifestement délinquants au reste de la filière professionnelle dont les membres profitent de la fraude, mais sans y participer eux-mêmes ou avec une participation occasionnelle ou minime. Si l'on resitue au contraire la perspective dans toutes ses dimensions, il apparaît que la fraude se concentrait sur un segment assez limité du secteur économique en cause, bien qu'elle fût inhérente à la marche de l'ensemble de celui-ci.

Si l'étiologie de la fraude implique donc de s'intéresser en priorité aux causes propres du système économique et financier, cela ne veut pas dire pour autant qu'il faille complètement négliger une approche sociologique qui peut apporter certains enseignements utiles sur la manière dont la fraude a été mise en œuvre et s'est localisée de préférence sur certaines fractions des secteurs concernés. Les quelques techniques évoquées plus haut suffisent à montrer que les montages

1. Les emprunteurs, en tout cas, changent à chaque fois et ne font donc pas partie des réseaux de fraude.

s'effectuent au plus près, dans la plupart des cas, de l'emprunteur, qui en est l'acteur principal, même quand ils constituent des fraudes professionnelles. En clair, les maillons de la chaîne professionnelle les plus vulnérables à la fraude sont, dans l'ordre décroissant, les courtiers, les évaluateurs puis, dans une moindre mesure, les prêteurs. Les courtiers en sont même en général les ordonnateurs, car ils sont souvent les intermédiaires entre les emprunteurs et les autres professionnels. Au nombre de 250 000 dont une majorité sans formation et n'étant astreints, dans la plupart des États américains, à l'exigence d'aucune licence, accréditation ni même vérification des compétences, soumis en revanche à une concurrence effrénée, il était naturel qu'ils concentrent sur eux tous les risques de malhonnêteté. Bien qu'aucun indice n'ait confirmé la présence de la criminalité mafieuse, quelques témoignages montrent tout de même que l'effet d'aubaine avait attiré dans la profession des voyous tout à fait traditionnels et, en tout cas, que la corruption y était répandue[1]. La question est donc de savoir pourquoi le potentiel de fraude s'est principalement polarisé sur ce segment de la filière immobilière. Certes, le courtier, en tant qu'intermédiaire, est au carrefour entre les particuliers en quête d'un logement et les professionnels qui leur permettent de l'acquérir. Cela explique non pas que la fraude

1. R. Bitner, *Confessions of a Subprime Lender*, *op. cit.*, p. 64 et suiv.

se soit emparée du secteur, mais que, se répandant, elle se soit fixée sur la fraction la plus sensible aux influences criminogènes. Profession sans unité, sans déontologie, ne nécessitant pas de formation spécifique, facilement accessible en raison de son fort développement, soumise aux pressions d'un fort rendement, il n'est pas surprenant qu'elle ait catalysé une grande partie des comportements frauduleux, en lien avec les emprunteurs.

Malgré tout, il ne faudrait pas en conclure que la fraude ait été le mode exclusif de développement du secteur immobilier durant la constitution de la bulle, ni, par conséquent, qu'il y ait eu chez l'ensemble des professionnels une appétence particulière pour la délinquance. En réalité, celle-ci n'a été, une nouvelle fois, qu'une variable d'ajustement que les secteurs immobilier et bancaire ont préféré évacuer dès qu'ils l'ont pu, et l'explication de la fraude ne tient pas à l'attirance ou à la vulnérabilité criminelle de ses acteurs. Si l'on admet comme plausible la thèse que les *subprimes* ont servi à développer inconsidérément le secteur immobilier américain en le faisant reposer sur un montage de type « pyramide » et que les micro-fraudes n'ont été qu'un moyen subsidiaire de parvenir à ce développement, on trouvera la confirmation de leur caractère secondaire dans le fait que d'autres procédés ont été utilisés pour obtenir le même résultat, supplantant même les prêts *subprime*. On avait déjà constaté un phénomène similaire après la crise des *Savings & Loan* : la débauche criminelle opportuniste qui avait envahi les caisses d'épargne avait été liquidée rapidement dès qu'elle n'avait plus été nécessaire, non par des moyens policiers et judiciaires, mais par la seule élimination des pratiques frauduleuses de la part des acteurs eux-mêmes.

Quand la légalité redevient plus efficace que la fraude

Dans la crise des *subprimes*, on a assisté à un scénario assez ressemblant. Les prêts *subprime* ont été rattrapés par un autre type de prêts — les prêts « Alt A* » ou « *no doc* » — qui maintenaient l'activité du crédit sur la même pente montante, mais avec un avantage que les *subprimes* n'offraient pas : l'absence de fraude punissable. Entre les catégories *prime* et *subprime*, les Américains ont imaginé en effet d'insérer une classe particulière d'emprunteurs qui disposent *a priori* des qualifications pour obtenir un prêt *prime*, mais ne peuvent fournir toutes les garanties normalement exigées pour ces prêts, en termes de revenus ou de stabilité d'emploi, notamment[1]. L'idée n'était pas insensée, puisque cette catégorie intermédiaire pouvait permettre de régler certaines situations litigieuses ou limites, avec les précautions d'usage, sans tenir compte du couperet des scores

1. C'est le cas, par exemple, des personnes qui ont des revenus variables ou dont la situation professionnelle ou familiale a récemment changé.

FICO. Mais dans la montée inexorable des bulles jumelles (immobilière et financière), il n'était plus question de prudence. Il fallait, en revanche, alimenter à tout prix la bulle financière en prêts titrisables et la bulle immobilière en propriétés dont la valeur croissait régulièrement.

La particularité appréciable des prêts Alt A dans le système déréglé des années 2000 était alors que l'emprunteur déclarait ses revenus et sa situation professionnelle et familiale sous sa seule responsabilité, sans vérification par le prêteur ou la banque. La *vox populi* ne s'y est pas trompée, qui les a rebaptisés « prêts menteurs » *(liar loans)*[1], ce qui est plus parlant que de longs discours. Tout le monde n'y a vu alors que des avantages : plutôt que de conclure des prêts *subprime*, on pouvait choisir la catégorie Alt A, dispensant l'emprunteur d'avoir à maquiller sa situation personnelle. Avec son courtier, le demandeur d'emprunt pouvait concocter une déclaration de revenus qu'il n'avait même pas besoin de justifier par des documents, les agences de prêt ont pu mettre au point des procédures d'automatisation de l'octroi des crédits qui permettaient de les délivrer en trente secondes au lieu d'une semaine, et tout le monde pouvait feindre d'avoir affaire à de beaux et bons emprunts immédiatement envoyés à

1. Par dérision, les Américains les ont aussi familièrement appelés « prêts NINJA », acronyme de *« No Income, No Job and Assets »* (« sans revenu, sans travail et sans biens »).

la titrisation par les banques pour être recyclés dans les circuits financiers des *mortgage backed securities* (MBS) et autres produits toxiques dont on a vu depuis les capacités destructrices. À partir de 2004, la part des crédits Alt A dans le volume des crédits hypothécaires créés fait un bon en avant et elle devient équivalente au montant des prêts *subprime* l'année suivante.

Figure 2.

Part des crédits *subprime* et Alt A dans la création de crédits hypothécaires aux États-Unis (en %)

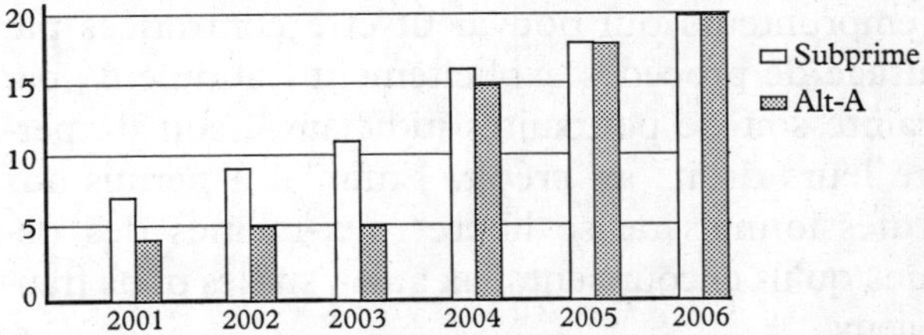

Source : Crédit suisse. Cité dans Peter R. Fisher, « Qu'est-il advenu de la dispersion du risque », *Banque de France. Revue de la stabilité financière*, n° spécial « Liquidité », n° 11, février 2008.

Qu'est-ce qui explique ce saut quantitatif ? Peut-être la remontée des taux directeurs de la Fed et le ralentissement de la hausse du prix de l'immobilier, qui poussent aussi bien les emprunteurs que les professionnels à glisser sur cette catégorie de prêts qui ne nécessite aucune vérification de la situation du débiteur. Quoi qu'il en soit, l'avantage du recours aux prêts Alt A plutôt qu'aux prêts *subprime* est triple. D'abord, il élargit la base de la clientèle en introduisant de nouvelles catégories d'emprunteurs dans les mécanismes de crédit à un moment où les conditions favorables aux *subprimes* (bulle immobilière, taux bas) sont en train de se restreindre. Autrement dit, les prêts Alt A ont pris le relais des *subprimes* pour donner un nouveau répit à l'inéluctable chute du système, peut-être parce que la population éligible à ces prêts commençait à être saturée, peut-être aussi parce que la remontée des cours et le ralentissement de la hausse des prix des maisons nécessitaient de s'adresser à des catégories moins précaires. Ensuite, il a permis d'atteindre aussi des catégories d'emprunteurs qui pouvaient être contrariées par l'usage de procédés explicitement frauduleux, par crainte soit de poursuites judiciaires, soit de perdre leurs droits au crédit. Enfin, il a permis aux professionnels de se libérer eux-mêmes des risques qu'ils encouraient, eux aussi, sur les prêts frauduleux.

Le montant des prêts Alt A émis a été tout aussi important que celui des *subprimes* puisque le marché a été évalué à 1 300 milliards de dollars. Entre 2005 et 2007, ce montant a dépassé les 600 milliards de dollars et les prêts Alt A ont continué d'être émis alors même que les prêts *subprime* avaient cessé de l'être en raison de l'éclatement de la bulle. Ils ont créé une véritable bombe à retardement dans le secteur bancaire car ces prêts ont commencé, juste un peu après les prêts *subprime*, à tomber en défaut à cause de la clause de *reset* propre à cette catégorie de prêts qui prévoit l'augmentation des taux non à date fixe, mais quand la valeur du bien immobilier atteint un certain seuil par rapport à la dette. La baisse de valeur des biens immobiliers jointe à la hausse des taux a précipité les prêts Alt A dans la même tourmente que les prêts *subprime*. Pourtant, le pire reste sans doute à venir : selon les experts, les défauts de remboursement interviendront massivement à partir de 2010. Ils rejoindront à ce moment-là, également, les défauts de paiement sur l'ensemble des prêts à taux variables qui se sont généralisés en même temps que les prêts *subprime* et pour toutes les catégories d'emprunteurs.

En fin de compte, l'objectif des secteurs immobilier et bancaire n'était que la constitution d'une double bulle jumelle, résultat atteint en partie par un système où les pratiques illicites étaient largement intégrées et en partie par des prêts qui ont pris la relève des précédents pour parvenir aux mêmes solutions mais sans recours à la fraude ouverte. Cela confirme une nouvelle fois la proposition selon laquelle la délinquance, la criminalité ou la fraude sont des variables d'ajustement et des modes de gestion alternatifs, dont l'usage est limité aux fonctions qu'elles peuvent remplir et qui sont remplacées dès que d'autres alternatives se présentent.

7
La prédation était presque parfaite

Pire est l'économie, meilleure est la finance. Pour assurer leur liquidité, les marchés débridés ont inventé leur propre monnaie : le crédit-dollar. En créant de l'argent sans fondement économique, ils ont créé de la valeur sans valeur. En même temps, ils se sont mis à l'abri pour éviter d'avoir à rendre des comptes. Première règle du prédateur : prévoir son impunité. Deuxième règle : mouiller tout le monde. Troisième règle : mentir vrai (ou presque).

La crise des *subprimes* n'aurait pas causé de dommages insurmontables si elle s'était limitée à des manipulations de dossiers lors de la souscription de crédits par les classes défavorisées et les travailleurs pauvres américains et, surtout, le monde n'aurait jamais été informé de l'existence du système hypothécaire américain, de ses étrangetés et de ses failles s'il ne s'était agi que de cela. Mais rien non plus ne serait arrivé si l'économie américaine n'avait pas eu besoin de soutenir à tout prix le seul secteur de production qui pouvait encore sauver son modèle de consommation et si l'ensemble n'avait été placé entre les mains de la finance de marché.

Finance miraculeuse

Pour prendre conscience de l'ampleur du problème, il suffit de rapporter le montant total des dettes américaines (dette privée, dette publique, dette des États…) au milieu de l'année 2009 — 52 500 milliards de dollars — au PIB des États-Unis, qui était en 2008 (au début de la récession) de l'ordre de 14 500 milliards de dollars. Sans tenir compte de l'aggravation résultant, depuis 2008, des différents plans de sauvetage ni de la récession qui a suivi, l'endettement des États-Unis était donc, avant la crise, à peu près 3,5 fois supérieur à tout ce qu'ils produisaient en une année. Si l'on s'attache à la position extérieure nette[1] des États-Unis pour avoir une idée plus juste, elle était de 25 % du PIB en 2008[2]. Même grossiers, ces chiffres montrent que les Américains ont vécu depuis longtemps très au-dessus de leurs moyens et qu'ils ont demandé au reste du monde de payer

1. Différence entre l'ensemble des avoirs et des créances et l'ensemble des dettes avec le reste du monde.

2. Arnaud Parienty, « Obama a-t-il les moyens d'une relance », blog *Alternatives économiques*, 9 novembre 2008, http://alternatives-economiques.fr/blogs/parienty/2008/11/09/obama-a-t-il-les-moyens-de-relancer-leconomie/

à leur place. Il était donc vital pour le système financier, qui dans le monde globalisé d'aujourd'hui est le maître de l'économie, de trouver une solution à de tels défis, et c'est dans la finance de marché qu'il l'a naturellement cherchée.

Figure 3.
Évolution du PIB et de l'épargne domestique brute aux États-Unis de 1960 à 2008

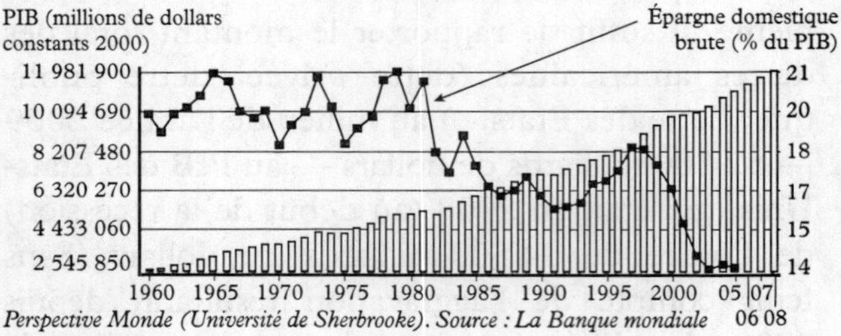

Perspective Monde (Université de Sherbrooke). Source : La Banque mondiale

Ainsi s'explique, dans la prolifération financière de ces dernières années, l'inventivité du système de crédit qui a conçu les produits financiers tels que MBS *(mortgage backed securities)*, ABS *(asset backed securities*)*, CDO *(collateralized debt obligations)* et autres CDS *(credit default swaps*)*, tous produits dérivés dont la réputation est parvenue jusqu'au grand public sous la dénomination générique de « produits toxiques » grâce à l'éclatement de la bulle des *subprimes*. Les uns (MBS, ABS, CDO…) transforment des créances en titres financiers négociables sur un marché secondaire, les autres (CDS en particulier) sont des instruments de couverture ou d'assurance des précédents, eux aussi échangeables comme des titres financiers. Ces techniques financières ont provoqué une sorte de révolution dans la banque car elles ont modifié du tout au tout la manière de créer de la monnaie.

Quelles qu'aient été jusqu'alors les techniques de crédit, même les plus sophistiquées, elles reposaient toujours sur un principe simple qui était l'existence d'un rapport entre le crédit et l'épargne. Quiconque possède de l'argent qu'il n'utilise pas le dépose en général sur son compte en banque et la banque utilise la somme des dépôts de tous ses clients pour accorder des emprunts à ceux d'entre eux qui ne disposent pas d'une épargne suffisante (ou qui ne veulent pas la dépenser). Ainsi, les banquiers ne conservent qu'une faible partie de leurs dépôts sous une forme suffisamment liquide pour répondre aux demandes de remboursement auxquelles ils ont à faire face, sous le contrôle de la banque centrale qui leur impose des réserves proportionnées à leurs engagements et surveille le respect de ces mesures prudentielles.

L'inconvénient de cette façon ancestrale de faire du crédit est double aux yeux des financiers : d'une part, le banquier doit garder des fonds propres inutilisés[1] pour garantir le remboursement des sommes déposées sur ses comptes ; d'autre part, il ne peut créer de la monnaie par le biais du crédit qu'en proportion de l'épargne justement

1. Jadis, ces réserves n'étaient pas rémunérées par la Banque de France. Aujourd'hui elles le sont, mais à un taux en principe inférieur à celui qu'elles pourraient tirer de leurs activités sur les marchés financiers.

déposée dans ses coffres. Les nouveaux produits financiers conçus à travers la titrisation ont modifié la base sous-jacente des crédits — et donc de la création de la masse monétaire en circulation — en les gageant non pas sur de l'épargne collectée et en partie conservée, mais sur d'autres crédits précédemment accordés et transformés en titres financiers négociables.

Le crédit sert donc à faire du crédit et à la limite, selon ce nouveau dispositif, il n'y a plus besoin d'épargne déposée dans les caisses des banques pour que celles-ci continuent à faire du crédit. Sommairement, le mécanisme est le suivant : la banque réunit dans un portefeuille quelques milliers de crédits qu'elle a accordés et vend ce portefeuille à une société — un fonds commun de titrisation (FCT) ou *special purpose vehicle* — qu'elle a constituée à cet effet, en général dans un paradis bancaire, fiscal et réglementaire où il n'existe ni réglementation ni surveillance prudentielle. Le FCT, devenu propriétaire des actifs, vend à son tour des parts représentatives de son portefeuille à des investisseurs qui sont rémunérés par les paiements des intérêts et les remboursements des crédits. S'il s'agit d'un crédit hypothécaire, l'instrument s'appelle un MBS, mais ce peut être d'autres sortes de créances : des prêts étudiants, des cartes de crédit, des prêts à la consommation, des prêts aux entreprises, etc., qui s'intègrent alors dans des ABS.

Dans tous les cas, le portefeuille est découpé en différentes tranches, conçues en fonction du risque de non-remboursement des dettes contenues dans le portefeuille, et les parts représentatives de chaque tranche sont achetées par des investisseurs ; souvent des fonds spéculatifs *(hedge funds)* également basés dans des paradis bancaires, fiscaux et réglementaires[1]. Les tranches les plus basses (dites *equity*) sont mieux rémunérées, mais ce sont elles qui « absorbent » en premier les défauts de paiement (ce qui veut dire que l'investisseur perd sa mise) ; viennent ensuite les tranches *mezzanine* et, tout en haut, les tranches *senior*, voire *super senior*. Plus on monte dans les tranches, de l'*equity* vers le *super senior*, plus la rémunération diminue, certes, mais moins le risque de perdre son investissement est élevé, du moins en principe. Toute l'astuce de ces produits est de proposer cependant des rendements dans les tranches supérieures à des taux qui ne pourraient être obtenus, si ces actifs n'existaient pas, qu'avec des actifs plus risqués. D'où vient ce miracle ? Du découpage qui fait absorber les pertes du portefeuille par les tranches inférieures. Si, par exemple, les tables de risques utilisées par les banquiers établissent qu'une classe d'actifs enregistre en général 10 % de défauts et si les premières tranches sont prévues pour absorber 10 % des pertes, normalement les tranches du dessus ne devraient en essuyer aucune. Elles peuvent donc être considérées comme totalement sûres, alors que leur rémunération est celle d'actifs présentant

1. Ces fonds spéculatifs sont souvent eux-mêmes des filiales de banques.

des risques. Ainsi, à risque censément égal, le produit dérivé offre dans les tranches supérieures une rémunération plus élevée que ne le ferait l'actif lui-même !

« Bis repetita placent »

Mais la finance de marché est constamment à la recherche de nouveaux prodiges et les financiers se sont dit ceci : si nous prenons la tranche intermédiaire d'un MBS ou d'un ABS, la *mezzanine*, et que nous la titrisons à nouveau, en la mélangeant avec d'autres actifs, nous pouvons recommencer l'opération avec les mêmes avantages et les mêmes profits, et ce à l'infini ou presque. Le CDO était inventé. Puis vint le CDO de CDO, c'est-à-dire le CDO fait à partir d'autres CDO… Les dollars créés par le crédit (et non plus par l'épargne) sont devenus monnaie, une monnaie certes particulière — appelons-la « crédit-dollar » —, et ce fut tout le problème, car elle n'existe que si tout le système de la titrisation persiste à l'alimenter. Dès qu'un actif est titrisé, il est donc financé et revendu, et l'argent récolté — le crédit-dollar qui n'existe que dans ce marché — sert à accorder un nouveau crédit à un nouveau client, crédit qui sera à son tour titrisé, et ainsi de suite. Si aucune règle n'encadre cette manière de procéder, la seule limite à la création de liquidités — ou de monnaie — par la banque est celle des crédits qu'elle peut accorder. Cette capacité ne dépend que de deux conditions : la première est que les crédits qui vont être titrisés trouvent acheteurs sur le marché ; la seconde, que la banque déniche toujours de nouveaux emprunteurs pour renouveler ses crédits. C'est ce que les financiers appellent la « liquidité », mot magique sans lequel les marchés s'effondrent puisqu'il n'y plus rien alors à échanger, faute d'acheteurs ou de vendeurs.

Mais regardez bien ceci : quand la banque titrise un crédit, elle cède en réalité sa créance à un tiers et elle la fait donc disparaître de son bilan. Résultat : si elle a pu vendre la créance plus cher qu'elle ne lui a coûté, elle enregistre un gain et elle s'est débarrassée par la même occasion du risque de n'être pas remboursée par son client s'il était ou devenait insolvable. Elle n'a donc pas besoin de conserver dans ses caisses des fonds propres qui servent à garantir aux déposants le remboursement de leurs dépôts. Elle peut, en toute tranquillité, recommencer l'opération aussi longtemps qu'elle trouvera des clients qui ont besoin de crédits et des investisseurs qui veulent bien les lui acheter : crédit-titrisation-vente-crédit-titrisation, etc. La machine, apparemment, peut tourner sans jamais plus s'arrêter, mais surtout à partir d'une mise minime qui est constamment recyclée et qui fait gonfler inexorablement la masse financière en circulation. Ce crédit-dollar est une espèce étrange de monnaie privée. Évanescente, elle n'est répertoriée par personne en tant que telle et n'existe que dans les marchés financiers. Mais ses volumes défient l'imagination et elle est indispensable à leur fonctionnement car elle a rendu l'économie dépendante du crédit comme d'une drogue.

Les trois schémas ci-dessous donnent à eux seuls l'idée du problème. Le premier trace l'évolution des composantes traditionnelles de la masse monétaire, que les économistes classent traditionnellement en quatre parties. La première (M0) est composée de la monnaie émise par les banques centrales (pièces et billets) ; la deuxième (M1) y ajoute les dépôts bancaires à vue ; la troisième (M2), les placements à vue rémunérés ; la quatrième (M3), les placements à terme. On y voit clairement que la masse monétaire totale fait un bond dans les années 2000. Pourtant, ce graphique ne mesure que la masse monétaire traditionnelle, il ne prend pas en compte les nouveaux instruments financiers. Les deux graphiques suivants, en revanche, comparent, sous deux formes différentes, la masse totale des liquidités en circulation dans le monde en janvier 2007. Le premier, sous forme de pyramide, regroupe la masse globale des liquidités selon leur catégorie et en proportion du PIB mondial ; le second représente les mêmes données sous une forme graphique classique. On constate ainsi que la masse monétaire créée par les banques centrales dans le monde entier ne représente que 1 % des liquidités mondiales, tandis que la tritrisation et les produits dérivés en représentent 88 % ! Ces mêmes masses de liquidités constituent, pour les banques centrales, 10 % du PIB mondial, mais 942 % en ce qui concerne les dettes titrisées et les produits dérivés. En d'autres termes, pour faire fonctionner la machine de l'économie et de la finance globale, il fallait des liquidités plus de dix fois supérieures au PIB mondial.

Figure 4.

Masse monétaire globale de janvier 1970 à octobre 2008 dans 90 pays représentant 96,7 % du PIB mondial

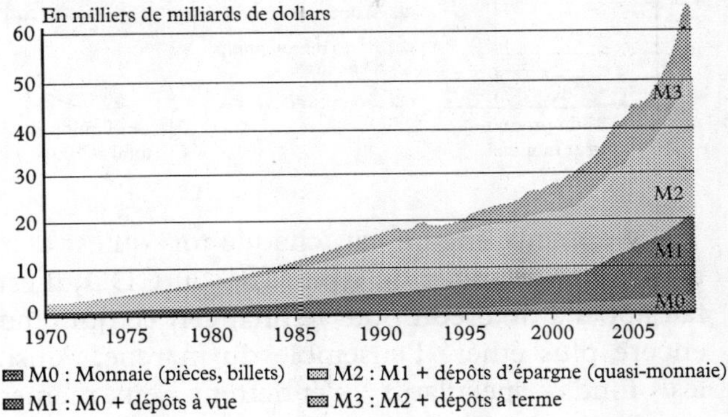

Figure 5.

Pourcentage des liquidités dans le monde

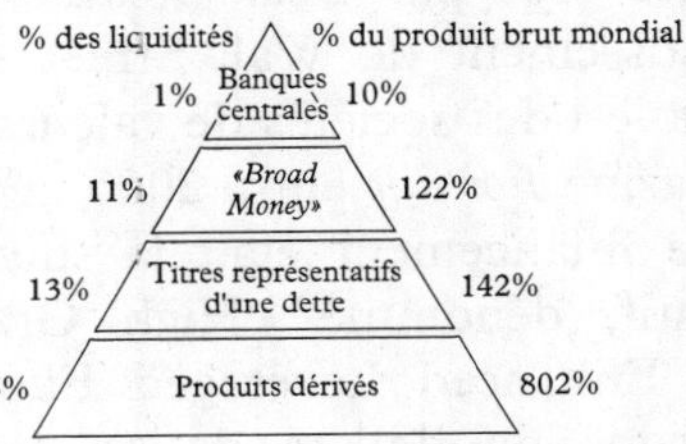

D'après *Independent Strategy*, citant Andrew Cornell, « The Year of Easy Money », *Weekend Australian Financial Review*, 27 décembre-1er janvier 2007.

Figure 6.
Pourcentage des liquidités dans le monde

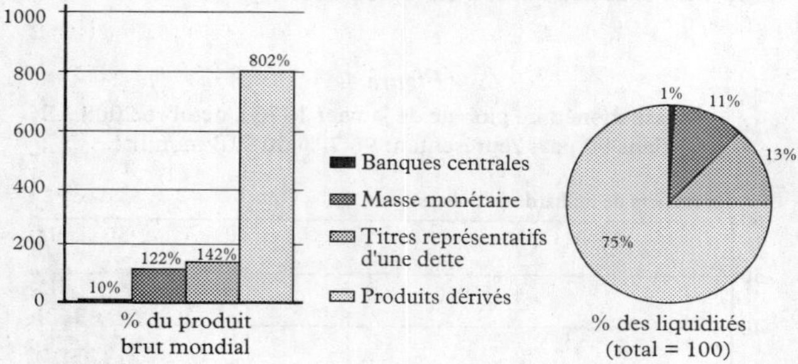

Il y a mieux encore car, chaque fois qu'est créé un produit financier de type MBS ou CDO, il est fait appel à du crédit pour le financer, ce qui rend encore plus éthéré l'ensemble du marché. Ainsi, les fonds spéculatifs s'endettent eux-mêmes auprès des banques pour souscrire des produits financiers dérivés dont ils ont fait une grande consommation.

L'un des fonds d'investissement les plus gros avait été créé par Bear Stearns, vieille banque d'investissement de Wall Street sacrée « la plus admirable » des sociétés de valeurs mobilières par le magazine *Fortune* entre 2005 et 2007. Sa structure de financement était la suivante : le fonds spéculatif, dénommé « High Grade Structured Credit Enhanced Leveraged Fund[1] », avait mis 40 millions de dollars de sa poche et récolté

1. Voir *Jusqu'à quand ?*, *op. cit.*, p. 104 et suiv.

600 millions de dollars auprès de souscripteurs eux aussi spéculatifs (des banques, des institutions, des particuliers fortunés). Avec cet apport de 640 millions de dollars de fonds propres (dont seulement 6,6 % par conséquent financés par la banque elle-même), il avait emprunté 10 milliards auprès d'autres banques de Wall Street. Le portefeuille du fonds était constitué à 60 % de MBS et à 40 % de créances commerciales. Tant que tout allait bien, Bear Stearns pouvait compter sur 20 % de rendement sur son apport personnel. Quand tout est allé de travers, le calcul est simple à faire : 1 % de pertes sur 10,64 milliards représentent 106,4 millions de dollars. À 6 %, soit 640 millions, tous les fonds propres ont disparu et les investisseurs ont vu s'envoler la totalité de leurs placements. Au-delà, les banques prêteuses sont elles-mêmes touchées. Elles vont donc mettre en œuvre les clauses d'« appel de marge », qui obligent leur débiteur, Bear Stearns, à couvrir ses pertes dans un délai de quarante-huit heures. On connaît la fin de l'histoire.

Cherchez la fraude

C'est ainsi qu'à la fin de l'été de 2008 tout le système bancaire s'est figé sur place car les défauts de paiement ont concerné un secteur entier, celui des *subprimes*, à partir duquel étaient montés les MBS, qui eux-mêmes servaient à fabriquer les CDO, puis les CDO de CDO. Et encore n'ai-je rien dit des CDO synthétiques, étranges avatars qui comportent cette particularité : au lieu de céder son portefeuille de créances titrisées, la banque vend simplement le risque qu'il représente ! Pour ce faire, elle conclut un CDS, qui est un contrat par lequel l'acheteur du risque perçoit une commission (comme une prime d'assurance), en contrepartie de quoi il s'engage à indemniser la perte de la banque si certaines conditions qui mettent le portefeuille en défaut se réalisent. Quand je dis qu'elle vend un CDS, en réalité elle en vend plusieurs car le montant des CDS est peut-être dix fois plus important que les actifs qu'ils sont censés couvrir. Il n'y a qu'un petit inconvénient, c'est que les assureurs et les banques qui vendaient de la protection en achetaient aussi, que tous ces CDS s'échangeaient comme n'importe quel autre actif et que personne ne s'est plus soucié de savoir à quoi ils devaient servir.

Tout ce petit monde était ainsi persuadé que les montages étaient en béton armé, alors que personne ne savait si les détenteurs de CDS étaient eux-mêmes assez solvables pour payer l'addition le jour où il faudrait passer à la caisse. Personne n'a donc songé à se réassurer, ni bien sûr à se demander simplement si les engagements pris pouvaient être tenus. Vu les montants colossaux sur lesquels les investisseurs se sont engagés — de 900 milliards de dollars à la fin de 2001, le marché des CDS avait explosé à 62 200 milliards à la fin de 2007 —, quand tout le système s'est effondré, ils n'avaient pas l'argent pour payer.

Même si la valeur notionnelle de 62 200 milliards de dollars ne représente pas la nature réelle des engagements, qui est à peu près dix fois inférieure, les montants en jeu excèdent quand même largement la solvabilité des institutions financières concernées. C'est ainsi, par exemple, que l'assureur AIG, l'un des plus gros au monde, s'est retrouvé en quasi-faillite. Quand la bulle a éclaté, tous les crédits-dollars créés pour faire tourner l'immense machine financière n'étaient plus que des alignements de zéros sur des écrans d'ordinateur, dont personne ne savait plus quoi faire. Les financiers n'ont pu que constater, désolés, qu'il n'y avait plus de « liquidité ». Autrement dit, plus de crédits-dollars, tous évaporés en même temps. Et c'est ainsi que les États et les banques centrales ont été priés de mettre la main au portefeuille pour refaire tourner la vieille planche à billets, celle qui fabrique de vrais dollars, si démodée encore quelques semaines plus tôt.

Les questions qui viennent immédiatement à l'esprit sont toutes de bon sens. Par exemple : comment a-t-on pu oublier que si tout le monde gagne de l'argent sur la même opération, il faut bien que quelqu'un paie quand même un jour la facture ? que si la banque se débarrasse des risques de crédit parce qu'elle craint l'insolvabilité de ses emprunteurs, il faut aussi quelqu'un pour récupérer ces risques et les assumer, que l'on peut transférer ou modifier les risques mais pas les supprimer ? que si la masse financière en circulation croît sans limites, l'argent venu de rien retourne nulle part ? Il serait sans doute malhonnête de dire que les acteurs financiers ne se les sont pas posées, et c'est là qu'il faut reprendre notre hypothèse de travail sur le rôle de la fraude et de la criminalité comme variable d'ajustement ou mode de gestion alternatif.

Toute la difficulté pour le criminologue et le chercheur, d'un côté, qui étudient les comportements hors la loi, pour les gouvernements, les policiers et les juges, de l'autre, qui doivent les prévenir ou les sanctionner est qu'ils se heurtent tous à la loi d'airain du capitalisme financier qui se réserve une immunité de principe et ne se soumet à la règle commune que par exception. La voie est étroite non seulement parce que ses méthodes prédatrices sont rarement sanctionnables en pratique, mais aussi parce que, souvent, elles ne relèvent même pas de règles juridiques permettant d'envisager de les sanctionner. Cet embarras transpire dans toutes les déclarations officielles, tout autant que dans les études officieuses ou les prises de position personnelles. « La crise des *subprimes*, déclare Claude Bébéar, l'ancien patron de la compagnie d'assurances AXA, lors d'un colloque sur la crise financière, frise l'escroquerie[1]... » : mais friser n'est pas escroquer ! Le commissaire divisionnaire Jean-François Gayraud, au terme d'une analyse des crises financières et de

1. Colloque de la fondation Res Publica du 17 octobre 2007, « Crises financières à répétition : quelles explications ? quelles réponses ? » (http://www.fondation-res-publica.org/Transparence-et-responsabilite_a255.html).

leur impact criminel, s'interroge aussi avec circonspection sur celle des *subprimes* : « Le mécanisme de cette "escroquerie légale" n'étant pas en lui-même répréhensible pénalement, certains actes dans sa mise en œuvre l'ont-ils été ? Apparemment, oui[1]. » Mais les enquêtes de la Securities and Exchange Commission (SEC) piétinent ou s'égarent et seuls quelques poissons imprudents, et plutôt chétifs, remontent dans les filets judiciaires.

On ne réveille pas un régulateur qui dort

Au début de septembre 2008, la SEC veut manifestement faire un exemple en poursuivant, au pénal et au civil, deux courtiers du Crédit suisse. Elle leur reproche d'avoir « abusé leurs clients en achetant sans autorisation pour plus d'un milliard de dollars de titres liés à des crédits immobiliers à risque et des CDO ». Ils faisaient croire que ces titres étaient adossés à des prêts étudiants, alors qu'ils l'étaient aux sulfureux *subprimes.* Bien entendu, tout le monde s'empresse de dire qu'ils n'ont agi que par cupidité personnelle et à l'insu de leur employeur. Plus sérieusement, tandis que le gouvernement américain vient de lancer le plan Paulson de sauvetage de 700 milliards de dollars, le FBI annonce quelques jours plus tard avoir ouvert des enquêtes à

1. « Crise financière : la dimension criminelle », art. cité.

l'encontre, cette fois-ci, de gros poissons : Fannie Mae et Freddie Mac, Lehman Brothers et l'assureur AIG. Ces nouvelles enquêtes élargissent à vingt-six le nombre d'entreprises déjà visées par des investigations, dont IndyMac Bancorp et Countrywide Financial Corp. Tous ces « géants de la finance » et du crédit immobilier, comme dit la presse, dont beaucoup en faillite, sont effectivement au cœur de la crise des *subprimes*. Que leur reproche-t-on ? Plusieurs choses. D'avoir fait pression sur les agences de notation pour qu'elles attribuent à leurs produits dérivés des notes élevées sans doute injustifiées ; d'avoir trompé les investisseurs sur la qualité des produits qu'ils leur vendaient ; d'avoir également maquillé leurs bilans.

Après l'annonce en grande pompe de ces enquêtes tous azimuts, le silence retombe dans les médias. S'agissant de Fannie Mae et de Freddie Mac, ce n'est cependant qu'une demi-surprise, tant la réputation de ces deux organismes parapublics est sulfureuse. En 2003, Fannie Mae et Freddie Mac ont déjà été accusés de fraudes comptables et même Alan Greenspan, le peu regardant président de la Réserve fédérale, avait alors appelé à une régulation sévère de leurs activités. À vrai dire, cette soudaine rigueur était loin d'être dépourvue d'arrière-pensées. Le secteur privé n'appréciait pas trop, en effet, que Fannie et Freddie fassent la pluie et le beau temps dans le secteur du crédit immobilier, gênant ainsi l'expansion tant désirée des prêts *subprime*. Leur importance dans le marché du refinancement des prêts était telle — à eux deux ils assuraient les trois quarts de la titrisation des crédits hypothécaires en 2003 — que leurs taux fixaient les références des marchés *prime* et *subprime*. Du coup, tout le monde souhaitait ardemment, à Wall Street comme à Washington, un peu plus de souplesse de leur part, pour relâcher la bride.

Le scandale de 2003 va donc servir à ramener Fannie et Freddie à plus de compréhension. Le Congrès leur met même carrément le marché en main : on oublie vos vilaines manipulations comptables si vous faites les efforts nécessaires pour que les banques de Wall Street aient leur part du gâteau des *subprimes*... Le résultat ne se fait pas attendre. Fannie et Freddie n'ont d'ailleurs pas lieu de s'en plaindre car, portés par la vague, ils se lancent à leur tour en grand dans l'achat des prêts *subprime*. Ils deviennent même les *leaders* du marché dès 2004 : sur les 12 000 milliards de dollars du marché hypothécaire américain, ils détiennent ou garantissent 5 300 milliards en 2008 et ont atteint cette même année le pic de 70 % des logements vendus. En fait, les deux organismes ne vont cesser, à travers un incessant *lobbying*, d'influencer le Congrès (surtout d'ailleurs les Démocrates) et ils poursuivront leurs activités sans vrai contrôle malgré de nombreuses irrégularités de gestion tout au long des années 2000. Le Congrès, l'administration, les autorités de contrôle — le Federal Housing Enterprise Oversight* (FHEO) puis la Federal Housing Finance

Agency* —, personne n'a réagi jusqu'à ce que la crise éclate.

Il semble bien que l'on reproche encore une fois aux deux organismes d'avoir truqué leurs comptabilités. Le 22 avril 2009, on retrouvera David Kellermann pendu dans la cave de sa maison de Virginie. Il était le directeur financier de Freddie Mac : ceci a-t-il un rapport avec cela ? Le mystère demeure. On apprendra en revanche, par un article du *Washington Post* du 9 décembre 2008, que Fannie Mae et Freddie Mac auraient eu beaucoup de choses à dire et depuis longtemps sur les prêts *subprime*, mais qu'ils s'en sont bien gardés. Le journal révèle que la Chambre des représentants dispose de documents internes accablants qui prouvent que les deux organismes parapublics savaient très bien, et cela depuis plusieurs années, que les prêts *subprime* qu'ils rachetaient et titrisaient étaient foncièrement nuisibles aux emprunteurs, qu'ils avaient parfaitement conscience que beaucoup de ceux-ci n'étaient pas solvables et que si les contrôles avaient été effectués on ne leur aurait jamais accordé leurs crédits. Ils n'ignoraient pas non plus que les emprunteurs ne comprenaient rien en général aux contrats qu'on leur faisait signer et que leur propre responsabilité en tant qu'organismes de refinancement était majeure puisque ce sont eux qui faisaient en bonne partie le marché. Et comme rien ne leur échappait, ils savaient tout aussi bien que le travail des agences de notation était plus que critiquable. Ce qui n'empêchera pas les dirigeants de Fannie Mae et Freddie Mac de se donner l'allure de redresseurs de torts devant le Congrès, en reprochant aux autorités de contrôle de n'avoir pas fait leur travail et de les avoir poussés à commettre l'irréparable.

Petits mensonges entre amis

Les agences de notation, qui sont l'une des pièces maîtresses de la finance de marché, ont eu droit elles aussi aux enquêtes des autorités de contrôle. La SEC, le Sénat américain et même la Commission européenne — c'est tout dire — ont promis de faire toute la lumière sur leurs pratiques. Au vrai, on les connaît déjà, mais peut-être les autorités de contrôle étaient-elles les seules à ne pas être au courant.

Leur rôle principal est de noter les entreprises et les États en fonction de leur risque de défaut de paiement. Ces notations portent, d'une part, sur les institutions et les organismes eux-mêmes, d'autre part sur les titres financiers qu'ils émettent. Les trois plus grandes agences — Standard & Poor's, Moody's et Fitch — sont bien entendu celles qui notent les acteurs financiers les plus importants et elles jouent un rôle majeur sur les marchés financiers. Concurrentes et laissées sans contrôle — non seulement les États ne les surveillent pas, mais ce sont elles qui notent les États —, elles font la pluie et le beau temps sur les marchés financiers. Autant dire qu'elles crient plus souvent avec les loups qu'elles ne protègent les brebis. Or, la structuration des produits dérivés dépend entièrement de la façon dont ces produits sont notés. À tel point que les banques sollicitent les agences de notation comme « conseils » lors de la structuration de leurs titres, juste avant que les mêmes agences, qui ont participé à leur élaboration, ne leur attribuent une note. Autrement dit, le conflit d'intérêts est patent alors que, par ailleurs, il est souvent reproché aux agences de ne pas disposer de la capacité technique d'évaluer correctement les produits financiers fort complexes qui leur sont soumis. Mais le conflit d'intérêts est rarement puni. La seule forme sous laquelle on en trouve une interdiction dans l'ensemble des pays est celle du « délit d'initié », mais il n'existe que dans les marchés boursiers. Dans les autres domaines, et notamment celui de la notation, il n'est qu'une indélicatesse ô combien répandue dans les milieux financiers.

Comme le dit le très prudent, très consensuel et très financièrement correct « Rapport sur la crise financière » remis par René Ricol au président de la République en septembre 2008 : « Les principales erreurs reconnues par les agences elles-mêmes font ressortir un défaut de prise en compte de l'environnement dans les modèles de notation, une insuffisante adaptation de la notation des produits en fonction de leur évolution et une évolution des canaux de distribution des prêts où les particuliers n'étaient plus protégés par les banques centrales[1]. » Qu'en termes élégants ces choses-là sont dites ! En termes plus crus on se contentera de traduire que les particuliers sont abandonnés à tous les requins de la finance, derrière la mascarade des notations. De simples erreurs d'appréciation ? En tout cas, le rédacteur de ce rapport n'y a pas vu malice bien qu'il relève lui-même juste après ce constat que « les commissions payées pour la notation initiale sont calculées comme un pourcentage du montant émis et liées à la complexité de la transaction. Les commissions pour les produits financiers structurés sont donc conçues pour augmenter avec le montant des opérations ainsi qu'avec la fréquence des émissions. Ces commissions s'apparentent à des "*success fees*[2]" car elles ne sont payées que si l'opération est réalisée[3] ». Faut-il le dire plus clairement ? Les agences de notation, dont dépendent entièrement l'émission et le volume des produits financiers dérivés, sont payées à la commission pour valider par charretées entières ces produits toxiques qui ont envahi toute la planète et auxquels elles ne comprennent elles-mêmes pas grand-chose. Plus ils sont compliqués, moins elles comprennent, mais mieux elles sont payées. Les autorités de contrôle et les

1. « Rapport sur la crise financière au président de la République » (Mission confiée par le président de la République dans le contexte de la présidence française de l'Union européenne 2008), p. 65. http://www.ladocumentationfrancaise.fr/rapports-publics/084000587/index.shtml

2. Honoraires fixés en pourcentage du résultat.

3. *Ibid.*, p. 66.

gouvernements (quand ils s'y intéressent) ne font que le regretter en jurant leurs grands dieux, jusqu'à la fois suivante, qu'ils y mettront bientôt un terme définitif.

Parle plus bas,
car on pourrait bien nous entendre...

Il va de soi que les organismes parapublics et les agences de notation n'ont pas été les seuls à se trouver sur la corde raide. Qui ignorait, dans les banques d'investissement de Wall Street, les tenants et les aboutissants du désastre en gestation ? Sûrement pas, en tout cas, ceux qui en étaient les acteurs. Bien peu se sont fait prendre, évidemment, mais après tout de quoi étaient-ils coupables ? Ils se contentaient de pousser à la roue en faisant fabriquer à la chaîne par des polytechniciens, souvent formés dans les écoles françaises[1], les produits empoisonnés de la nouvelle finance vendus ensuite par leurs bonimenteurs, et cela même quand la fin de la belle aventure approchait à grands pas.

Le 19 juin 2008, lors de la vague d'interpellations lancée par le FBI dans le cadre de son opération « *Malicious Mortgage* », deux gérants de

1. Beaucoup de « quants », nom donné aux mathématiciens qui concoctent ces merveilles de la finance de marché, sont des mathématiciens français ou formés par l'Université française, notamment par le master de « probabilités et finance » de Paris-VI, dirigé par Nicole El Karoui, et par l'École polytechnique.

fonds de Bear Stearns — j'ai décrit plus haut l'un de ces fonds, parmi les plus importants du marché — sont cueillis chez eux au petit matin et vont grossir le flot des soixante personnes arrêtées qui seront ensuite inculpées par un grand jury de conspiration et de fraude. On reproche à Ralph Cioffi et Matthew Tannin d'avoir continué à placer leurs produits financiers auprès des investisseurs jusqu'en avril 2007 alors que la chute de leurs fonds était imminente (elle est intervenue en juillet 2007), en sachant très bien que les CDO qu'ils cherchaient à tout prix à écouler étaient des actifs pourris. Les deux maladroits se sont fait prendre à cause d'un courriel tombé entre les mains du FBI que Cioffi avait adressé à son compère Tannin. Il ne laissait aucun doute sur leur opinion au sujet des investissements dont ils faisaient la retape auprès de leurs clients : « Le marché des *subprimes* a l'air vraiment pourri... Si [nos modèles internes] ne sont même qu'à peine exacts, je pense que nous devrions clore les fonds dès maintenant. Car si [ce modèle] est correct l'ensemble du marché des *subprimes* est fichu [...]. Si les obligations à note AAA sont dégradées systématiquement, il n'y a aucun moyen pour nous de gagner de l'argent, jamais ! » *Ite, missa est !*

En fait, il semble bien que l'essentiel de la fraude financière réside dans l'art de l'esquive. Hors bilan et places *off shore*, actifs pourris et produits toxiques, pertes comptables et gestion douteuse : le secret d'une vie financière heureuse est dans les détours que l'on prend face à la vérité.

En septembre 2007, la banque belge Fortis veut racheter ABN Amro et a besoin de lever des fonds pour une augmentation de capital de 13,4 milliards d'euros. Il n'y a qu'un tout petit problème, et c'est bien la raison pour laquelle elle a besoin de tant d'argent frais : Fortis est très mal en point à cause de son exposition aux *subprimes*. Que dit la banque ? Le 21 septembre, jour où elle lance l'augmentation de capital, elle publie un communiqué catégorique : « Selon les prévisions, l'impact sur les résultats de Fortis [de l'exposition au risque des *subprimes*] sur l'ensemble de l'exercice 2007 devrait être marginal [...]. Même si la crise actuelle des *subprimes* s'accentuait de 20 % supplémentaires, l'impact non linéaire supplémentaire sur le bénéfice net devrait s'élever à 20 millions d'euros selon les estimations[1]. » Hélas, la réalité est autrement moins brillante et les dirigeants de Fortis le savent bien. Trois semaines plus tôt, le 28 août 2007, ils ont distribué au comité exécutif de la banque qui se réunissait pour étudier la situation un document ultraconfidentiel intitulé *« US subprime update »* qui contient les vrais chiffres : l'exposition réelle est de 5,715 milliards d'euros de CDO, dont 5,128 milliards d'euros sur des produits américains, autrement dit complètement toxiques. Là-dessus, 1,254 milliard d'euros est de type *mezzanine*. La souscription de capital lancée le 21 septembre est bouclée le 11 octobre et tout est vendu. La ban-

1. « Le grand mensonge de Fortis », *lesoir.be*, 29 octobre 2008.

que peut alors, le 8 novembre, révéler sa situation : elle détient pour 53 milliards d'euros de crédits structurés dont près de 10 % de CDO exposés aux *subprimes*. La manipulation de marché n'aura pas sauvé la banque, qui est rachetée en pleine déconfiture par BNP Paribas, mais les nouveaux actionnaires ont pu avoir le sentiment légitime d'avoir été quelque peu floués.

Ces échantillons de fraude financière montrent deux choses. La première est la diversité des mécanismes qui ont comme point commun, cependant, d'assurer le camouflage des pratiques prédatrices, soit pour pouvoir les réaliser, soit pour les soustraire ensuite au regard. La seconde est que la fraude n'est qu'un outil accessoire aux comportements ou aux activités des acteurs financiers auquel ces derniers ont recours lorsqu'ils ne peuvent parvenir autrement à leur but. Ce but lui-même est dans certains cas criminel ou frauduleux, on est bien proche alors de l'escroquerie, si l'on n'y est pas en plein. C'est le cas, par exemple, quand une agence de notation met à un produit dérivé bourré d'actifs toxiques la note la plus élevée juste pour percevoir sa commission. Mais il arrive aussi que l'objectif soit tout à fait honorable ou qu'en tout cas rien d'illégal ne vienne le vicier. La fraude n'est que dans les moyens qu'on s'octroie pour atteindre cet objectif, parce qu'il serait inaccessible autrement. Que Fortis veuille augmenter son capital, quoi de plus légitime ? Sauf si elle en dissimule la vraie raison — parce qu'elle est au bord de la faillite — et qu'elle trompe toute la place financière pour faire croire à sa bonne santé alors qu'elle est moribonde. Mais le plus souvent les messieurs de la finance ont eux-mêmes les mains propres car le risque pénal est pris ailleurs, en amont ou en aval. Finalement, tout le système des *subprimes* n'a servi qu'à monter la formidable bulle financière, la plus grosse sans doute que le monde ait connue à ce jour, mais qu'ont fait les banquiers ? Ils ont offert aux gouvernements américains aux abois le secours charitable de leur savoir financier pour que ces derniers puissent faire croire à leurs pauvres qu'ils pouvaient eux aussi, sans cesser d'être pauvres — il ne faut quand même rien exagérer —, ramasser les miettes du rêve américain. Quand on fabrique une machine qui sert à faire tourner le monde de travers, il est normal qu'elle se grippe parfois.

Une approche superficielle de la fraude et de la criminalité en matière financière ne révélera rien de ces subtilités. Elle ne fera pas apparaître non plus cette curiosité propre à la matière : souvent la fraude n'a pas, dans ce domaine, de finalité en elle-même. Elle est tantôt un raccourci, tantôt un détour, en tout cas un itinéraire qui n'est choisi que parce qu'il semble le chemin le plus sûr pour garder le cap. Comment se sentirait-on criminel ou fraudeur, quand tous les chemins, c'est bien connu, mènent à Rome, si c'est Rome, avec ses indulgences, que l'on vise ? C'est ce qui trouble le plus les dirigeants politiques et désarçonne les juges. Habitués à concevoir des prohibitions et à juger des délits et des crimes qui contiennent dans l'acte interdit toute la mesure de l'intention dolosive, ils pensent toujours pouvoir épuiser dans leurs lois et dans leurs sentences la réprobation sociale dont ils sont les commissionnaires. Mais il leur échappe l'essentiel, qui est que la fraude qu'ils croient interdire ou punir est bien plus légitime qu'ils ne le sont eux-mêmes, car elle a produit ce qu'ils ne pourront jamais offrir : le rêve d'un monde où tout est possible parce que tout est permis.

8
Comment expliquer l'inexplicable

Le gangstérisme en col blanc n'a été qu'une étape transitoire. À la recherche d'une explication par l'économie : le pillage est un acte rationnel, même s'il aboutit à l'irrationalité. Les économistes répondent aux économistes : les marchés ont les moyens de rétablir leur rationalité — la théorie du « principal-agent ». Le problème, c'est que le remède est pire que le mal.

Au seuil des années 1980, la crise des *Savings & Loan* inaugure l'entrée fracassante dans la mondialisation par une vague de prédations que certains économistes et criminologues n'ont pas hésité à assimiler à du pur et simple pillage. Ils n'ont pas été nombreux cependant, il faut l'avouer, ceux qui ont fait une telle analyse.

La presse américaine, pour commencer, ne s'est pas empressée de dénoncer l'invasion d'un secteur financier pourtant important par une multitude de gangsters, d'escrocs et de fraudeurs en tout genre. Comme les économistes, la plupart des journalistes n'ont voulu y voir que les déboires d'entrepreneurs poussés à prendre des risques trop élevés pour sauver leur entreprise. Rien ne serait arrivé, ont-ils massivement soutenu si, en réponse à la faillite du secteur dans un contexte de dérégulation et d'amenuisement des contrôles publics, ils n'avaient été contraints de se lancer dans « la quête effrénée de nouveaux crédits, sans mesurer rigoureusement l'accroissement des risques encourus[1] ». Courses vers de nouveaux placements, risques inconsidérés sur l'actif des caisses, placements hasardeux (*junk bonds* en particulier) se seraient inscrits, par conséquent, dans des « stratégies de prise de risque excessif » qui n'auraient pourtant été que « des comportements rationnels dans ce contexte »[2], encouragés par les erreurs des pouvoirs publics. Rassurante perspective, qui confinerait les malversations dans un rôle insignifiant représentant moins de 10 % du coût total de la crise, selon l'opinion dominante dans les médias et chez les économistes.

La maladie infantile du capitalisme financier

Je doute que l'on puisse encore tenir pareil raisonnement quand on rapproche la crise des caisses

1. V. Coudert, « La crise des Savings and Loan », art. cité.
2. *Ibid.*

d'épargne américaines de la bulle des *subprimes*. Tout observateur averti ne peut que relever l'existence d'une donnée constante : le secteur immobilier américain, poste clé du PIB des États-Unis, est au cœur du problème depuis les années 1970. Seule la bulle Internet peut être considérée comme une sorte d'intermède, comme la tentative justement de faire reposer, en vain, l'économie américaine sur une autre base. Cela n'a pas été plus heureux, au demeurant, puisque cette période a vu les méthodes de fraude se renouveler avec brio.

La crise des caisses d'épargne n'était cependant qu'une maladie infantile du capitalisme financier, submergé par une extraordinaire débauche de délinquances, venues de tous les horizons de la sociologie criminelle. Presque tout ce que la truanderie en col blanc compte de spécialités s'était donné rendez-vous dans les années 1980 pour fondre sur les caisses d'épargne, et chacun s'est servi à sa façon, sans la moindre vergogne ni la plus petite retenue. Les acteurs de la crise des *S & L* avaient des origines sociologiques très différentes, aussi leur rencontre était-elle statistiquement improbable, ce qui donne à cette crise sa particularité par rapport aux suivantes.

La première catégorie — sans doute la moins dangereuse — est celle des dirigeants dévoyés, que l'on a appelés les « ambitieux » *(high fliers)* quand on leur accordait le crédit d'être des entrepreneurs foncièrement honnêtes, sans s'apercevoir que seule la fraude pouvait leur rapporter de tels profits. La seconde catégorie est celle des affairistes de profession qui ont pris eux aussi la direction de caisses. Généralement issus des milieux du bâtiment (promoteurs) ou de la finance, ils ont été prompts à s'abattre sur les bonnes affaires que l'on peut faire fructifier avec un sens moral suffisamment relâché. On rencontre aussi des affairistes d'occasion, qui sont souvent des professionnels dont les métiers d'origine sont sans rapport avec les caisses d'épargne ou la construction (notamment des membres de professions libérales), mais qui disposent de capitaux à investir et ont senti au moment opportun la bonne odeur des profits faciles à défaut d'être honnêtes. La main dans la main avec les catégories précédentes, les professionnels du bâtiment comme les *appraisers* (« évaluateurs »), mais aussi les auditeurs et les comptables sont des échelons indispensables puisqu'ils tiennent entre leurs mains les outils de la fraude. À côté de tout ce petit monde, parfois ensemble, des représentants des familles mafieuses traditionnelles ont largement prospéré. À quoi il conviendrait d'ajouter, pour être complet, des hommes politiques corrompus ou un certain nombre d'hommes de l'ombre ou d'agents des services spéciaux, ces derniers n'ayant peut-être pas profité pour eux-mêmes (du moins pas tous) des facilités de fraude offertes par les circonstances.

La crise des caisses d'épargne n'a donc été qu'une sorte de transition entre un gangstérisme traditionnel à forte implication financière et une criminalité financière nouvelle, dont la particularité est d'intégrer la fraude au cœur des mécanismes économiques et financiers les plus élaborés et les plus importants. Il n'empêche que, déjà, quelques analystes précurseurs avaient compris le basculement qui était en train de s'opérer. Tel est le cas, du côté des économistes, de George Akerlof, prix Nobel d'économie en 2001, dans un article écrit avec Paul Romer en 1993[1]. Ces deux auteurs soulignent la difficulté de séparer ceux qui ont pris des risques inconsidérés pour faire faire des gains à leur entreprise et ceux qui adoptaient des stratégies de pur « pillage ». S'il n'est pas trop compliqué, en effet, de faire la différence à l'échelle micro-économique — il suffit d'examiner les comportements individuels —, le problème est que, sur le plan macro-économique, les résultats sont les mêmes et qu'il n'est donc guère aisé de les distinguer. Au contraire de la majorité de leurs collègues, Akerlof et Romer n'ont pas pour autant contesté l'importance du « pillage », terme qu'ils ne refusent pas non plus de reprendre pleinement à leur compte. Les scènes de ce genre, affirment-ils, abondent dans la crise des *S & L*. Cela suffit-il à leur en attribuer les causes et les conséquences ?

Akerlof et Romer n'en doutent pas, mais ils cherchent surtout à expliquer les causes premières des comportements frauduleux qui ont envahi tout

1. George A. Akerlof et Paul M. Romer, « Looting : The Economics Under-world of Bankruptcy for Profit », *Brookings Papers on Economic Activity*, n° 2, 1993.

ce secteur. Ils pointent une mécanique infernale qui n'aurait guère laissé d'autre possibilité aux dirigeants engagés dans cette aventure que de se laisser aspirer par le système frauduleux qui s'était constitué. Supposons, disent-ils, que les fonds propres d'une entreprise aient une valeur V et que l'État accepte de prêter à l'entreprise une somme d'un montant M. De deux choses l'une. Soit M est inférieur à V — cela n'entraîne aucune conséquence eu égard aux principes de valorisation du capital —, soit M est supérieur à V, et là tout change : l'entrepreneur empruntera tout ce qu'il peut à l'État, sachant tout à fait que l'entreprise ne pourra rembourser la somme M ainsi prêtée. Il ne se souciera même plus de gérer correctement ses affaires puisque l'État couvrira toutes ses dettes.

Telle est résumée, selon Akerlof et Romer, l'histoire des caisses d'épargne, qui consiste simplement en une sorte de pousse-au-crime dont les gouvernements américains successifs ont supporté l'entière responsabilité[1]. Sans cette incitation au pillage venue des pouvoirs publics, il ne se serait donc rien passé. Il pouvait en effet sembler ration-

1. Concrètement, pour Akerlof et Romer, la principale incitation correspondant à un blanc-seing donné aux propriétaires des caisses venait de l'augmentation de la garantie fournie aux déposants de fonds qui plaçaient leur épargne dans les caisses, cette garantie étant passée de 40 000 à 100 000 dollars en 1980. Du fait de cette augmentation, l'État devenait le garant du remboursement des dépôts en cas de faillite, ce qui a été considéré comme une forme de financement par l'État des pertes des caisses. Dans leur raisonnement, Akerlof et Romer assimilent la couverture des pertes à une ligne de crédit du gouvernement sur laquelle les caisses auraient eu le droit de tirer à leur guise.

nel aux dirigeants de caisses, dans les conditions où ils étaient placés, de détrousser leurs entreprises comme au coin d'un bois, d'autant que c'est l'État qui payait en fin de compte. Tous ne l'ont pas fait ? Certes, mais même ceux qui étaient honnêtes ont été entraînés comme des moutons dans l'inflation des prix immobiliers qui faisait grossir la bulle dont se repaissaient les fraudeurs, bulle dont nul ne pouvait sortir sans s'exclure complètement du jeu économique. Moralité de toute l'histoire : « La loi de l'offre et de la demande n'est pas ce qui gouverne le comportement du marché. » La fraude a joué ainsi un rôle d'entraînement et d'amplification : à (relativement) petites causes, grands effets, agissant comme un levier. Elle a créé une spirale infernale qui a emporté tout le monde. Ainsi, l'existence d'une bulle comme celle de l'immobilier dans la crise des caisses d'épargne montre que le marché n'est pas aussi rationnel que certains le prétendent et que la fraude de « pillage » des entreprises est l'un des éléments qui peuvent se déclencher si les pouvoirs publics ne prennent pas les bonnes décisions.

Si Akerlof a reçu le prix Nobel, c'est précisément en raison de ses travaux sur les dysfonctionnements des marchés, à partir d'un article célèbre de 1970[1]. Le point de vue d'Akerlof est original

1. George A. Akerlof, « The Market for "Lemons": Quality Uncertainty and the Market Mechanism », *The Quarterly Journal of Economics*, vol. 84, n° 3, août 1970, pp. 488-500.

chez les économistes libéraux puisque, s'il critique les notions d'efficience des contrats et d'efficience des marchés — au nom desquelles les néoclassiques postulent que le marché est toujours rationnel —, il n'en récuse pas pour autant l'idée que les agents économiques soient néanmoins des acteurs rationnels. Ce qui fait la différence, c'est que les choix qu'ils font ne sont rationnels que dans la limite qui leur est imposée par l'« asymétrie d'information* » résultant de la structure des marchés et de l'inégalité des acteurs face à l'information nécessaire à leurs décisions. L'idée de départ est la suivante : affirmer, comme le professent les économistes néoclassiques (autrement dit, néolibéraux), que les agents impliqués dans une relation économique ne feraient que des choix rationnels* repose sur une hypothèse dont Akerlof a voulu montrer non pas qu'elle serait fausse, mais qu'elle ne débouchait pas sur un équilibre des contrats et des marchés. Les néolibéraux fondent dans un bel ensemble leurs modèles sur le présupposé que n'importe qui dispose en toute occasion des informations nécessaires à ses prises de décision et donc des moyens de faire les meilleurs choix en ce qui le concerne. Dès lors, les régulations sur le marché s'effectueraient toutes seules, bien sûr, mais aussi de la meilleure des façons, et il ne faudrait surtout pas interférer, au risque de perturber les choix et les décisions des acteurs. C'est compter, dit Akerlof, sans ce qu'il a appelé le « marché des rossignols » *(market for lemons)*, à l'appui d'une démonstration sur l'asymétrie d'information qui existe toujours entre les acteurs économiques.

Les rossignols sont des tueurs

Bien que partisan de la théorie du « choix rationnel » chère aux néoclassiques, Akerlof s'en distingue donc en ce qu'il ne croit pas que les décisions rationnelles des agents économiques aboutissent nécessairement à un fonctionnement tout aussi rationnel des marchés. Le dogme néoclassique a servi à construire des modèles très élégants peut-être, mais qui se heurtent à toutes les expériences et au simple bon sens. Il prêche à tort que, chacun cherchant à maximiser son utilité ou ses profits et à minimiser ses coûts ou ses pertes, le marché est la résultante idéale des décisions de l'ensemble des acteurs, correctement et complètement informés. Dans la réalité, c'est bien plutôt le contraire : tous les acteurs ne disposent pas des mêmes informations et, par conséquent, leurs stratégies économiques, pense Akerlof, doivent s'adapter au fait qu'ils savent qu'ils ne savent pas.

Soit le marché des véhicules d'occasion, qu'il prend en exemple dans son article de 1970. À moins d'être mécanicien automobile, compétence faiblement partagée au sein de la population ordinaire, l'acheteur d'un véhicule d'occasion se trouve plutôt perplexe devant son vendeur : que vaut le véhicule sur lequel se porte son intérêt ? Non pas quel est son prix, puisqu'il est affiché clairement, mais *vaut-il* son prix ? Qu'est-ce qui garantit à l'acheteur que si la voiture en question est mise en vente à un prix élevé, ses qualités sont bien celles que ce prix est censé refléter ? « Je veux bien, pense l'acheteur, mettre un bon prix pour un bon véhicule mais, bien sûr, pas pour un mauvais. Comment puis-je savoir si c'est justement le cas de celui qu'on me présente ? Si son propriétaire le met en vente, c'est qu'il n'en veut plus et il connaît bien les défauts de son véhicule, qu'il se gardera évidemment de me révéler : pour-quoi alors m'en vante-t-il les qualités avec tant de conviction ? Je ne peux pas connaître les motifs pour lesquels il veut le vendre et, même s'il me donne de bonnes raisons, je ne puis les vérifier. Quant aux mauvaises, je n'en saurai jamais rien. Comment déterminer, par conséquent, si j'achète une belle mécanique ou un vieux rossignol ? »

Comme, en général, notre acheteur ne connaît rien à la mécanique, s'il ne veut pas s'en remettre au seul bagou de son vendeur il doit trouver autrement que par sa propre expertise les moyens de compenser son ignorance. Si le marché n'est pas réglementé (par exemple par des contrôles techniques obligatoires et surtout fiables), l'acheteur n'a guère de moyens de mettre fin à l'incertitude qui résulte du fait que le vendeur sait exactement ce qu'il vend, mais que lui-même ne sait pas ce qu'il achète. Comment va-t-il alors s'y prendre ? S'il n'a pas d'autre solution, il voudra tout simplement acheter ce véhicule le moins cher possible. Sa tactique sera d'affecter en quelque sorte le prix demandé d'une décote censée l'aligner sur la valeur moyenne des prix du marché, qui se situe quelque part entre le coût des bonnes voitures et celui des mauvaises. Ce que l'on appelle, en termes courants, une cote mal taillée. Voici alors le résultat, d'après Akerlof : les bonnes voitures ne seront pas assez chères, les mauvaises le seront trop ! Du coup, si rien ne vient corriger l'asymétrie d'information entre acheteurs et vendeurs, il faut s'attendre tout simplement à ce que les meilleures voitures soient retirées du marché des véhicules d'occasion. Seules les mauvaises y resteront et le prix sera toujours trop élevé pour leur valeur véritable puisque tout le monde saura que seuls les rossignols traînent encore sur ce marché. Celui-ci a toutes les chances alors de disparaître complètement.

La crise des caisses d'épargne n'a été pour Akerlof et Romer qu'une occasion de montrer *in situ* que le marché ne répondait pas toujours de façon appropriée à la loi de l'offre et de la demande. Preuve en est que l'on a alors construit tant et plus sans se préoccuper des besoins immobiliers et à des prix qui ne correspondaient plus à rien, ce qui n'empêchait pas ceux-ci de grimper, jusqu'à leur inéluctable effondrement.

Il est louable, pour un économiste attaché à l'idée que les comportements des acteurs sont rationnels, d'en conclure néanmoins que les effets de leurs décisions sur les marchés ne le sont pas. Il est regrettable, en revanche, qu'en le récompensant d'un prix Nobel la profession des économistes ne se soit pas interrogée sur l'actualité de son propos. Le souvenir de la crise des caisses d'épargne était encore brûlant, la bulle Internet venait d'exploser et celle des *subprimes* commençait à gonfler. Certes, les économistes avaient tenté de résoudre la douloureuse équation d'Akerlof, avant même qu'il ne reçoive son prix Nobel. Entêtés, ils ont maintenu leur point de vue en déplaçant simplement le problème : le marché comporte des imperfections ? Il a besoin d'être amendé ? Soit. La théorie peut consentir le fait que l'équilibre du marché ne soit pas aussi spontané qu'elle l'avait prédit, mais au moins on peut faire confiance à celui-ci pour trouver les remèdes de son autoguérison. Le marché a réponse à tout, il trouvera donc en toute occasion une solution pour se corriger lui-même, sans qu'il faille lui imposer des contraintes externes qui ne pourraient que le corrompre. Puisque tous les comportements sont rationnels, on verra toujours des comportements rationnels venir redresser dans le bon sens ce que d'autres comportements tout aussi rationnels auraient fait pencher dans le mauvais.

« Je te tiens, tu me tiens… »

À leurs détracteurs les néolibéraux ont cru ainsi pouvoir répondre avec une nouvelle théorie, dite du « principal-agent ». Cette obscure formule, traduite maladroitement de l'anglais, fait dériver les possibles dysfonctionnements, dont on ne peut nier l'existence, depuis les marchés vers les relations périphériques qui complètent et font fonctionner les échanges qui s'y déroulent. Comme le marché ne peut être soupçonné de faiblesse ou d'impotence, c'est qu'en réalité, pensent les auteurs de cette théorie qui tente de répondre aux critiques d'Akerlof, les distorsions qu'il subit viennent d'ailleurs. Elles sont dues au fait qu'à côté des relations entre acteurs du marché il en existe d'autres, entre les acteurs eux-mêmes et ceux avec lesquels ils doivent passer des contrats pour réaliser leurs prestations.

La théorie du principal-agent est donc une manière de défausser les marchés en les disculpant de leurs mauvais fonctionnements. Concrètement, elle est néanmoins l'aveu *a minima* que l'on peut reconnaître, dans les contrats qui lient un acteur principal à quelqu'un qui exécute pour son compte une tâche quelconque, un rapport pour le moins ambigu qui peut fausser le fonctionnement du marché. Quand il y a une délégation de ce genre — et bien sûr on en rencontre partout : entre actionnaires et *managers*, entre employeurs et salariés, entre donneurs d'ordres et prestataires, entre propriétaires et exploitants, etc. —, on peut craindre que le délégué (l'« agent ») ne fasse prévaloir ses propres intérêts sur ceux du « principal » pour le compte duquel il agit. Mais miracle : le marché n'est jamais pris au dépourvu, il sait s'auto-réparer, en adoptant dans chaque cas le type de contrat apte à neutraliser les velléités d'autonomie de l'agent qui pourraient l'inciter à travailler pour son compte au détriment du principal. Exemple, dans un domaine un peu à part, mais qui donnera une idée de l'inventivité autoréparatrice du marché : un assureur ne peut pas toujours savoir si un conducteur conduit mieux ou plus mal que la moyenne, mais il a néanmoins intérêt à en tenir compte pour ajuster ses primes d'assurance. Il pourra alors proposer deux contrats différents : l'un comportant une prime élevée, mais une franchise basse ; l'autre, à l'inverse, une prime plus basse, mais une franchise élevée. Les mauvais conducteurs choisiront naturellement le premier contrat car ils savent que leur risque d'accident est important, donc ils auront intérêt à être mieux remboursés. Les bons feront le choix inverse. Comme on dit dans les écoles de commerce : c'est gagnant-gagnant ! À ceci près que la théorie du principal-agent ne permet pas toujours de trouver des solutions aussi élégantes. L'expérience montre au contraire que l'agent prend parfois définitivement le pas sur le principal, précipitant ainsi le marché vers les abîmes qu'il croyait éviter.

Il n'est pas nécessaire d'aller chercher bien loin le meilleur exemple qui puisse illustrer mon propos. Dans les années 1990 et 2000, on a vu fleurir les avantages en tout genre — primes de « bienvenue », parachutes dorés, retraites chapeau, *stock-options* et autre bonus — accordés par les actionnaires aux gestionnaires à la fois pour attirer les meilleurs (ou du moins les plus réputés sur le marché) et surtout pour s'assurer de leur entier dévouement à la cause du « retour sur fonds propres » *(return on equity)* selon la fameuse règle des 15 %[1]. Quand la crise des *subprimes* a éclaté, provoquant la révocation de dirigeants d'entreprises et de banques cotées en bourse tombées plus ou moins en faillite, il est apparu manifeste que les politiques suivies par les gestionnaires n'avaient que très imparfaitement répondu aux attentes des actionnaires. Certes, ceux-ci avaient profité, de longues années durant, de dividendes élevés et de cotations en hausse, mais au prix d'un effondrement de la valeur de leurs actions et d'un épuisement de l'entreprise quand la bise fut venue... Les spéculateurs qui s'étaient retirés à temps étaient sans doute satisfaits, les petits porteurs piégés dans les arcanes de la bourse ont dû l'être beaucoup moins. Ils se sont aperçus, mais un peu tard, que si leurs propres dividendes étaient gagés sur leurs actifs désormais évaporés, les grasses rémunérations des dirigeants qu'ils avaient nommés à la tête de leurs conseils d'administration l'étaient sur leur propre crédulité.

L'obstination de ces dirigeants, en Europe comme aux États-Unis, à exiger le paiement de leurs avantages exorbitants au moment où éclatait

1. Celle-ci peut d'ailleurs aller, dans la finance, jusqu'à 40 %. Cette règle, évidemment non écrite, s'est imposée dans le monde des affaires. Cette stratégie a impliqué des attitudes très critiquées, puisque l'objectif financier destiné à servir la voracité des détenteurs du capital a entraîné des gestions d'entreprise à court terme de plus en plus audacieuses et agressives : désinvestissements, licenciements « boursiers », endettements excessifs, délocalisations sauvages, etc.

l'échec de leur gestion a montré en réalité, à rebours de la théorie, que les ponts d'or qu'on leur avait offerts avaient rendu le principal (les actionnaires) dépendant des agents (les *managers*) sans rien leur garantir en échange, sinon une croissance factice et définitivement évanouie qui leur avait fait lâcher la proie pour l'ombre pendant les quelques années de fausse prospérité. Si les actionnaires avaient fait appel à de si coûteux « agents », c'est parce qu'ils espéraient pourtant qu'en les payant aussi chers ils auraient au moins à leur service des dirigeants détachés des soucis matériels, qui se consacreraient uniquement et tout entiers à faire prospérer dans le seul intérêt de leurs mandants le capital économique qui leur était confié. Las ! Ils se sont réveillés un beau matin en découvrant qu'ils s'étaient payé des mercenaires sans état d'âme qui, sous les promesses trompeuses d'une opulence sans fin gonflée aux hormones, avaient exclusivement travaillé pour leur compte. Ils avaient capté en douce, à leur profit et sans le moindre risque, une part souvent importante des richesses de l'entreprise, qu'ils avaient fait rouler à un train d'enfer pour qu'elle exsude plus vite, et plus fort, toute la rentabilité qu'elle pouvait offrir. Et, pour finir, l'addition était payable sur le patrimoine de l'entreprise si ses revenus ne devaient plus y suffire, au comptant et quoi qu'il advienne, la firme qu'ils quittaient en carrosse doré et en grand apparat fût-elle moribonde et placée sous perfusion de capitaux publics.

9
Les tâtonnements de la criminologie

Penser la fraude en économie, c'est admettre que la fraude n'est pas un accident, mais qu'elle est la conséquence inévitable de la loi du marché. Faire entrer la criminologie dans l'économie : une révolution insupportable. Mais il n'est pas sûr que la fraude soit toujours néfaste aux marchés. Si c'était le cas, elle devrait toujours aboutir à leur effondrement. Or les marchés ne s'effondrent pas toujours, donc il faut aussi envisager l'hypothèse que la fraude ait une fonction positive dans l'économie.

Il y aurait donc eu quelques bonnes raisons d'ouvrir un débat qui n'a jamais eu lieu sur les causes de la fraude systémique dans l'économie et que seul a repris un criminologue américain, William Black. Il est vrai que ce dernier avait des raisons personnelles de le faire : ancien superviseur des caisses d'épargne — il fut notamment directeur adjoint de la Federal Savings and Loan Insurance Corporation* (FSLIC) et directeur du contentieux du Federal Home Loan Bank Board* (FHLB) —, il s'est acharné à vouloir réguler et faire sanctionner les *Savings & Loan* ne l'a pas aidé à se faire des amis, même quand il est devenu ensuite universitaire. Instruit par ce qu'il a lui-même observé, il a proposé une approche révolutionnaire de la fraude économique en général, qu'il appelle la « fraude de contrôle* » *(control fraud)*, dont la crise des *Savings & Loan* lui a fourni l'inspiration.

Plus on est haut placé, mieux on fraude

À la différence des classifications traditionnelles de la criminologie, ce concept opérationnel de « fraude de contrôle » ne se fonde pas sur des caractéristiques sociologiques, moins encore sur des spécificités morales ou psychologiques dont les criminologues sont ordinairement friands, mais seulement sur la fonction occupée par le détenteur d'un pouvoir ou d'une autorité, dans un contexte particulier. Cette fraude est très singulière à tous égards[1], puisqu'elle ne concerne que les élites en

1. Edwin Sutherland, autre criminologue américain célèbre, avait proposé avant guerre la catégorie de « délinquant en col blanc » qui est plus vaste puisqu'elle s'applique à toute délinquance commise dans le milieu des affaires. L'originalité de Black est qu'il ne se réfère pas à une catégorie de délinquants, comme Sutherland, mais qu'il s'attache à la fraude elle-même sans s'interroger sur les motivations individuelles des acteurs de celle-ci. Ainsi, pour Black, même si la fraude est un comportement criminel, l'étude de ces comportements en tant que tels est sans objet ou, en tout, cas, de peu d'intérêt. Ce qui compte est l'étude de la fraude et son implication dans le fonctionnement des marchés.

position d'exercer un pouvoir économique ou politique : le P.-D. G., le chef de l'État, parce qu'ils dirigent une entreprise ou un gouvernement et sont donc les décideurs uniques ou du moins ultimes dans l'espace qu'ils contrôlent. Cette position leur offre la ressource de piller leur entreprise ou leur État, qui se trouve être ainsi l'instrument, et parfois aussi la victime, de la prédation.

Cette vision d'une criminalité propre à l'élite décisionnelle est présentée comme une fonction du statut dominant de ses auteurs dans le processus de délibération. Elle ne s'embarrasse pas, à la différence des approches criminologiques traditionnelles, des motifs, des mobiles, des inclinations ou des incitations, sociologiques, psychologiques ou morales, qui sont ou seraient à l'origine des fraudes et des comportements criminels. Nul besoin, en tout cas, de recourir à des explications tirées de la marginalité supposée ou de l'immoralité des délinquants pour expliquer les fraudes de contrôle. Bien au contraire, les capacités criminelles des dirigeants économiques ou politiques proviennent de leur intégration dans le système décisionnel, de leur capacité à mobiliser les moyens de celui-ci pour détourner les règles communes à leur profit exclusif. Elles sont on ne peut plus rationnelles.

William Black se contente, par conséquent, de répertorier les conditions qui rendent les fraudes des élites possibles et les circonstances dans lesquelles elles adviennent, puisque les dirigeants concentrent les moyens de fraude entre leurs mains et que c'est la raison pour laquelle, tout simplement, ils s'en servent. Qu'est-ce qui détermine, alors, l'accomplissement de la fraude ? C'est tout bonnement, conclut William Black, la conjonction objective d'opportunités dans l'environnement des décideurs, qui mettent entre leurs mains des facultés décisionnelles dont ne disposent pas les autres — créanciers, actionnaires, instances de contrôle, etc. Quand les opportunités de fraude s'accroissent, les fraudes augmentent, ce n'est pas plus compliqué que cela. L'attirance vers la fraude est un acte rationnel qui se conjugue en effet avec une « limitation de la capacité des systèmes » *(systems capacity limitation)* — expression qui désigne les restrictions apportées par le système politique aux moyens de lutte contre la criminalité, spécialement celle des élites — et avec un renforcement de la « neutralisation » *(neutralization)*, par laquelle les criminels eux-mêmes détruisent les barrières sociales et morales qui gênent leurs activités. Plus les capacités des systèmes sont réduites et plus la neutralisation est active, plus s'étendent les fraudes, jusqu'à susciter une véritable « vague de fraudes de contrôle ». Dans une perspective plus large et pour résumer, Black pourrait reprendre à son compte la célèbre formule de Lord Acton : « Le pouvoir tend à corrompre, le pouvoir absolu corrompt absolument. »

Il soumet ainsi l'angélisme simplificateur de la mathématique néoclassique à une épreuve plus rude encore que ne le croient les économistes, en leur rappelant qu'ils négligent pourtant quelque chose de pire que l'irrationalité des marchés : l'existence de la fraude de contrôle que, dans un grand élan presque unanime, ils considèrent en toute occasion comme insignifiante. Cela ne les décourage pas pour autant. À défaut d'avoir trouvé, croient-ils, la recette miracle qui corrige automatiquement les échecs du marché, comme la théorie du principal agent, ils cherchent encore à se rassurer en se disant que leurs problèmes d'économistes leur suffisent et qu'ils n'ont pas besoin de se mettre en plus sur le dos des histoires de fraude, de délinquance et toutes les vulgarités qui vont avec. Les plus audacieux se vantent même d'avoir des moyens imparables pour repérer facilement les fraudes et pour distinguer les firmes honnêtes.

Si certains n'en sont pas complètement persuadés, ajoutent-ils avec une conviction intacte, notamment parce que l'on peut penser que la fraude sait se dissimuler, ils précisent qu'il serait quand même facile de la démasquer car les entreprises honnêtes enverraient trois sortes de signaux présentés comme incontestables : elles font appel aux plus grands cabinets d'audit et d'expertise comptable, leurs dirigeants investissent la plus grande partie de leurs biens dans leur entreprise et elles ont la possibilité de s'endetter fortement. N'est-il pas évident qu'un grand cabinet d'audit prendrait un risque de réputation contraire à son intérêt en s'acoquinant avec un fraudeur ? qu'un dirigeant ne peut être déloyal envers l'entreprise dans laquelle il s'investit ? qu'une entreprise fortement endettée n'a que deux choix : être bien gérée et faire des profits ou faire faillite ? Sur la base de raisonnements aussi puissants, les économistes néoclassiques peuvent, à la manière d'un Laplace qui visait tout de même un peu plus haut, se targuer de n'avoir pas besoin de faire entrer la fraude dans leurs hypothèses[1]. On notera au passage que les doctrinaires de l'économie de marché ont dû subir, pour en arriver là, de nombreux replis stratégiques : de l'idée que le marché régule tout, il leur a fallu admettre qu'il devait quand même se corriger de temps en temps, pour finir par avouer que, même s'il ne se corrigeait pas, il avait malgré tout les moyens de détecter seul ce qui, chez lui, ne marche pas ! Ce qui ne signifie pas pour autant qu'il mette en œuvre les remèdes à ses maux.

Ces événements nous échappent, feignons d'en être les organisateurs

Quoi qu'il en soit, il est un point sur lequel le dogme ne faiblit pas : la fraude ne fait pas partie des hypothèses pertinentes sur lesquelles la profession des économistes ait, tout simplement, à répondre. Par conséquent, dans la vulgate néolibérale et sans doute quelque peu au-delà, les

1. Répondant à Napoléon qui l'interrogeait sur la place de Dieu dans sa vision de la science, Laplace répondit : « Dieu ? Sire, je n'ai pas besoin de cette hypothèse ! »

cabinets d'audit ou d'expertise comptable, les agences de notation ne peuvent que faire scrupuleusement leur travail — surtout les grands qui ont une réputation à tenir —, les entrepreneurs n'ont que le souci de mener leurs entreprises vers les cimes de la rentabilité et des profits au plus grand bénéfice du marché d'un côté, de leurs actionnaires de l'autre, et tout va pour le mieux dans le meilleur des mondes financiers possibles. Et même si l'économie n'est pas un long fleuve aussi tranquille qu'ils l'ont cru, rien ne pourra jamais entamer leur foi inébranlable dans la vertu des marchés. Hélas, rappelle Black, les événements des années 1980 (et ceux qui les ont suivis n'ont rien amélioré) ont prouvé exactement le contraire : chaque fraude importante a été couverte par l'un de ces cabinets d'audit et d'expertise comptable à la réputation internationale impeccable et l'on ne compte plus le nombre de dirigeants qui ont pillé le tiroir-caisse, y compris chez les plus grands, les plus respectés et les plus adulés, sous le regard bienveillant des autorités politiques les plus hautes et des organes de supervision censés les contrôler. Pourquoi les économistes libéraux sont-ils aussi lourdement incapables de voir l'évidence, si l'on exclut charitablement l'hypothèse qu'ils y auraient peut-être eux-mêmes un intérêt ? Parce que leur théorie est fausse. Elle repose sur des *a priori* dogmatiques comme celui du choix rationnel.

Si la théorie libérale pèche quelque part, ce n'est peut-être pas parce que les faits sont bornés ou ont le mauvais goût de ne pas vouloir se plier aux modèles mathématiques des experts, mais plutôt, en effet, parce que la théorie ne vaut rien. Elle ignore que, au-delà des choix rationnels qui pousseraient le marché dans le bon sens, il en est d'autres qui ne sont dictés que par la fraude ou la volonté de prédation et qui ne sont finalement pas moins rationnels, ni moins puissants, que les précédents. Si les mauvais choix l'emportent sur les bons, c'est parce que l'on ne voit pas pourquoi la morale triompherait à coup sûr et que tout dépend du contexte, chose que les économistes néoclassiques ont oublié d'intégrer dans leurs équations. Faute de rien y comprendre, ils persistent donc à enseigner que la délinquance est une peccadille à laquelle aucun des leurs — gens réputés sérieux — ne peut accorder la moindre importance.

Les économistes néoclassiques qui ont inspiré les politiques contemporaines, conclut perfidement William Black, ont en réalité créé eux-mêmes les conditions pour que la fraude s'épanouisse puisqu'ils ne savent ni la reconnaître, ni donc la prédire, ni, bien entendu, l'empêcher ou la corriger. Leur ignorance et leur parti pris sont finalement la meilleure caution de sa fortune car, ne sachant pas ce qu'est la fraude ni la situer à sa vraie place, ils ne comprennent pas non plus l'intérêt qu'il y aurait à disposer d'instances de contrôle, de prévention et de répression. Or, comme la fraude est d'abord un phénomène occulte, qui ne veut pas la voir ne la verra pas. Il peut donc clamer à loisir à qui veut l'entendre qu'elle n'existe pas et retourner à ses petites affaires ou à ses chères études. Tant pis si elles deviennent effectivement très chères pour les victimes et les contribuables, car le mode de pensée que les économistes libéraux ont réussi à insuffler partout est la cause de l'environnement criminogène au sein duquel fleurit abondamment cette fraude qu'ils ne savent pas ou ne veulent pas voir.

Qu'est-ce alors qu'un environnement criminogène, clé de la théorie dite de la fraude de contrôle ? La réponse de Black est forcément insupportable pour ces économistes, puisque ce sont précisément les incitations positives qu'ils découvrent dans l'économie qui constituent selon lui les facteurs naturellement propices à la prédation des élites. Les économistes ne voient dans l'environnement que ce qui leur apparaît bénéfique, sans s'apercevoir que c'est précisément cela qui est en même temps le vecteur de la criminalité des dirigeants politiques, économiques et financiers. On saisit mieux qu'ils aient du mal à voir le problème, puisqu'ils le prennent pour la solution. D'où cet aphorisme définitif : « À mauvaise criminologie, mauvaise économie, et à bonne criminologie, bonne économie. » C'est plus qu'une gifle infligée aux économistes en général et aux néoclassiques en particulier. Car Black fait rentrer par la fenêtre une vérité que ceux-ci ont voulu chasser par la porte : l'économie a tout à voir avec la fraude qui, sans doute, n'explique pas tout, mais sans laquelle on ne comprend rien. Un bon économiste devrait donc être d'abord un bon criminologue ou, du moins, devrait-il s'entourer de tous les conseils et de toutes les mises en garde de la criminologie.

Bien entendu, les membres de l'Académie et tous les gardiens du dogme frissonnent d'horreur et s'étouffent d'indignation à l'énoncé de telles grossièretés. Il y aurait donc un lien autre qu'anecdotique entre l'économie, cette science éminente et noble, et la criminologie, la science des misérables et des miséreux, que fascinent les bas-fonds et qui se complaît à fouiller dans les turpitudes humaines les plus dégoûtantes ? L'économiste devrait d'abord soumettre la validité de ses élégantes combinaisons au criminologue aux mains sales, qui en plus voit le mal partout ? Que vient faire enfin ce criminologue, qui jusqu'à présent ne s'occupait que des gueux et des marginaux, dans les hautes sphères de la finance et du pouvoir ? Pis encore, si c'est possible : l'homme rationnel par excellence qu'est l'agent économique, qui plus est le meilleur d'entre eux qu'est le chef d'entreprise, rejoindrait-il dans l'abjection les criminels infâmes auxquels, comme tout bon *manager*, ce héros des temps post-modernes n'a jamais accordé le moindre regard ? Voilà qui est proprement incroyable et, disons-le, indécent.

La fraude est la mère des rossignols

Il est vrai que Black commence, comme Akerlof, par bousculer allégrement le premier commandement de l'économie de marché que l'on doit à Adam Smith, pour lequel, je le rappelle, l'équilibre des marchés en situation de concurrence montre par nature une superbe indifférence au mobile des producteurs. Dans sa théorie, au contraire, le marché non seulement ne rend pas vertueux, mais il peut aussi bien favoriser le vice et la perversion de l'économie et, surtout, ce sont les mêmes éléments qui peuvent être tantôt vertueux, tantôt vicieux, voire les deux à la fois. De plus, la criminalité des dirigeants doit être prise en compte comme un facteur à part entière de l'équilibre des marchés, puisqu'elle ne leur est ni dissociable ni même distinguable, à tel point qu'il faut être d'une insondable naïveté pour croire que les marchés se régulent tout seuls, sans les coups de pouce discrets mais efficaces que permet la fraude de contrôle. Même si, bien entendu, ils ne le font pas tous, rien ne peut empêcher un chef d'entreprise influent de forcer son destin quand les circonstances s'y prêtent. C'est ce qu'ont fait les plus avisés des dirigeants de caisses d'épargne en tenant les régulateurs à l'écart, grâce aux excellentes relations qu'ils entretenaient aux plus hauts niveaux de l'administration ré-publicaine et au Congrès. C'est ce qu'ont fait les dirigeants d'Enron de la même façon. C'est encore ce qu'ont fait les banquiers avec les *subprimes* et leurs produits financiers, avec la complicité active des agences de notation et dans l'indifférence des gouvernements. Et le pire, c'est que la fraude des élites dirigeantes ne conduit pas vers un monde économiquement meilleur, mais n'a pour perspective ultime, prophétise William Black, que l'effondrement des marchés dont ils se présentent comme les héros.

Les rossignols constituent donc une menace constante sur l'économie de marché et c'est la faute à la fraude. En bref, pour Black, la fraude serait la mère des rossignols. C'est elle qui conduit à la paralysie de l'État régulateur, à travers la corruption qui s'étend au même rythme que la fraude elle-même. On peut le formuler autrement, en paraphrasant la loi de Gresham[1] : la mauvaise gouvernance[2] chasse la bonne, ce qui veut dire que tout échange, toute action économique ou financière peut être faussée par l'asymétrie du marché et, quand la fraude s'installe, la mauvaise gouvernance envahit celui-ci, au risque de le détruire purement et simplement. Si l'asymétrie est due à la fraude de contrôle, comme c'est sou-

1. La loi de Gresham s'énonce ainsi : « La mauvaise monnaie chasse la bonne. » Elle signifie que lorsque plusieurs monnaies ont cours légal simultanément, celle qui est préférée parce qu'elle paraît la plus sûre est conservée pour l'épargne et disparaît de la circulation au profit de celles dont personne ne veut et dont on se servira donc pour les échanges, comme on se passe un mistigri.

2. Formule que l'on peut d'ailleurs décliner sur tous les modes, en l'appliquant aussi bien aux produits qu'aux marchés, à l'économie, etc.

vent le cas, pense Black, celle-ci devient un enjeu économique majeur pour peu qu'elle s'étende comme une « vague ». Ainsi la fraude, qui crée une dissymétrie entre les agents économiques, est-elle au cœur des relations d'échange en ce sens du moins que la théorie ne peut en faire l'économie sous peine de se discréditer et, surtout, de conduire à des désastres comme celui des crises financières qui secouent le monde depuis trente ans.

Cette théorie a toutefois un inconvénient, c'est qu'elle n'explique ni pourquoi les fraudeurs passent à l'acte, ni comment la multiplication des comportements frauduleux de pillage *(looting)* peuvent s'agréger au point d'avoir un impact global. D'habitude, les criminologues qui veulent montrer les causes de la délinquance ont l'obsession du passage à l'acte : cherchant à expliquer pourquoi un délit ou un crime est commis par son auteur, ils en oublient vite tout contexte extérieur et ne s'attachent qu'aux déterminations individuelles du délinquant, la plupart du temps en n'en voyant d'ailleurs que les éléments psychologiques ou moraux qui les distingueraient des gens honnêtes. Aussi, leur conclusion naturelle, puisqu'elle est induite par les prémisses de leur raisonnement, est que la délinquance est un comportement atypique. À juste titre, Black n'a que faire du psychologisme de bazar qui pollue souvent plus qu'il n'éclaire la compréhension du passage à l'acte délinquant. Sa force est de faire de la délinquance des élites non une exception mais, sinon une règle, du moins une occurrence banale, voire répandue. Mais, du coup, il n'échappe pas au piège qu'il s'est lui-même tendu : bien que partant d'un point de vue subjectiviste qui est celui de l'acteur de la fraude, il ne s'intéresse qu'au contexte objectif qui agit sur le fraudeur et sur lequel, en retour, celui-ci agit. Son grand écart le mène alors à négliger les raisons pour lesquelles tel dirigeant bascule dans la fraude tandis qu'un autre, placé dans les mêmes conditions, n'y tombera pas.

Ce ne serait pas grave si cette faille du raisonnement ne se répercutait pas sur la suite de celui-ci : si la fraude est d'abord un cas individuel, comment et pourquoi se propage-t-elle ? Quel est le lien entre des fraudes qui n'auraient pour mobiles que des intérêts particuliers ? Comment se forme ce que, dans son vocabulaire, il appelle la « vague de pillage », qui fait passer la fraude de l'abus individuel à la pratique collective, jusqu'à déboucher — parfois, souvent, toujours ? on ne le sait — sur une bulle ? Pour prendre sa démonstration à contre-pied, il suffit de rappeler que le système frauduleux monté par les dirigeants d'Enron n'a pas entraîné la création de la bulle Internet, mais que c'est le contraire. C'est donc sa méthode qui pose problème car, quelle que soit la valeur de ses intuitions, il hésite constamment entre l'interprétation subjective — qui cherche l'explication à partir des comportements individuels — et l'interprétation objective — qui s'attache aux contextes qui surdéterminent ces mêmes comportements individuels —, sans parvenir à trancher entre l'approche micro-économique et micro-criminologique et son contraire, l'approche macro-économique et macro-sociologique, ni à trouver le lien entre les deux.

Mais les rossignols ne sont pas tous des tueurs

Si la fraude est un élément du système économique qui influence le fonctionnement de celui-ci, on nous doit une sérieuse explication sur ce qui fait qu'elle provoque l'apparition d'un marché de rossignols. Certes, on comprend bien qu'elle entraîne une dissymétrie entre les agents économiques, mais la vraie question est ailleurs : pourquoi et comment des fraudes commises individuellement par des dirigeants motivés par leur seul intérêt personnel peuvent-elles entrer en résonance les unes avec les autres jusqu'à constituer un effet de système capable, nous dit-on, de détruire jusqu'au marché lui-même ? Il faut que les fraudes éparses s'inscrivent dans un contexte que partagent tous les fraudeurs, mais qui aussi les transcende et canalise en quelque sorte leur diversité et leur multiplicité pour qu'elles s'insèrent dans une logique et une dynamique cohérentes. L'hypothèse du marché de rossignols n'a de sens qu'à cette condition, mais c'est aussi cette condition, comme je vais le montrer, qui peut permettre d'imaginer une autre direction que la déréliction inévitable des marchés sous les coups de boutoir de la fraude.

En effet, tant que les fraudes restent des actes individuels et isolés, elles n'ont pas de portée ni de signification d'un point de vue économique et l'on ne voit pas pourquoi on blâmerait les économistes libéraux de les trouver insignifiantes au regard de la théorie. On comprend que les libéraux ne croient pas à la fraude : ils ne croient pas, tout simplement, aux effets de système autres que celui du marché. Or, si les néoclassiques ont tort, comme l'affirme Black, c'est parce qu'ils négligent le fait que la fraude détermine la forme des marchés. Mais, pour dire cela, il faut admettre qu'elle cesse d'être un comportement individuel ou la collection d'actions individuelles. La fraude ne peut avoir d'impact global que si elle correspond à des comportements collectifs et reproductibles, quels que soient les déterminants individuels des fraudeurs. Autrement dit, dans la perspective de Black, la fraude n'est pas un comportement marginal et surtout pathologique, elle est, comme son contraire, un comportement rationnel et normal. Mais de qui, ou de quoi ?

Il y a en réalité dans cette thèse une logique et une dynamique de la fraude qui échappent aux individus qui la pratiquent. Mais Black ne va pas cependant jusqu'au bout de son argument, car il ne nous dit pas pourquoi ni comment la fraude s'introduit ou ne s'introduit pas concrètement dans les marchés, non pas en tant que comportement individuel — la nature humaine n'est hélas pas parfaite, on le sait depuis longtemps —, mais en tant qu'élément de système. Il ne démontre pas que la fraude existe comme composante des marchés eux-mêmes, mais seulement qu'elle peut exister. Or, prouver que Dieu peut exister n'est pas prouver qu'il existe vraiment !

C'est sans doute en éclairant ce point qu'il aurait peut-être pu surmonter la difficulté qu'il contourne soigneusement : pourquoi un dirigeant d'entreprise (ou le dirigeant d'un État) choisit-il de passer à l'acte frauduleux plutôt que de ne pas y passer ? Et surtout, pourquoi et comment la fraude envahit-elle les marchés et ne demeure-t-elle pas un comportement isolé ou négligeable ? À moins que ces questions ne présentent pas d'intérêt, mais encore faut-il alors nous en dire la raison et renoncer à bâtir la démonstration sur l'idée que les comportements frauduleux individuels provoquent un effet de système. Il faut aller jusqu'au bout du raisonnement et de sa logique : si la fraude de contrôle est un concept non seulement criminologique, mais également économique, c'est que le système économique lui-même intègre la fraude dans son propre fonctionnement. Jusque-là, la thèse est déjà audacieuse, mais tout va bien. La difficulté, et elle est redoutable, vient quand il faut préciser les choses : le système économique — disons, pour faire simple, les marchés — intègre-t-il la fraude à son insu ou de son plein gré ? Est-elle superflue ou nécessaire ? Est-elle certaine ou aléatoire ? Est-elle bénigne ou fatale ? Sauf à penser que l'économie est animée par nature d'une perversité sans égale qui conduirait les marchés à s'autodétruire systématiquement — et aussi à empêcher toute autre régulation qui permettrait d'éviter ce suicide collectif —, le seul moyen de soutenir l'idée que la fraude est un élément intrinsèque de l'économie est de formuler au moins l'hypothèse que, loin d'être un facteur seulement négatif, la fraude n'aurait pas que les effets délétères qui lui sont prêtés et remplirait ainsi une fonction positive, qui reste à définir.

Ce qui militerait spontanément en ce sens serait déjà le constat selon lequel les prévisions pessimistes d'Akerlof sur la disparition des marchés ne sont pas les plus évidentes, ou du moins qu'elles ne se réalisent qu'exceptionnellement. Si la fraude de contrôle peut apparaître parce que la « capacité des systèmes » est restreinte et que la « neutralisation » par les criminels opère activement, qu'est-ce qui, alors, l'empêche d'aller jusqu'au bout de sa logique, à savoir la destruction systématique des marchés, surtout si l'on retient que les élites fraudeuses sont les mieux placées pour limiter la « capacité des systèmes » et renforcer leur neutralisation ? À moins que la fraude, quelque importante qu'elle soit, ne conditionne pas les marchés au point nécessairement de les anéantir. Mais alors, pourquoi et comment s'auto-limite-t-elle ou, autre manière de poser la question, quelle est sa place ou sa fonction ?

10
Une criminalité sans criminels

La limite de l'approche criminologique est sa propre méthode : elle ne sait pas penser la criminalité sans les criminels. Or les crises du capitalisme financier montrent que la criminalité est une fonction économique. Un exemple français : le passage du capitalisme fordien au capitalisme financier s'est opéré par la fraude. En imposant de nouvelles normes, la fraude a même su se rendre indispensable tout en demeurant quasiment invisible.

S'il ne faut pas tout reprendre de zéro, le but n'est toutefois pas encore atteint. Rendons grâces cependant à William Black d'avoir attiré notre attention sur un point qu'il n'a peut-être pas complètement démontré, mais qui lève au moins un tabou et empêche les économistes de continuer de ronronner entre eux. Les transgressions des lois du libre-échange — appelons ainsi, faute de mieux, ce qu'il appelle du nom générique de « fraude » — ne sont pas seulement des phénomènes pathologiques, des scories du monde réel que les faiseurs de modèles abstraits peuvent continuer d'ignorer du haut de leur superbe. Avant toute théorie, c'est l'histoire des crises financières qui le dit et le rappelle brutalement d'ailleurs, chaque fois, à ceux qui l'avaient trop vite oublié depuis la crise précédente.

Du bon usage de la fraude

Les sciences humaines ont ceci de particulier qu'elles doivent expliquer les normes tout en rendant compte de leurs transgressions. D'abord, parce qu'il n'existe pas de comportement humain sans son contraire, ensuite parce qu'on ne passe d'une norme à une autre, ce qui est le propre de l'Histoire, que par la transgression de la première, seul moyen d'atteindre la seconde. La tâche du scientifique n'est pas de construire des modèles aux équations rigoureuses, si elles doivent aboutir à la conclusion que les faits ont tort chaque fois que la théorie ne les explique pas. Donc, pour en revenir à notre sujet, si l'on écarte les fondamentalistes des deux camps (le camp des économistes et celui des criminologues), un simple coup d'œil sur l'histoire des crises oblige à reconnaître qu'il s'y rencontre toujours, à un moment ou à un autre, ici où là, une forme de transgression des règles qui régissent les échanges par un nombre plus ou moins grand des acteurs concernés. Toute la question est de savoir quelle est l'influence de cette transgression, soit dans le déclenchement de la crise, soit dans son déroulement, soit dans son règlement, soit dans les trois à la fois.

La proposition de lier la lecture des crises économiques au comportement frauduleux des élites constitue une double audace, peut-être même un double sacrilège, ce qui ne facilite pas les choses. Le premier est de postuler que plus on est haut placé dans l'échelle des pouvoirs et des responsabilités, plus on est vulnérable à la tentation de fraude, le second est de rattacher ce trait peu flatteur aux dysfonctionnements de l'économie et de créer ainsi une nouvelle catégorie économico-criminologique qui n'est réductible à aucune autre. Elle implique en effet un retournement intégral des représentations de la délinquance, d'une part, de l'économie, de l'autre, puisque la première est d'ordinaire considérée comme un échec de l'intégration sociale, la seconde comme le mode privilégié de cette même intégration. En matière de transgression des disciplines, il est difficile de faire mieux ! Pourtant, cette manière de poser le dilemme revient en même temps à ôter à la criminalité des élites toute considération morale puisqu'elle ne dépendrait que des circonstances favorables à son éclosion, indépendamment, en tout cas, de tout stigmate qui prouverait une quelconque propension personnelle à la malfaisance, du moins plus forte que dans le reste de la population. On parvient ainsi à une objectivation de la délinquance sous l'appellation de « fraude de contrôle », qui renvoie non aux attirances individuelles de ses auteurs, mais à des enchaînements de circonstances dont ils ne sont, à la limite, que les instruments.

Telles sont sans doute à la fois la portée et la limite de l'approche inaugurée par William Black. Celle-ci constitue pour la criminologie une avancée considérable, voire révolutionnaire. Même quand les criminologues ont étudié la criminalité organisée, qui par définition est un phénomène collectif structuré, ils n'y ont vu souvent que la singularité de groupes spécifiques en opposition avec la société ou l'État. Or, la fraude de contrôle montre que la criminalité peut être désincarnée, suffisamment au moins pour ne pas s'expliquer par l'appétence individuelle pour la transgression sociale. Cette approche détruit en même temps toute possibilité de réduire la délinquance à la marginalité, à la pauvreté, à la maladie ou à quoi que ce soit qui distingue l'individu délinquant de celui qui ne l'est pas. Mieux encore : si William Black conserve, sous l'appellation vague de « fraude de contrôle », une référence à la notion de délinquance, il inaugure en quelque sorte une économie de la délinquance sans délinquants puisqu'il empêche désormais d'identifier ceux-ci avec celle-là. Mais cette perspicacité innovante et riche bute sur ses propres limites, qui viennent de la méthode d'analyse qu'il utilise. S'il se maintient à quelques années-lumière de la criminologie traditionnelle qui veut expliquer la délinquance par le comportement des délinquants, et s'il critique sévèrement la pensée néoclassique, c'est sans remettre en question la théorie du « choix rationnel » dans le champ criminologique dont cette même pensée fait pourtant ses choux gras.

Frauder à l'insu de son plein gré ou comment résoudre des problèmes insolubles

Quel besoin a-t-on d'aller chercher une fois de plus ce fumeux concept sur lequel repose toute la doctrine néolibérale, en économie comme en criminologie ? Le comble étant atteint par un Gary Becker, ancien élève de Milton Friedman et lui aussi prix Nobel d'économie, qui a cru pouvoir mettre en équation « une fonction reliant le nombre d'infractions commises par une personne et la probabilité qu'elle soit inculpée, punie si elle est inculpée, avec d'autres variables comme le revenu qui lui revient de ses activités légales et illégales, la fréquence des arrestations et sa volonté de commettre un acte illégal[1] ». Même si les décideurs sont des gens rationnels agissant rationnellement, la question reste en effet entière de savoir

1. « Crime and Punishment : An Economic Approach », *Journal of Political Economy*, 1968, p. 177. Cette fonction serait représentée par l'équation suivante : $O_j = O_j (p_j, f_j, u_j)$, dans laquelle O_j est le nombre d'infractions commises durant une certaine période, p_j la probabilité d'inculpation par infraction, f_j sa punition par infraction et u_j la variable fourre-tout représentant toutes les autres influences. Il s'en déduirait que l'augmentation de p_j ou de f_j réduirait l'utilité attendue de l'infraction et donc en diminuerait la probabilité puisque son coût en serait plus élevé.

comment une somme de comportements, même s'ils sont individuellement rationnels, débouche sur une irrationalité collective.

Le seul moyen de résoudre cette aporie est d'aller jusqu'au bout d'une démarche qui rompt définitivement avec les théories individualistes, micro-économiques et, si j'ose dire, micro-sociologiques. Au risque, je l'accorde, de devoir aussi réviser certaines conclusions relatives aux résultats exclusivement négatifs de la fraude. Celle-ci est à la fois indépendante de la volonté des agents économiques et neutre dans ses effets, et ces deux facteurs interagissent l'un sur l'autre dans une causalité réciproque. Autrement dit, la fraude, comprise comme la transgression des règles économiques et juridiques, n'est qu'une fonction économique qui apparaît dans certaines circonstances — lesquelles restent à définir — et, à ce titre, elle dépend exclusivement du rôle qui lui est assigné. En bref, la fraude comme la délinquance sont des variables d'ajustement de l'économie et de la finance. Cela implique que ce n'est pas la fraude qui engendre les effets négatifs parfois décelables dans les équilibres économiques, mais uniquement la fonction ou le rôle qu'elle remplit dans la marche de l'économie et la régulation de la société : si ce rôle est trop important, ou interfère trop fortement dans les marchés, elle imprime alors à ces derniers sa propre logique, qui peut se retourner effectivement contre la leur. Ainsi, dire que la fraude est neutre ne veut pas dire qu'elle n'a pas d'effets, mais que ceux-ci ne sont pas la résultante de la fraude elle-même, seulement de l'usage qui en est fait. Qu'est-ce qui détermine alors cet usage ? Eh bien, précisément, ce ne sont pas les volontés de fraude des dirigeants économiques, financiers ou politiques pris individuellement, mais la conjonction des nécessités et des opportunités, des contraintes et des ouvertures qui s'articulent dans un contexte déterminé.

Peu importe alors que tel ou tel dirigeant d'un groupe industriel ou financier, tel homme politique corrompu se lancent dans des aventures frauduleuses ou délinquantes : la question, qui concerne les juges et les policiers, n'intéresse pas l'économiste ou le responsable politique. Ceux-ci, en revanche, ne peuvent (ou ne devraient pas pouvoir) se détourner de ces autres questions : si la fraude, la prédation ou la spoliation deviennent des modes de gouvernance économique et politique reconnus ou tolérés, comment sont-elles apparues malgré la lourdeur des dispositifs censés les prévenir ? Comment ont-elles pu les subvertir sans que ne se déclenchent les signaux d'alerte et les réactions institutionnelles servant à les empêcher ? Pourquoi les mécanismes de protection sont-ils tous demeurés inertes ? S'interroger ainsi suppose de pouvoir distinguer résolument la fraude individuelle de la transgression collective, au lieu de voir la seconde comme le prolongement de la première. La fraude individuelle peut se dissimuler — d'autant plus facilement que son auteur est un acteur politique ou économique de premier plan — et n'être découverte que lorsqu'il est trop tard, ou même ne l'être jamais. Elle peut constituer un scandale, mais elle demeure un cas isolé, un fait divers sans signification particulière, si elle ne s'inscrit pas dans un ensemble de transgressions identiques ou complémentaires d'acteurs interconnectés dont les conséquences se démultiplient et créent un effet de système.

Je voudrais, pour illustrer et expliquer mon propos, évoquer un épisode mal connu et peu étudié de l'histoire économique et sociale française, qui commence à la fin des années 1970. Il montre comment une fraude « de basse intensité », peut néanmoins avoir des effets majeurs sur le système économique et social. C'est le moment où débute la recomposition du capitalisme industriel au profit du capitalisme financier, sur lequel va se constituer ensuite la globalisation économique et financière. La France, comme les autres pays développés, entre à cette époque dans un cycle de restructurations profondes et de longue durée, qui correspond à la période de « stagflation » associant la montée d'un fort taux de chômage avec une inflation à deux chiffres. Cette recomposition du capitalisme est imposée par la conjugaison de plusieurs facteurs déterminants qui marquent la fin des Trente Glorieuses : l'essoufflement du modèle de production de l'industrie et du compromis social historique qui caractérise l'après-guerre et une crise du système monétaire international née des contradictions non résolues de l'ordre international instauré lui aussi à la fin de la Seconde Guerre mondiale.

Pour toutes sortes de raisons, par conséquent, les entreprises vont ressentir la nécessité d'une mutation de leurs structures et de leurs modes d'organisation.

Un monde se meurt, un autre veut naître

La firme d'après guerre se caractérisait pour l'essentiel par une délimitation précise de son périmètre, une faible mobilité capitalistique, une forte stabilité salariale, une importante concentration des fonctions de gestion et de production[1] et une large autonomie entrepreneuriale[2]. Ce type d'organisation, qualifié globalement de « fordiste », va subir à partir de cette période une remise en question générale se traduisant, en particulier, par

1. L'« entreprise » était alors considérée comme une entité autonome de production, c'est-à-dire capable d'assumer seule la totalité ou, du moins, la plus grande partie de ses fonctions, à la fois de gestion et de production. Tous les services nécessaires à son fonctionnement étaient donc spontanément regroupés dans une structure de commandement centralisée, de façon à établir une forte cohérence de l'ensemble constitué par le personnel salarié autour de la direction, dans le cadre d'espaces géographiques et matériels délimitant de façon précise un périmètre de production intégrée. La prestation de service et la sous-traitance n'avaient en général de sens que pour assurer les services et les segments de production que l'entreprise ne pouvait assurer elle-même et se trouvaient dans ce cas gérés en dehors du périmètre géographique de l'entreprise. Celle-ci pouvait donc apparaître aux yeux de tous ses participants comme une entité singulière et cohérente, administrée par une direction unique.

2. La direction et l'encadrement étaient les garants de l'unité de production constituée par l'entreprise, dans le cadre de relations hiérarchisées et normées autour de l'intérêt collectif synthétisant les intérêts du travail et du capital.

l'éclatement des collectifs de travail et une mobilisation ou une rotation accrues du capital. L'entreprise traditionnelle, unitaire et hiérarchisée, va se disloquer en faveur de l'émergence de centres de profits décentralisés ou indépendants, qui peuvent demeurer imbriqués les uns dans les autres tout en devenant juridiquement et capitalistiquement distincts. Telle est l'innovation majeure des formes d'organisation du capital qui s'imposent vers la fin des années 1970. Concrètement, le nouveau modèle d'entreprise repose sur un repli autour d'un cœur de métier ou d'un centre de profits, toutes les autres fonctions de gestion ou de production considérées comme étrangères au métier et dont le rattachement à celui-ci (pour des raisons stratégiques ou autres) n'est pas indispensable étant extériorisées sur d'autres entreprises, constituées en autant de sociétés juridiquement indépendantes. Les relations entre ce qui était auparavant des services d'une même entreprise, désormais éclatés sur des entités distinctes, ne sont plus organiques et hiérarchiques, elles deviennent contractuelles.

Ainsi, dans un premier temps, les entreprises organisées sur le mode fordien ont-elles commencé par démanteler leurs systèmes classiques d'organisation en externalisant vers d'autres entreprises des segments entiers de gestion ou de production dont la conservation dans la structure juridique et capitalistique était considérée désormais comme une entrave à leur développement ou à leur rentabilité. Certains de ces segments portaient sur des fonctions subalternes requérant en général une main-d'œuvre faiblement qualifiée (nettoyage, restauration collective, gardiennage, entretien, etc.), les autres sur des fonctions spécialisées nécessitant des savoirs techniques eux-mêmes spécialisés tels que l'informatique, ou des branches entières pouvant être transférées sans perte de substance à des sous-traitants. Pour ce faire, les entreprises fordiennes sont passées par des phases transitoires durant lesquelles l'ordre juridique antérieur continuait en principe de régir les relations économiques et sociales, mais devenait de moins en moins légitime et laissait place à des formes d'organisation nouvelles, inconnues de cet ordre juridique consacré par les codes du commerce et du travail.

La mutation des structures d'entreprise — de l'entreprise « généraliste » à l'entreprise « segmentée » — est évidemment commune à l'ensemble du monde capitaliste et elle intervient, on peut le souligner, en même temps que la libéralisation de l'économie et de la finance décidée à Washington et à Londres commence à faire sentir ses effets. Mais on observe dans le contexte français une réponse propre aux contraintes de l'ordre économique et social national, et par conséquent de son ordre juridique. De même que les États-Unis ont soldé l'existence d'un secteur non concurrentiel de financement de l'immobilier par la crise des *Savings & Loan* en laissant la criminalisation de ce secteur opérer les arbitrages nécessaires — les États-Unis font cependant le choix d'une fraude de « haute intensité » —, de même la France a contourné les obstacles politiques et sociaux à l'introduction d'un mode capitalistique et juridique nouveau en laissant les entreprises transgresser discrètement, mais massivement, l'ordre juridique existant sans intervenir.

Le problème pratique était que la structure centralisée et hiérarchisée de l'entreprise fordienne était enfermée dans un réseau dense et complexe de dispositifs juridiques destinés à consacrer et conforter le compromis social de l'après-guerre. Celui-ci garantissait, d'un côté, le pouvoir entrepreneurial mais au prix, d'un autre côté, d'un État-providence fortement développé[1]. La base — et la condition — de cet État-providence était l'intégration des bénéficiaires dans le système de production, une grande partie du régime de droits sociaux et de redistribution (sécurité sociale, systèmes de retraite, conventions collectives, etc.) qui assuraient la paix sociale reposant, directement ou indirectement, sur le statut salarial et celui-ci sur la structure d'entreprise fordienne. De cette manière, par un effet de « poupées russes » consistant à intégrer les travailleurs dans l'entreprise, aux contours bien délimités et à la structure fortement charpentée, pour leur

1. Ce double renforcement est la conséquence historique de la conjonction entre une gauche politique, surtout communiste, puissante après guerre, une tradition étatique marquée et l'inscription de la France dans le bloc de l'Ouest, empêchant en pratique toute prise du pouvoir par la gauche d'inspiration marxiste mais soulignant la nécessité de composer avec les forces sociales qu'elle représentait.

accorder des droits sociaux dans celle-ci en même temps que dans la société dans son ensemble, le système socio-économique d'après guerre avait conditionné l'octroi des avantages de l'État-providence à la reconnaissance par la classe ouvrière de la légitimité du capital. L'entrée dans une nouvelle ère du capitalisme au seuil des années 1980 avait donc un enjeu de taille : comment passer d'un système dans lequel les structures pyramidales et centralisées d'entreprise étaient le pivot autour duquel s'équilibraient des forces sociales et politiques opposées, résultat d'un compromis social historique encore actuel[1], à un capitalisme éclaté dans lequel la logique capitalistique n'est plus déterminée que par les nécessités de mise en valeur financière du capital et dans lequel, par conséquent, autant les modes d'organisation traditionnels de la production que les relations sociales correspondantes apparaissent comme un obstacle ?

La fraude comme moyen d'imposer une nouvelle norme

Heurter de face à la fois le compromis social historique et les structures juridiques qui en résultaient aurait risqué de conduire à une explosion

1. La gauche, en voie de devenir majoritaire en France au début des années 1980, a fait son unité autour du « Programme commun de gouvernement » consacrant une alliance entre socialistes et communistes.

sociale dont le souvenir encore proche de mai 68 ne pouvait qu'amplifier la crainte. D'autant que, lorsque la gauche arrive au pouvoir en 1981, elle est confrontée au même problème que ses prédécesseurs, sans peut-être en avoir une réelle conscience d'ailleurs, car il est peu probable qu'elle ait compris les enjeux qui se présentaient. Même si elle l'avait voulu, elle n'aurait pu, de toute façon, envisager de bouleverser les équilibres sociaux et l'ordonnancement juridique qui les consacrait en entrant dans la logique de restructuration du capitalisme et de l'instauration d'un capitalisme financier fondé sur la finance de marché. Son idéologie d'alors conforte au contraire, à contretemps, la représentation d'une entreprise « citoyenne » qui n'existe évidemment que dans les rêves des nouveaux accédants au pouvoir et au moment précis où l'entreprise fordienne commence à se déliter.

Tout se conjugue, par conséquent, au-delà des clivages politiques et idéologiques, pour que le problème posé par l'inadéquation des structures sociales et de l'ordonnancement juridique des relations salariales dans les entreprises avec le nouvel ordre en cours de constitution ne puisse être pris en charge par les instances politiques et traduites clairement et ouvertement dans les textes juridiques. La restructuration des entreprises qui s'opère par le passage d'un ordre socio-économique et juridique à l'autre va donc s'effectuer par une transgression des normes allant jusqu'à l'utilisation de procédés pénalement réprimés, mais en réalité largement tolérés, dont l'usage va occulter à la fois les modalités et les enjeux de cette mutation.

Pour comprendre le mode opératoire qui va se mettre en place, il convient de rappeler brièvement le droit existant alors, dont les dispositions s'opposent, en principe, au démantèlement juridique des collectifs de travail. Le salarié tire ses droits sociaux de son appartenance à l'entreprise et le critère du salariat est la subordination juridique à l'employeur. Quiconque est subordonné dans son travail aux ordres d'une autre personne relève donc du statut salarial et l'employeur est lui-même tenu d'en respecter les contraintes (droits contractuels définis par la loi, les conventions collectives, etc.). Il existe trois manières d'échapper à cette rigidité et aux coûts qu'elle engendre : rendre le travail purement clandestin, rendre le contrat de travail précaire par le recours à des contrats à durée déterminée ou « louer » de la main-d'œuvre à d'autres entreprises qui n'accordent pas à leurs salariés les mêmes avantages. Pour empêcher la précarisation systématique de la main-d'œuvre, le code du travail a proscrit le travail clandestin et limité le recours aux contrats à durée déterminée, en interdisant leur utilisation pour d'autres motifs que des remplacements temporaires ou des surcroîts justifiés d'activité. De même, si la location de main-d'œuvre est explicitement autorisée par le droit français au début des années 1970, c'est dans un cadre réglementaire très strict, limitant le recours à la location de personnel au seul travail intérimaire dont les entreprises de travail temporaire reçoivent le monopole. La location de main-d'œuvre est alors rigoureusement réglementée sous peine de poursuites pénales (comportant des peines d'emprisonnement), notamment pour interdire son emploi en dehors des cas autorisés (remplacement d'un salarié absent, surcroît temporaire de travail, etc.). Or, les entreprises vont, progressivement d'abord, massivement ensuite, recourir à toutes sortes de procédés interdits par le droit du travail français afin de passer d'un système assurant la stabilité des rapports salariaux et l'attachement des salariés à l'entreprise à un autre système assurant la flexibilité de la main-d'œuvre et la baisse du coût salarial.

Si des recours abusifs aux contrats de travail à durée déterminée et au travail temporaire, par le biais des entreprises autorisées à pratiquer explicitement la location de main-d'œuvre, se multiplient, d'autres formes autrement plus insidieuses vont faire en même temps leur apparition, dont la particularité est de jouer sur la restructuration économique en cours et sur le nouveau mode d'organisation de la production. Pourtant, la « légitimité » économique de ceux qui vont mettre en place de tels moyens de fraude va rendre inopérante la répression de ces pratiques délictuelles dans le contexte nouveau. Concrètement, apparaissent des pratiques de location de main-d'œuvre, souvent effectuées par des entreprises plus ou moins fictives et dépourvues de toute garantie sociale, sous couvert de fausses opérations de sous-traitance ou de prestation de services. Parfois même, les entreprises obligent leurs salariés à s'inscrire comme travailleurs indépendants exerçant une activité libérale ou à constituer eux-mêmes des sociétés commerciales qui louent ensuite leurs services à leur employeur. Le cas sera fréquent dans les transports par exemple, où l'entreprise vend le camion à son chauffeur habituel et réemploie ensuite celui-ci pour faire le même travail mais sous couvert de sa propre entreprise, soumise aux aléas économiques des marchés et de la concurrence. De ce fait, l'employeur, devenu donneur d'ordres, s'estime dégagé de toute obligation salariale et sociale envers son ex-salarié, qu'il peut aussi faire travailler sans respecter en particulier les règles de sécurité qui limitent la durée de conduite. Le chauffeur devient alors responsable des infractions commises au volant de son camion, à la place de son ancien employeur. Il devient aussi le propriétaire du capital productif (le camion), à charge pour lui d'en assurer l'amortissement et le renouvellement quand il devient obsolète. S'il n'y parvient pas, l'employeur s'adressera à une autre « entreprise » plus performante. Mais, le plus souvent, se constituent des sociétés commerciales qui, par des contrats de sous-traitance ou de prestation de services fictifs, se contentent de louer du personnel aux entreprises utilisatrices de main-d'œuvre, qui se trouvent alors dégagées de toute contrainte salariale et statutaire vis-à-vis de ce personnel, pourtant intégré à leur activité souvent de façon permanente. On a pu voir, autre exemple caricatural, des supermarchés « sous-traiter » à leurs salariés la tâche consistant à ranger les chariots sur les parkings en les obligeant à s'inscrire au répertoire des métiers comme artisans…

Il n'est pas plus aveugle
que celui qui ne veut pas voir

Au-delà de l'anecdote, cette organisation de la fraude sous le couvert du droit a servi, et sert encore, à favoriser le recours au travail clandestin dans les grandes entreprises, notamment dans le secteur du bâtiment. La fausse sous-traitance y permet fréquemment de faire employer au profit de grandes entreprises ou de grands groupes des travailleurs étrangers en situation irrégulière, payés de la main à la main et donc dépourvus de toute couverture sociale qui alourdit les coûts de production. Des entreprises plus ou moins fictives servent de rabatteurs et d'intermédiaires, et de coupe-feu en cas de contrôles, rendant difficile la mise en cause du donneur d'ordres : les faux sous-traitants ou prestataires de services recrutent eux-mêmes les travailleurs clandestins et les mettent à la disposition des utilisateurs que sont les grandes firmes. Les faux employeurs sont présentés comme les vrais alors que les salariés sont directement employés par les grandes entreprises qui se contentent d'intercaler des contrats de sous-traitance entre elles-mêmes et les prétendus patrons. Le risque juridique et pénal est alors assumé par ces faux sous-traitants et faux prestataires.

Ce phénomène — qualifié en droit de « marchandage » — n'a guère été décrit et étudié que par des juristes, et il n'existe pas d'évaluation socio-économique permettant d'en mesurer l'impact, puisque l'aspect délinquant des comportements économiques n'est jamais perçu comme un effet de système (on l'a vu de la même manière lors de la crise des *Savings & Loan*). La question n'a donc pas intéressé les économistes ni non plus d'ailleurs les sociologues et encore moins les criminologues, puisque le problème n'a jamais été perceptible dans toutes ses dimensions depuis aucun de ces champs d'étude particuliers[1]. Or, seul le rapprochement des aspects économiques, sociaux et juridiques permet de comprendre à la fois l'intérêt global et la portée de ces pratiques frauduleuses : faute d'avoir pu effectuer cette synthèse qui aurait requis un dépassement des cloisonnements entre disciplines, le phénomène n'a pas été décrit dans l'ensemble de ses dimensions, ni moins encore compris. Une abondante jurisprudence s'est cependant construite, dont on peut retenir deux enseignements.

Le premier est que l'importance à la fois quantitative et qualitative des décisions judiciaires

1. En ce qui concerne d'ailleurs les criminologues, ceux-ci ne pouvaient s'intéresser au sujet car toute la criminologie est dominée par le postulat que la délinquance est un comportement marginal des populations marginales, exprimant un décalage pathologique du délinquant par rapport à la société.

ayant eu à connaître de tels cas — qui est l'expression d'un nombre élevé de contentieux civils et pénaux que ces pratiques frauduleuses ont engendrés — est l'indice de l'importance numérique de la fausse sous-traitance et de la fausse prestation de services dans l'économie et de l'impact social qu'elles représentent. Ainsi, bien qu'il soit probable que ces pratiques aient joué un rôle significatif dans les modalités de réorganisation des entreprises, elles sont demeurées « silencieuses » dans les champs économique, social et criminologique, et leur silence lui-même a été une des conditions qui en ont favorisé l'essor. Le second enseignement concerne la leçon que l'on peut tirer du développement de cette jurisprudence. Les juristes spécialisés savent que les tribunaux ont répondu sévèrement à ces pratiques et ont même fourni aux salariés victimes de ces formes d'emploi frauduleuses des armes juridiques efficaces pour les anéantir : or cette sévérité n'a pas empêché que le travail clandestin, la fausse sous-traitance ou la fausse prestation de services soient utilisés continûment, aujourd'hui encore, comme une variable d'ajustement économique et sociale par les décideurs économiques, qui n'en ont été nullement gênés. Autrement dit, malgré l'élaboration d'un droit répressif vis-à-vis des dirigeants d'entreprise et protecteur des salariés à l'encontre de l'externalisation fictive de leur emploi sur des employeurs eux-mêmes fictifs, ces procédés de fraude ont perduré et n'ont pu être éliminés ni même contenus.

Cela montre à l'évidence que la fraude individuelle est d'une autre nature que la fraude collective ou, plutôt, que l'on ne peut extrapoler de la première à la seconde. Il est vain de vouloir comprendre ce qu'est la fraude ou la délinquance économique et financière à partir des comportements individuels des chefs d'entreprise ou des dirigeants politiques. L'explication est ailleurs. Elle est à chercher dans le rôle que la fraude remplit dans le fonctionnement des sociétés.

11
La fraude comme alternative à la politique

Ce n'est pas parce qu'elle est très importante que la criminalité crève pour autant les yeux. On tarde à voir une criminalité quand elle remplit des fonctions par ailleurs utiles. La criminalité mafieuse remplit des fonctions sociales. La criminalité financière remplit des fonctions économiques. Quand le système politique, économique et financier ne peut plus se passer d'elle, la criminalité devient systémique.

Quand le juge Giovanni Falcone entreprit, dans les années 1970, le long combat contre la Mafia, dans lequel il allait finir par perdre la vie, non seulement il était seul, mais il dut faire face aux critiques les plus virulentes qui l'accusaient d'inventer un mythe. Les « cadavres exquis[1] » que cette lutte a semés sur la longue route de la vérité,

1. Titre d'un film de Francesco Rosi en 1975 (avec Lino Ventura dans le rôle du policier), les « cadavres exquis » désignent en Italie les personnalités assassinées par la Mafia parce qu'elles luttaient contre elle.

mais aussi les travaux de sociologues dont certains au risque de leur vie, ont fini par montrer une autre réalité : celle d'une criminalité qui imprègne une société au point de se substituer aux institutions légales défaillantes.

Il a fallu du temps, des échecs, des assassinats, des scandales pour que la simple existence des mafias de toutes sortes qui sévissent à travers le monde soit connue et reconnue. Le long périple des juges, des policiers, des journalistes, des chercheurs a fini par aboutir à la prise de conscience d'une forme de criminalité supérieure qui expose nos sociétés à des défis redoutables. Il fut la gageure de la fin du siècle dernier. Découvrir aujourd'hui la réalité et la menace que constitue la criminalité financière ou, de façon plus générale, la fraude financière, est l'enjeu du XXIe siècle. La criminalité financière et son système de fraude incorporé aux processus économiques et financiers reposent, certes, sur des mécanismes différents de ceux que met en œuvre la délinquance mafieuse, notamment parce qu'ils répondent à des fonctions et à des nécessités qui sont tout autres. Mais, face à ces systèmes de fraude, nous sommes aujourd'hui confrontés à la même méconnaissance et dans le même état d'incompréhension que les juges d'instruction italiens d'il y a trente ans. Nul n'ira prétendre que les risques de la criminalité mafieuse et ceux de la fraude financière sont comparables. Il n'empêche que comprendre les uns aide à comprendre les autres. Et les seconds comme les premiers sont des défis majeurs pour les sociétés démocratiques.

De la criminalité mafieuse, prothèse de l'État, à la criminalité financière, système alternatif de management

Partout où les mafias ont vu le jour et prospéré, il est possible d'attribuer à ces formes d'organisation une double nature qui leur est propre. Le plus facile à admettre est que ce sont des organisations criminelles. Elles le sont parce que leurs méthodes utilisent la violence et l'intimidation sociales, elles le sont aussi parce qu'elles exploitent la satisfaction de demandes ou de besoins interdits (drogue, prostitution, jeux clandestins, etc.), ou parce qu'elles se procurent des richesses par des voies prohibées (vols, rackets, escroqueries, taux usuraires, etc.). Mais elles ne sont pas seulement des organisations criminelles, car elles remplissent aussi des fonctions sociales utiles, tantôt en raison de leur position au sein de la société, tantôt à travers la transgression des normes légales.

C'est la thèse qu'a exposée par exemple Pino Arlacchi[1], sociologue italien, spécialiste de la Mafia[2],

1. *Mafia et compagnies, l'éthique mafiosa et l'esprit du capitalisme*, Grenoble, PUG, 1986. La première édition italienne de ce livre date de 1983.

2. Pino Arlacchi a également été secrétaire général adjoint de l'ONU de 1997 à 2002, chargé de diriger le Bureau des Nations unies pour le Contrôle des drogues et la prévention des crimes.

pour qui la Mafia sicilienne traditionnelle assurait des fonctions de « protection des intérêts existants[1] », de « répression[2] » et de « médiation[3] » par délégation d'autorité de l'État italien. À ce mafieux traditionnel a succédé ensuite, à partir des années 1970, le mafieux « entrepreneur » qui a émergé dans le cadre de nouveaux rapports politiques, économiques et sociaux de l'Italie de l'après-guerre. Il naît des nécessités qu'impose une nouvelle époque, industrielle et commerçante et non plus agricole et villageoise, et il s'y adapte en remplissant désormais une fonction économique. Une autre approche similaire est celle d'un criminologue américain, Dwight Smith, qui a proposé une « théorie de l'entreprise ». Pour lui, le crime organisé n'est rien de plus, comme le résument Michael Lyman et Gary Potter dans leur ouvrage sur la criminalité organisée, qu'« une extension du *business* ordinaire dans le marché illégal[4] ». La criminalité organisée n'a d'autre souci, comme toute entreprise, que « de maintenir et étendre ses parts

1. « Étant données les conditions de grande insécurité concernant la propriété, les biens et les personnes qui caractérisent la communauté locale, il est nécessaire pour celui qui possède quelque chose, d'en confier la protection au mafioso dominant dans la zone » (*ibid.*, p. 40).

2. « La préservation de l'ordre est la mission-profession dont l'homme de respect (*i.e.* le mafieux) aime à se charger » (*ibid.*, p. 42).

3. « La médiation des conflits internes à la société locale, et la médiation des rapports entre cette dernière et le monde extérieur sont des tâches qui absorbent une grande partie de la vie quotidienne du mafioso traditionnel » (*ibid.*, p. 45).

4. Michael D. Lyman et Gary W. Potter, *Organized Crime*, Pearson Custom Publishing, 2003, p. 48.

de marché[1] » dans les secteurs de l'économie illégale. Les entrepreneurs criminels investissent pour répondre à une demande, émanant de consommateurs, qui ne peut trouver satisfaction dans le cadre de l'économie légale : drogue, prêts usuraires et autres.

Ces premières approches fonctionnalistes ont une limite : elles n'expliquent que l'existence d'une économie parallèle portant sur des activités illégales ou criminelles, ou de fonctions sociales légitimes détournées par suite de la carence des institutions légales au profit de groupes criminels qui les gèrent à leur place. Dans l'un et l'autre cas, un basculement dans l'illégalité est la conséquence du défaut des institutions, soit que des demandes de biens ou services illégaux émanent de consommateurs prêts à s'adresser au marché criminel, soit que l'insuffisance de l'État laisse place à une prise en charge criminalisée de ses régulations.

L'étude des crises financières ouvre une perspective plus large et, au fond, beaucoup plus inquiétante encore. Le recours à la criminalité, à l'illégalité ou à la fraude n'est pas seulement une réponse qui surgit aux confins du système légal pour pallier les carences de ce dernier quand il se trouve en défaut. Il est aussi, ou il peut être dans certaines circonstances, une réponse de ce système lui-même à des nécessités de son propre

1. Dwight Smith, *The Mafia Mystique* [1974], cité par M. D. Lyman et G. W. Potter, *Organized Crime, op. cit.*, p. 48.

fonctionnement. Lorsque les circonstances s'y prêtent, la gestion de certaines fonctions ou la manière de les gérer sont alors abandonnées ou confiées à des formes ou des pratiques illégales, criminelles ou frauduleuses, comme on voudra les nommer. Quelles sont les raisons de ce détour ? Elles peuvent être multiples.

Elles sont, par exemple, d'origine politique : au cours des années 1980, le Congrès américain avait interdit au gouvernement fédéral de fournir quelque aide que ce soit aux *Contras* nicaraguayens. Pour contourner cette interdiction, le président Reagan fit mettre en place par le lieutenant-colonel Oliver North la filière connue plus tard sous le nom d'« Irangate ». North organisa la vente illégale et clandestine d'armes à l'Iran — pays sous embargo — pour dégager des capitaux occultes qui lui servirent ensuite à financer les opposants de droite au gouvernement hostile à Washington. Parfois, comme dans le cas français d'externalisation de l'emploi, les raisons sont d'abord sociales : restituer au capital sa liberté d'organisation et assurer une mutation en douceur et plutôt indolore, en l'espèce, d'un système juridique de protection sociale vers un autre moins favorable. Dans d'autres cas encore, les motifs sont économiques ou financiers. Mais, souvent, c'est surtout une combinaison de motifs politiques, économiques, financiers, sociaux et juridiques qui conduit à rendre légitimes des pratiques frauduleuses, illégales ou criminelles venues prendre en charge la gestion de fonctions sociales délaissées par l'État ou, plus généralement, par les institutions légales.

Pour en finir avec le criminel en col blanc

Tel était le cas, précisément, des caisses d'épargne américaines, première crise interne du capitalisme en voie de mondialisation. Les causes du recours à la criminalité pour résoudre la crise trouvent leur origine dans la structure politique, économique et sociale des États-Unis à la fin des années 1970. Plus tard, la bulle immobilière et financière des années 2000, avec son montage en forme de pyramide et ses fraudes aux crédits hypothécaires, a répondu aux déséquilibres non résolus par les crises précédentes qui n'avaient cessé de s'aggraver. Cette manière de présenter le déroulement de la crise appelle donc une autre explication que celle qui l'attribue à de simples erreurs de gestion ou à des concours malheureux de circonstances, puisqu'elle confère à des formes rationnelles de criminalité ou de fraude une part essentielle de ses modalités. Elle permet ainsi d'aller plus loin et d'esquisser un modèle plus général des rapports entre la criminalité et la société, sous l'angle non plus de dysfonctionnements dont elle serait la cause ou l'expression, mais d'un fonctionnement alternatif dont elle serait l'instrument.

On ne peut pour autant se contenter de cette première approche, sans distinguer les différentes formes de criminalité susceptibles d'entrer en jeu. Mais l'affaire est délicate. Les catégories traditionnelles des criminologues risquent surtout de nous égarer car elles ont été élaborées à partir d'une autre perception des rapports entre le crime et la société. Ainsi, Edwin Sutherland[1], l'un des pères de la sociologie criminelle américaine, inventeur de la notion de « délinquance en col blanc », a le premier reconnu sous cette appellation l'existence d'une criminalité des décideurs économiques. Mais il l'a banalisée au point de ne voir de différence entre celle-ci et les autres catégories sociales de criminels que dans le fait d'échapper généralement aux sanctions qui ne manquent pas de s'abattre sur les délinquants de droit commun… Toutes les formes de délinquance partagent donc, selon Sutherland, un comportement social spécifique qui les différencie des gens honnêtes et qui est l'objet d'un apprentissage par des individus en opposition avec les valeurs dominantes de la société. La notion de « criminels en col blanc » n'a donc d'intérêt que parce qu'elle reconnaît l'existence d'une criminalité qui concerne les détenteurs d'un pouvoir économique et qu'elle comporte l'aveu qu'ils bénéficient souvent d'une indulgence à laquelle n'ont pas droit les autres délinquants. Mais l'idée que le criminel en col blanc serait une espèce particulière d'individus formés à la transgression des lois sociales est contraire à tout ce que j'ai voulu montrer ici. Il faut donc se garder

1. Voir *supra* n. 1, p. 239.

de suivre Sutherland dans l'idée que ces personnages auraient des traits spécifiques, comme l'appétence pour la transgression, qu'ils auraient acquises au contact d'autres criminels. Déjà très improbable, cette hypothèse n'explique pas pourquoi, en effet, la fraude envahit tout un secteur économique, ou affecte l'ensemble du système économique et financier.

La notion de « criminalité d'entreprise » *(corporate crime)* est plus réaliste, mais la seule indication vraiment utile qu'elle apporte est que la délinquance peut être aussi commise pour le compte d'une entreprise, par des dirigeants qui n'y trouvent pas forcément d'intérêt direct pour eux-mêmes. Corrompre un ministre ou un haut fonctionnaire pour décrocher un marché public ne procure à celui qui verse un dessous-de-table aucun avantage personnel direct et l'on peut même imaginer — cela doit exister — qu'il ne s'y résolve qu'à contrecœur.

Reste la dernière notion, fréquemment utilisée, de « criminalité organisée ». Mais elle recouvre des significations parfois différentes, au risque de créer des contresens ou des quiproquos. Souvent, on l'identifie aux mafias ou aux organisations criminelles. Et il est vrai que ces notions partagent des éléments de définition communs. Mais si les mafias, les cartels ou les organisations criminelles structurées appartiennent au crime organisé, toute criminalité économique et financière de haut niveau ne se confond pas pour autant avec eux, tant s'en faut.

Du crime organisé à la criminalité systémique

Si l'on admet, en effet, que la criminalité est un substitut fonctionnel aux mécanismes politiques, économiques ou sociaux légalement admis, suppléant ainsi dans certaines circonstances les institutions chargées d'assumer les fonctions régulatrices inhérentes à la vie sociale, on ne peut pas considérer la criminalité organisée comme étant constituée d'organisations ou de structures étrangères aux sociétés dans lesquelles elles agissent. On doit en déduire, au contraire, que ces organisations ou structures sont en symbiose étroite avec celles de la société légale dont elles assurent de façon alternative certaines fonctions, dans certains lieux et certaines circonstances.

Les travaux sociologiques, ceux que j'ai cités et bien d'autres, ont montré précisément que les mafias traditionnelles remplissaient de telles fonctions dans les sociétés où elles sont implantées. Mais elles ne sont pas les seules et, si l'on définit la criminalité organisée comme les formes d'organisation criminelle qui offrent des modes alternatifs de gestion des fonctions sociales par la mise en œuvre de moyens illégaux, on étend d'un coup cette notion à de nombreux autres types d'organisations, structures ou réseaux beaucoup moins visibles mais tout aussi actifs. Dès lors, il ne faut pas assimiler systématiquement et inconsciemment les méthodes de la criminalité organisée — le terme de criminalité « structurée » serait alors préférable — avec celles de la criminalité mafieuse qui peuvent effectivement se heurter visiblement et massivement aux normes admises de la vie sociale parce qu'elles constituent des formes criminelles de forte intensité.

Si l'on n'y prend garde, on risque en effet d'induire des approches erronées en occultant des pans entiers de la réalité prédatrice. Trop souvent limité à l'intervention policière ou judiciaire, le traitement des groupes criminels structurés — réduit à la lutte contre les méthodes illégales et surtout violentes qu'ils emploient — a fini par restreindre la perception de ce phénomène au seul côté illégal de type purement mafieux, en délaissant la part de légitimité qui fait exister ces formes de criminalité aux yeux de nombreux usagers. Perçue dans sa dimension fonctionnaliste, la criminalité structurée prend une configuration toute différente qui ne permet plus de la distinguer de la société légale dans laquelle elle s'imbrique et explique pourquoi et comment elle devient un organe de cette société dont elle est en même temps le parasite quand elle utilise des moyens de plus basse intensité ou de moindre fréquence criminelles. Cela ne veut donc pas dire que société légale et société criminelle soient la même chose, mais qu'il existe une interpénétration forte de l'une et de l'autre qui oblige à réviser les descriptions traditionnelles de la criminalité structurée, sous peine de ne rien comprendre à son fonctionnement ni à sa conformation.

Peut-être la formule « criminalité organisée » a-t-elle d'ailleurs contribué à en fausser la représentation, sans omettre non plus la littérature ou la filmographie qui véhiculent des descriptions volontiers sensationnalistes où le spectaculaire l'emporte sur le réalisme. On imagine couramment, en effet, des organisations quasi militaires, obéissant à un chef charismatique en même temps que despotique qui commande des brigades entières d'odieux gangsters, féroces et surarmés. Certes, il existe sans doute des organisations de ce genre, mais il faut quand même relativiser leurs capacités, car elles sont rares, voire exceptionnelles, en tout cas sous nos latitudes. Même les mafias célèbres comme celles de l'Italie du Sud ou d'Amérique du Nord fonctionnent sur un mode largement plus décentralisé et flexible que ne le laissent penser les romances médiatiques et les sagas cinématographiques, et leurs activités ont parfois fini par se fondre dans un système plus large qui a fait de la fraude un mode normal de fonctionnement.

Cette ambiguïté transparaît, par exemple, dans un discours prononcé le 23 avril 2008 par l'*Attorney General* de George Bush, Michael Mukasey, sur la lutte contre les organisations criminelles, devant le Center for Strategic and International Studies : les organisations criminelles organisées, disait-il, « touchent tous les secteurs de notre économie, elles s'occupent de tout, des cigarettes à l'essence, de l'habillement aux produits pharmaceutiques », elles « contrôlent des positions importantes dans le marché international de l'énergie et celui des matériels stratégiques [...]. Elles étendent leurs avoirs dans ces secteurs qui corrompent le fonctionnement normal de ces marchés et peuvent même déstabiliser les intérêts géopolitiques des États-Unis »[1]. Et le directeur du FBI, John Pistole, de renchérir : « L'étendue et l'ampleur des activités des organisations criminelles nationales et internationales augmentent car elles continuent de renforcer leurs réseaux les uns avec les autres pour étendre leurs opérations. » Qualifiant les membres du crime organisé de « voyous sans frontières », le chef de la police fédérale expliquait ainsi que tous ces groupes, éparpillés dans le monde, avaient la capacité d'opérer comme ils le voulaient à travers les frontières. « Ces criminels internationaux constituent de réelles menaces pour la sécurité nationale de ce pays [les États-Unis] », concluait Michael Mukasey.

La criminalité systémique, ou la fin de la criminologie

Comment imaginer une seule seconde que ces organisations — si organisations il y a — soient des groupes homogènes, clos sur eux-mêmes et prêts à livrer bataille comme des armées ? Plutôt que comme des organisations, qui évoquent des ras-

1. « Criminals Target Energy, Financial Markets, Mukasey Says », CNN, 23 avril 2008 ; « "Mobsters Without Borders" Are Global Threat : US », Reuters, 23 avril 2008.

semblements d'individus dans des structures bien délimitées et hiérarchisées, en tout cas fortement homogènes et cohérentes, la criminalité structurée doit être comprise aujourd'hui comme s'insérant dans des réseaux souples, voire informels, associant au gré de leurs affaires et d'ententes plus ou moins stables des individus d'horizons les plus divers qui mettent en commun des savoir-faire disparates et complémentaires. Des groupes mafieux, au sens traditionnel du terme, peuvent évidemment être associés dans ce genre de *joint ventures*[1], mais même lorsqu'ils en sont l'axe central ou une pièce importante, ils ne sont pas seuls et la part de criminalité classique et de violence qui leur sont imputables est inversement proportionnelle à leur capacité de pénétration dans la société légale.

Autrement dit, pour s'insérer dans les circuits économiques et financiers, les mafias doivent en principe cantonner leurs méthodes violentes traditionnelles — celles à forte intensité et à haute fréquence criminelles — à l'écart de leurs autres activités « présentables » — celles, par conséquent, qui sont légales ou à faible intensité et basse fréquence criminelles —, et plus les activités violentes et illégales traditionnelles sont tenues à distance, mieux s'opère cette intégration. Même une connaissance superficielle de ce type de cri-

1. Un *joint venture* est une association sur un projet économique ou industriel commun mais spécifique. L'association ne dure que pour la réalisation du projet.

minalité permet de s'en rendre compte : le rayonnement des réseaux criminels, dont dépend l'étendue de leur puissance et de leur richesse, provient avant tout de leur intégration dans les circuits économiques et financiers, bien plus que des prédations de leur proche environnement et de la terreur qu'ils inspirent pour les mener ou de leurs règlements de comptes internes. En somme, la force de la criminalité de haut niveau, qui nécessite des capacités d'organisation supérieures, vient aujourd'hui de son invisibilité, qui à la fois la protège, bien sûr, et surtout la rend anonyme et lui ouvre ainsi les portes qui resteraient closes aux vieux gangsters coiffés de borsalinos.

Lorsque l'on constate une situation différente, comme celle qu'a décrite et dénoncée Roberto Saviano dans le livre[1] qu'il a consacré à la Camorra napolitaine et dans le film qui en a été tiré, c'est uniquement mais systématiquement parce que le retrait de l'État de ses fonctions sociales ainsi que son incapacité à maintenir l'ordre public laissent à des groupes mafieux le champ libre pour se substituer ouvertement, et non plus clandestinement, aux institutions publiques, notamment aux organes de sécurité (police, justice...). La dégradation des institutions peut alors devenir telle que des zones entières — comme au Mexique où les cartels de drogue ont pris le contrôle de villes et de régions — sont prises en

1. *Gomorra : dans l'empire de la Camorra*, Paris, Gallimard, 2007. Voir aussi le film du même nom.

main par des organisations mafieuses sans même qu'elles aient à se dissimuler. Mais on s'aperçoit aussi que, dans ces circonstances extrêmes, l'économie criminelle qui marque le pas sur l'économie légale isole ces territoires et en fait des zones de non-droit d'autant plus instables que les institutions légales sont défaillantes. Au-delà d'un certain seuil de criminalisation mafieuse, un territoire bascule dans une telle instabilité que les institutions légales sont supplantées, voire anéanties, au prix d'un chaos généralisé, comme en Colombie, au Mexique, en Somalie.

Bien qu'elle n'ait pas encore reçu de véritable consécration théorique ni opérationnelle, la formule « criminalité systémique » serait donc certainement une expression mieux appropriée que celle de « criminalité organisée » pour décrire les sortes de criminalité intervenant dans le domaine économique et financier. Elle englobe l'ensemble des manifestations délinquantes et frauduleuses qui permettent, quelque forme d'organisation qu'elles recouvrent, de remplir une ou plusieurs des fonctions sociales dont la gestion publique est défaillante. La notion trop étroite de criminalité organisée a introduit, en effet, une réduction de sens dont les conséquences sont fâcheuses. Malgré la perception réductrice et erronée du monde réel qu'elle traduit, elle a servi de base à la construction de l'ensemble des dispositifs juridiques et policiers. Or la criminalité systémique se distingue nettement de la criminalité mafieuse, qui n'en est qu'un sous-ensemble particulier. Il en est certes le plus visible, mais il n'est même pas indispensable à l'existence d'une réelle criminalité, comme l'a montré la crise des *subprimes*. Si la notion de criminalité systémique est plus appropriée que celle de criminalité organisée, c'est parce qu'elle ne met pas l'accent sur l'origine et la forme de la structure criminelle, mais sur sa seule modalité d'organisation en lien avec les marchés et sur sa fonction d'intermédiaire légitime entre l'économie légale et l'économie illégale. Elle introduit aussi cette idée essentielle : l'usage d'une délinquance de faible intensité peut avoir des effets qui, dans un contexte approprié, sont tout aussi dommageables, bien que moins visibles, que la délinquance de forte intensité et de haute fréquence.

Malgré tout, il reste un angle mort que les criminologues ne combleront pas, car la criminalité des élites, la fraude économique et financière et même la criminalité mafieuse ne relèvent pas seulement du champ de la criminologie. J'espère avoir convaincu, à travers l'analyse de la fraude comme mode de gestion de l'économie et palliatif des carences politiques, qu'il existe un au-delà de la délinquance qui se situe précisément dans un espace où les termes de « loi », de « droit », de « règles » et tout ce qui évoque l'existence d'un univers soumis à des normes d'arbitrage politique, économique, juridique et social n'ont plus cours. Hélas, cet au-delà est devenu notre quotidien. La direction du monde a été abandonnée il y a trente ans à la loi de la jungle économique et financière.

Dans ce monde, les fauves font leur propre loi et Malthus est leur seul guide. La question n'est donc pas de redresser, au hasard des scandales et par des méthodes policières et des condamnations pénales, des comportements immoraux et dévoyés, mais de penser — de rêver, peut-être — à un monde où les hommes ne compteraient plus sur l'anomie pour écrire l'Histoire, mais oseraient de nouveau prendre en main leur destin. Je crains toutefois que ce temps ne soit pas encore venu. Si l'expérience a ruiné l'utopie sur laquelle se fondait la globalisation économique et financière, elle n'a pas entamé pour autant le socle d'illusions et de renoncements sur lequel elle s'érige.

12
On ira tous aux paradis

L'éclatement de la bulle des subprimes *a eu pour effet d'engager les États à lutter contre les paradis bancaires, fiscaux et judiciaires. Les places financières internationales ont néanmoins fixé le prix de leur coopération : la reconnaissance des paradis réglementaires. La finance reprend déjà des forces et se remet en ordre de bataille. Actuellement, elle cherche sur les marchés d'actions traditionnels les profits qu'elle ne peut plus faire sur le crédit et une nouvelle fois la fraude vient au secours des plus puissants.*

On peut rêver d'un monde meilleur, mais il faudra encore attendre. Rien n'indique en effet que l'avenir prévisible rompe avec le passé récent. L'urgence d'une reprise économique, sur laquelle se fixent désormais tous les espoirs d'échapper à une dépression sans fin, fait taire les dernières velléités de réforme. Il faut sauver le soldat Mondialisation ! L'autocritique, si elle vient un jour, et surtout si elle doit inspirer dans un avenir incertain d'autres programmes de gouvernement, devra prendre son tour dans la file ininterrompue des promesses au destin improbable.

Le cocotier qui cache la forêt

Ce constat morose n'est pas celui qu'inspire seulement la déception, face au désarroi évident des gouvernements montrant leur incapacité à s'entendre sur le retour d'une régulation dont l'absence est la cause des maux que nous traversons. Il naît aussi de l'enthousiasme qui, dans une belle symétrie, a saisi de nouveau les acteurs financiers. Après avoir éprouvé quelques craintes, ils ont compris que l'orage n'avait pas détruit ce qu'ils avaient patiemment et abondamment semé, qu'il l'avait peut-être au contraire irrigué pour produire bientôt de nouvelles pousses.

Il y a des signes qui ne trompent pas. Au cœur de la crise, un cri de rage presque unanime, de Washington à Paris et de Londres à Madrid, avait vilipendé les rémunérations effarantes dont bénéficiaient les responsables du désastre, même quand ils étaient sauvés du naufrage par les fonds publics. Il n'a pas fallu attendre trois mois après le sommet du G 20, réuni le 2 avril 2009 afin de sortir le monde de son marasme, pour que tous les États rendent leur liberté aux artisans du pillage financier de la planète et renoncent à contenir leurs enrichissements insensés. Il a suffi pour cela que les dix banques les plus endettées auprès du gouvernement américain rachètent leur dette et se libèrent des maigres contraintes que l'aide publique imposait aux rémunérations de leurs dirigeants en contrepartie du sauvetage dont ils avaient bénéficié. Au moment même où les gouvernements renonçaient piteusement à encadrer les revenus faramineux des *managers* et des *traders*, la presse économique annonçait que leurs bonus et rémunérations de l'après-crise étaient repartis à la hausse et dépassaient même, et de loin, tout ce qu'ils avaient perçu auparavant. La réduction des effectifs et la concentration des banques ont permis en effet de réduire le cercle des élus. Les rescapés de la crise sont moins nombreux qu'avant, mais ils sont du coup encore plus riches. Cela pourrait n'être que du folklore si d'autres indices bien plus profonds ne venaient confirmer l'amère impression selon laquelle la seule préoccupation des dirigeants politiques dans le monde n'est pas de savoir comment sortir de la crise — en prenant les mesures qui en préviendraient le retour — mais quand finira leur cauchemar, quel qu'en soit le prix. Et ce prix ne se paiera pas qu'avec de l'argent.

Les crises qui n'ont cessé de secouer le capitalisme financier mondialisé ont deux moteurs : le premier est sa logique de gouvernance, qui a transmis aux marchés financiers le soin de s'occuper des équilibres économiques et sociaux de la planète, en soumettant les politiques nationales aux exigences prioritaires de leur rentabilité. Le second est la fraude, qui vient au secours des défaillances de la précédente chaque fois que nécessaire.

L'industrie financière a développé des instruments qui lui sont propres à l'échelle mondiale, au-dessus des États, et elle est devenue si puissante qu'elle a conquis son indépendance politique. Certes, indépendance ne signifiant pas autarcie, l'industrie financière doit composer et supporter elle-même des contraintes que les États parviennent encore parfois à lui imposer. Mais ceux-ci ne réagissent qu'en situation de crise ou en cas de scandale, le dos au mur. Ils ont renoncé dans les faits, sinon dans les discours, aux visions d'ensemble qui pourraient guider des politiques cohérentes et rationnelles. Ils s'en remettent sur ce point aux forces aveugles des marchés et ils n'entendent les réguler qu'à la marge, pour éviter les situations les plus choquantes quand éclatent les bulles et les crises incessantes que provoque le débridement de la finance de marché.

La résolution de la crise financière a même aggravé les choses : la faillite de nombreuses banques a entraîné une concentration de la finance sur quelques mastodontes qui dictent leur loi car ils savent que les gouvernements attendent d'eux la sortie de la crise économique. Le sort du monde repose désormais sur une poignée de mégabanques, pas plus nombreuses que les doigts d'une main. On peut parier sans risque qu'elles sauront faire front commun pour préserver leurs intérêts contre les velléités politiques de remettre de l'ordre dans le chaos de la finance de marché.

Car les plus lucides aujourd'hui l'ont compris, le chaos n'est pas régulé par des règles, mais par l'égoïsme des puissants, que plus rien ni personne ne bride. La fraude est donc le second moteur du capitalisme financier. Chaque fois que les vertueuses promesses de la dérégulation échouent, c'est d'elle que vient le salut. À tel point que les structures mêmes de ce capitalisme financier intègrent les éléments qui la font prospérer, avec l'absolution, sinon l'encouragement des États.

Un bon exemple du rapport volontairement ambigu entre les États et la finance est celui des paradis bancaires, fiscaux, judiciaires et réglementaires. Ces places financières sont souvent présentées sous un double aspect : des territoires exotiques, d'une part, offrant des prestations juridiques et financières destinées à échapper aux juridictions des États « sains » d'autre part. Il n'y a rien d'inexact en cela, sauf que ces caractéristiques en vérité n'en sont pas. Seule une partie de ces places financières correspond à une telle représentation presque caricaturale et toutes les places financières en question ont d'autres attributs plus discrets, pas forcément illégaux ou criminels, parfois bien plus appréciables que ceux pour lesquels elles sont la plupart du temps dénoncées. Dans la réalité, c'est au travers de leurs fonctions, une fois de plus, que l'on peut comprendre leur mode de fonctionnement et de développement.

Historiquement, les paradis bancaires et fiscaux ont été constitués entre les deux guerres mondiales pour servir de refuge à de grosses fortunes et à certaines entreprises désireuses d'échapper à l'impôt. Ils ont été longtemps de petits territoires, en général rattachés à des pays importants, comme les îles Anglo-normandes vis-à-vis de la Grande-Bretagne. Tant que la demande de fraude ou d'évasion fiscale était limitée et que le commerce et les échanges internationaux demeuraient faibles et encadrés, ces places ont végété dans l'indifférence générale, comme des anomalies subalternes, plus folkloriques que gênantes. L'internationalisation de l'économie à partir des années 1960 a commencé à changer la donne, suscitant à la fois une demande accrue de délocalisation des actifs financiers et une offre proportionnelle de services juridiques et financiers apte à satisfaire cette demande. L'ouverture des échanges économiques et financiers a entraîné dans son sillage, bien entendu, celle des trafics illégaux et criminels qui se sont mis à emprunter les mêmes voies. L'explosion des trafics de drogue à partir des années 1960 a suscité en particulier un besoin, pour les organisations criminelles et les cartels qui y étaient impliqués, de trouver assez rapidement les moyens de réintégrer dans les circuits économiques et financiers légaux l'argent des trafics, le plus souvent en espèces et en quantité très abondante. Les paradis bancaires et fiscaux, en raison de leur secret bancaire principalement, sont ainsi devenus des places de choix pour servir de « portes d'entrée » au blanchiment de l'argent sale. Ils ont alors ajouté à la protection contre l'investigation des services fiscaux un autre service, celui de la protection contre les enquêtes de police, devenant également des paradis judiciaires.

Les petits ont besoin des gros, les gros ont besoin des petits

Beaucoup d'observateurs en sont restés à cette représentation sommaire, qui élude cependant nombre de fonctions remplies par les places *off shore* et restreint considérablement le champ de vision. Elle occulte tout d'abord le fait que si de petits pays, souvent des îles, sont effectivement devenus des paradis bancaires et fiscaux, puis judiciaires pour héberger le blanchiment de l'argent sale, ils n'ont pas été les seuls : de grandes places financières internationales, à commencer par la City londonienne, des États américains (Delaware, Nevada, Wyoming, New Jersey...), le Luxembourg, la Suisse, le Liechtenstein, l'Autriche et d'autres, étaient tout autant impliquées, et depuis aussi longtemps. Certaines de ces places ont fait l'objet de campagnes ciblées relayées par les médias dans l'opinion publique (la Suisse, le Luxembourg, le Liechtenstein en particulier), d'autres ont échappé aux foudres de la stigmatisation comme la City ou les États américains. Mais surtout, l'ensemble de ces places financières se sont peu à peu spécialisées et ont commencé à former des réseaux de services complémentaires, créant une toile au maillage serré de dispositifs juridiques et financiers qui offrent aux investisseurs des services sur mesure, soit pour faire évader des capitaux, soit pour les blanchir, soit pour échapper à des contraintes réglementaires. L'ingénierie juridique et financière a grossi en même temps que celle des marchés financiers mondiaux et en lien avec ces derniers.

C'est dans ces conditions qu'à l'évasion ou la fraude fiscales procurées principalement par le secret bancaire s'est ajouté dans un second temps le blanchiment de l'argent sale rendu possible par le refus de coopération judiciaire, puis, dans un troisième temps, l'hébergement des structures et des activités des entreprises, des banques et des acteurs financiers à la recherche de havres réglementaires. Les trois fonctions de refuge fiscal, judiciaire et réglementaire se sont superposées : une vaste et hétéroclite panoplie de techniques juridiques et financières offertes par les places financières internationales — comme elles préfèrent se faire appeler désormais pour atteindre une plus grande respectabilité — a été mise au service des investisseurs de toute espèce et de toute origine, animés d'intentions les plus diverses. Comme l'a reconnu Christian Noyer, le gouverneur de la Banque de France, lors des Rencontres économiques d'Aix-en-Provence du 5 juillet 2009 : « La concurrence réglementaire a été une des causes de la crise, une des causes fondamentales sans doute [...]. [La] concurrence réglementaire [a été] érigée un peu comme un des principes centraux de la mondialisation [...]. La concurrence excessive nourrit les désordres, nourrit les défaillances des marchés[1]. »

Qui a besoin de s'extraire des législations fiscales, commerciales, pénales et autres d'un ou de plusieurs États ne se déplace plus aux Bahamas ou aux îles Caïmans avec sa valise de billets. Ses conseillers sont à New York, à Londres, à Paris ou à Francfort, ce sont des cohortes d'avocats, de comptables, de banquiers, de financiers formés dans les meilleures écoles et universités, qui jonglent avec les législations fiscales et commerciales, connaisse sur le bout des doigts le droit des sociétés, la bourse, les marchés financiers, car ce sont eux qui font tourner la planète financière. Ils conseillent, bien sûr, mais ils font aussi les montages depuis leurs bureaux de Zurich, de Genève, de la City ou de Wall Street et ils les réalisent pour leurs clients sous couvert d'entités enregistrées n'importe où dans le monde, de préférence dans plusieurs places financières plus ou moins lointaines, plus ou moins transparentes. Sans bouger de son fauteuil, du haut d'une tour de La Défense, le directeur financier de la firme cotée qui lance un LBO, qui veut verser un dessous-de-table à un émir pour décrocher un marché d'armement ou qui veut « optimiser » la situation fiscale de son entreprise crée ainsi à sa guise un trust aux îles Vierges britanniques, une société anonyme internationale à Panama, signe des contrats à Singapour, ouvre des comptes au Liechtenstein, à Jersey ou au

1. AFP, 5 juillet 2009.

Luxembourg et lance ensuite dans une ronde sans fin ses capitaux qui s'écoulent furtivement dans une tuyauterie invisible et silencieuse, connue de lui seul.

Tout n'est pas illégal ou frauduleux dans cette vaste course au moins-disant juridique et au mieux-disant financier. Mais rien n'y est non plus innocent. La plupart des fonds spéculatifs créés par les banques, grands utilisateurs d'ABS, de MBS, de CDO ou de CDS, ont été domiciliés dans ces places sûres dont le principal avantage n'était pas fiscal, moins encore judiciaire, mais réglementaire. Sans se cacher le moins du monde, les banques créent leurs fonds communs de titrisation et leurs *special purpose vehicle* dans des paradis exotiques pour une simple et excellente raison : les faire échapper aux règles qu'ils trouvent trop exigeantes et aux contrôles des banques centrales et des autorités de contrôle des marchés qui pourraient se montrer trop tatillons à leur goût. Pas d'obligation de fonds propres, pas de contrôles comptables, pas de vérification de leur solvabilité, rien de ces tracasseries désagréables et improductives qui nuisent au *business.* En toute légalité et en toute transparence… Beaucoup d'analystes financiers ont feint de s'étonner qu'en réaction contre la crise des *subprimes* ait été mise en question la responsabilité des places *off shore*. Celles-ci sont pourtant devenues l'un des instruments majeurs de la finance de marché car elles sont les outils au travers desquels les banques échappent aux réglementations et mettent leurs créances

« hors bilan ». Leur but n'est pas d'y dissimuler quoi que ce soit, mais de se soustraire aux règles des États qui voudraient les encadrer.

Forcés de proposer des réponses à la crise de la finance mondiale, les pays du G 20 ont entrepris une réforme des places *off shore*. L'idée était pertinente. Hélas, sa réalisation ne l'a guère été car ils n'ont pas cherché à résoudre le problème de la déréglementation financière et du « hors bilan » des banques, mais uniquement celui de la fraude fiscale et, accessoirement, du blanchiment de l'argent sale. Leur seul vrai souci est de faire rentrer dans leurs caisses les milliards de dollars qui s'évanouissent dans les paradis fiscaux et judiciaires, jusqu'à présent avec leur consentement plus ou moins tacite. Ils font d'une pierre deux coups : le retour des capitaux volages qui aidera à payer l'addition de la crise est approuvé par de bruyantes proclamations sur la moralisation réussie de la finance mondiale. Et pourtant : en retard d'une guerre, les gouvernants des pays du G 20 n'ont, semble-t-il, pas compris — à moins qu'ils ne soient d'une rare malice — que les bouleversements du capitalisme financier dans les années 2000 avaient changé la donne. L'argent de la fraude fiscale, celui des mafias et des cartels commence à devenir plus encombrant qu'utile pour des places financières internationales qui sont des pièces maîtresses dans l'architecture subtile et raffinée de la finance Ponzi. En d'autres termes, l'offre de services pour la fraude fiscale ou le blanchiment de l'argent sale est en déclin, elle n'est plus en tout cas l'objectif majeur de ces places discrètes et complaisantes.

Bien entendu, les paradis fiscaux et judiciaires ne vont pas disparaître par magie. Mais les grandes places financières qui, naguère encore, voyaient affluer d'un œil indulgent l'argent de la fraude fiscale ou du blanchiment semblent vouloir se démarquer d'une image désormais trop sulfureuse. Non parce qu'elles seraient converties aux vertus de la morale financière, mais parce que la finance Ponzi offre bien plus d'avantages que ne procurera jamais l'argent des fraudeurs du fisc ou des mafias. Les minuscules paradis que personne ne sait situer sur une carte continueront sans doute, à travers des montages compliqués, de gérer l'argent des mafias et des fraudeurs du fisc. Les mégabanques comme UBS, spécialisées il y a peu encore dans l'évasion et la fraude fiscales, laisseront peut-être quelques banques familiales plus discrètes, situées dans des cantons suisses au nom imprononçable, continuer leur patient bénévolat qui consiste à protéger les riches fortunes persécutées par l'impitoyable fisc. En revanche, les fils prodigues du capitalisme financier — grandes places financières internationales et mastodontes de la finance mondialisée — s'apprêtent à fêter leur retour au sein de la communauté financière où les attendent impatiemment de nouvelles aventures.

Quand c'est fini, ça recommence

Nul ne sait encore comment la finance Ponzi repartira. Pour l'instant, elle se cherche car tout son savant édifice de l'époque bénie des *subprimes* s'est effondré et on ne l'a pas encore remplacé. Il ne fait guère de doute, cependant, qu'elle a encore de beaux jours devant elle. Les États et les banques centrales ont englouti des masses gigantesques de capitaux dans les banques qui avaient vu brutalement se geler tout leur système de crédit-dollar qui faisait tourner la planète finance. Elles en ont profité pour retrouver leur teint fleuri d'avant la crise, mais elles n'ont pas encore inventé la nouvelle martingale qui remplacera la précédente. Ce dispendieux sauvetage a mis un coup d'arrêt temporaire aux pratiques financières qui reposaient sur la titrisation des créances et notamment aux pires d'entre elles, les CDO. Ces produits financiers mutants, dont la prolifération a pollué tout le système financier, ont pris du plomb dans l'aile et subi une chute vertigineuse après l'éclatement de la bulle des *subprimes*, qui consacre leur quasi-abandon, sous la forme qu'ils avaient connue en tout cas jusqu'à l'effondrement du système financier mondial.

Figure 7.
Émissions de CDO d'ABS

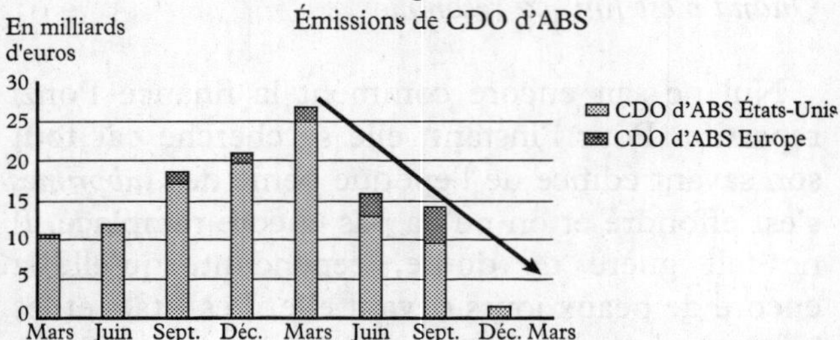

Source : J. P. Morgan

Du côté des CDS, la chute a été moins spectaculaire et s'explique autrement : ce n'est pas tant qu'ils soient discrédités aux yeux des financiers, mais les fonds spéculatifs qui en étaient les opérateurs ont, pour un nombre significatif d'entre eux, disparu dans la tourmente. La finance de marché n'attend que le signal du redémarrage pour les faire repartir vers des sommets, en promettant d'organiser désormais les marchés dans la transparence.

Figure 8.
Encours de CDS
par semestre de 2001 à 2008

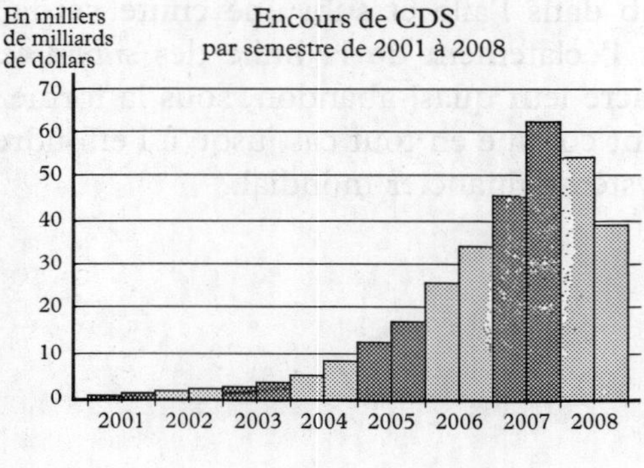

Mais rien dans les fondamentaux de la crise n'a changé, si ce n'est que les États et les banques centrales ont renfloué jusqu'à présent le système financier en lui injectant les liquidités qu'il n'avait plus. Dans la mesure où la création monétaire publique ne représente qu'une part infime des liquidités dont a besoin la machine économique et financière globale pour continuer de tourner comme elle le faisait, les finances publiques de toutes les capitales seront à sec, si elles ne sont pas ruinées, bien avant que tout ne soit redevenu comme avant. Il n'y a, dès lors, que deux solutions possibles pour sortir de ce marasme imposé par l'inadéquation entre la demande de liquidité de l'économie et l'offre de liquidité de la finance (qui induit elle-même sa propre demande de liquidité). Soit réduire la demande de liquidité à ce que peut offrir le système financier dans l'état où il se trouve, soit augmenter de nouveau l'offre de liquidité du système financier pour retrouver les niveaux d'activité de l'économie avant la crise.

La première solution fait fuir tout le monde car elle signifierait une dépression sans issue. Tout sera fait pour que ce scénario ne se réalise pas et l'on voit déjà que le second a les faveurs de l'ensemble des responsables politiques, économiques et financiers. Cette solution implique des politiques essentiellement quantitatives, tout au plus tempérées par des incitations en faveur d'une croissance plus « verte » et moins gaspilleuse et par quelques enrobages à visées moralisatrices sur la rémunération des *traders*. En bref, le sauvetage de l'économie mondiale n'est envisagé qu'à travers celui de la finance, dont les gouvernements s'échinent à restaurer la crédibilité et la capacité de financement. N'en ayant guère les moyens autrement qu'en laissant les banquiers récupérer l'argent qu'ils ont perdu, ils devront abandonner à la finance de marché le soin d'imaginer les modes de financement qui lui conviennent, sans être trop regardants.

Comme les hommes aiment réitérer leurs erreurs mais qu'ils ont assez d'imagination pour ne pas les répéter à l'identique, il nous faut deviner comment ils procéderont pour faire la même chose en s'y prenant autrement. On peut craindre que l'invention de la titrisation soit de celles qui, comme l'imprimerie, l'électricité, l'ordinateur ou la bombe atomique, ont jalonné l'histoire de l'humanité en rendant impossible tout retour en arrière. Il ne faut pas être grand clerc pour en comprendre les raisons. Dans les crises que nous avons connues, il n'y avait pas une seule bulle, mais deux[1]. La bulle financière fournit les moyens de financement dont a besoin sa sœur jumelle, qui porte sur une classe d'actifs artificiellement gonflés. L'immobilier a souvent la faveur, mais cela peut être aussi les matières premières, les métaux précieux, les actions, les œuvres d'art ou

1. Il peut même y en avoir plus. Durant la montée en puissance des *subprimes*, par exemple, il s'est constitué une bulle sur les matières premières (voir chapitre IV) en même temps que la bulle immobilière.

n'importe quoi d'autre, pourquoi pas les oignons de tulipe… La titrisation, invention de la fin du XXe siècle, permet de transformer les créances les plus invraisemblables en instruments financiers recherchés. Elle crée un pont entre la finance de marché et des classes d'actifs qui n'auraient eu, sans elle, aucune vocation à postuler comme candidats à une bulle. Ne fallait-il pas une belle audace pour transformer le crédit immobilier accordé aux populations pauvres et insolvables des minorités noires et latino-américaines en montagnes de dollars qui ont fait la fortune des *traders* et des dirigeants de banques ? Il est peu probable, par conséquent, que les banquiers y renoncent.

C'est ce que pense en tout cas un banquier suisse célèbre dans son milieu, Konrad Hummler, que la presse aime présenter comme un « banquier anarchiste » ou un « libéral tendance libertaire ». Il est vrai que, d'une certaine manière, il prêche contre sa propre paroisse puisque ce patron de la banque Wegelin & Co sise dans le canton de Saint-Gall, la plus ancienne banque suisse, estime qu'aujourd'hui le meilleur service que les banques pourraient rendre à la finance serait de se saborder : « Le système financier, avec la garantie des banques et de l'État sur laquelle il s'appuie, se présente comme un mécanisme potentiellement autodestructeur, enclin à des mésallocations extrêmes et caractérisé par un nombre excessif de mauvaises incitations. Il mérite dès lors d'être remplacé par un système plus efficient à tout point de vue[1]. » Ne nous y trompons pas cependant : Hummler ne reproche pas aux banques la prolifération financière dont elles ont fait une arme de destruction massive de l'économie, mais seulement la courte vue des banquiers qui leur a fait prendre la proie pour l'ombre. Faisant l'apologie des CDO qu'il trouve injustement décriés, il cherche le moyen de les remettre à l'honneur.

Dans une vision prospective à échéance inconnue, mais dont on devine qu'il la voudrait proche, Konrad Hummler prévoit ainsi le remplacement du système bancaire par un système de marché qui n'aurait plus besoin de ces banquiers à la myopie autodévastratrice. Il envisage et préconise des plates-formes Internet — dont certaines existent déjà — qui mettraient directement en contact les acteurs en quête de crédit et ceux qui sont prêts à investir. Non sans bon sens, il explique que, déjà dans le financement des grandes transactions, « les fonctions bancaires classiques (transformation des montants, transformation des risques et transformation des échéances) s'exercent de manière presque automatique grâce à la gestion des relations quasi bancaires assurée par le débiteur avec la communauté des investisseurs, d'une part, et à la diversification qui prévaut tant au plan matériel qu'en termes d'échéances du côté des bailleurs de fonds, d'autre part. À quoi bon met-

1. Konrad Hummler, « La vie d'après », *Commentaire d'investissement*, n° 263 du 11 mai 2009, p. 7.

tre un bilan bancaire au milieu ? ». Il attend par conséquent avec sérénité « la perspective de la disparition partielle [...] d'une structure qui, au cours des dernières décennies, a pris une place trop grande dans l'économie, la société et la politique, qui a souvent occasionné des crises et qui, par la faute de ces crises et de ces mésallocations, a tout simplement coûté trop cher à la collectivité. Le déclin du système bancaire entraînerait clairement un accroissement de la prospérité ».

Pour vivre heureux, vivons cachés

Mais les dinosaures ne meurent pas en un jour. Les monstres bancaires que l'argent des contribuables a permis de sauver d'une disparition annoncée sont sortis plus grands et plus forts, après avoir dévoré leurs congénères, qu'ils ne l'étaient avant le séisme. On s'étonne même de voir que leur longévité a été voulue, préparée et protégée toujours par ces mêmes États dont le propre étiolement est à la mesure de l'espace qu'ils abandonnent de leur plein gré à l'insatiable voracité des banquiers. Preuve en est que, en 2004, au plus haut de la bulle des *subprimes*, l'Union européenne, extatique devant la finance de marché, avait imposé aux États membres, ravis, une nouvelle organisation des marchés financiers. Finie la concentration des ordres sur des marchés réglementés, la règle était désormais la concurrence et le laisser-faire. Qui le voulait, ou à peu près, devait pouvoir devenir un opérateur de marché, et n'importe qui devait pouvoir s'adresser librement à l'opérateur de son choix et pas seulement aux places réglementées. L'Union européenne a donc imposé une nouvelle organisation des marchés financiers dans une « directive MIF » (marchés d'instruments financiers), qui a rendu obligatoire la modification des législations nationales dans le sens désiré. Entrée discrètement en vigueur le 1er novembre 2007, la directive MIF a révolutionné l'organisation des marchés sans que les responsables politiques ne bronchent ni que les médias n'en informent même l'opinion publique. S'en sont-ils d'ailleurs aperçus ?

À côté des marchés réglementés, de nouveaux opérateurs sont apparus : les « prestataires de services d'investissement » (PSI), qui comprennent eux-mêmes les « systèmes multilatéraux de négociation » (SMN) et les « internalisateurs systématiques »[1] — il fallait oser... Depuis 2007, la libéralisation complète des marchés financiers telle que la suggère Konrad Hummler est donc déjà la norme en Europe mais, contrairement à ses souhaits, elle a revigoré les banquiers au-delà de toute espérance car ce sont eux qui ont créé les structures alternatives en question. Non seulement les marchés

1. Les SMN servent d'intermédiaires pour assurer la rencontre des transactions sur les instruments financiers. Les internalisateurs systématiques sont des prestataires professionnels, en pratique de grandes banques, qui exécutent les ordres de leurs clients pour leur compte propre, c'est-à-dire en se portant eux-mêmes contrepartie des ordres.

réglementés peuvent être concurrencés par des prestataires indépendants, mais les États membres n'ont plus le droit d'empêcher cette concurrence. Bien entendu, l'Europe n'a fait que s'aligner sur les États-Unis qui, depuis 1998, avaient leurs *alternative trading systems* (ATS), dont certains peuvent dépendre d'une entreprise de marché comme le Nasdaq, marché des valeurs technologiques dans lequel une telle plate-forme est même intégrée à son fonctionnement.

Ces plates-formes électroniques permettent aux acheteurs et aux vendeurs d'entrer anonymement en contact, sans passer par un « teneur de marché » *(market maker)*, c'est-à-dire un intermédiaire professionnel qui assure la contrepartie des ordres. Sur le Nasdaq, le système couvre environ 30 % du nombre des transactions et 40 % en valeur. Ces plates-formes de négociation offrent des services plus personnalisés aux utilisateurs, et la concurrence qu'elles font aux entreprises de marché s'inscrit dans une féroce guerre des prix qui a obligé ces dernières à baisser leurs coûts[1]. Tout n'est donc pas négatif, peut-être, dans cette diversification des services financiers, sauf que ces systèmes sont moins surveillés que les marchés réglementés et que l'on s'interroge beaucoup, sans avoir la réponse, sur les perturbations qu'ils pourraient introduire dans le fonctionnement des

1. L'opérateur qui apporte des titres sur une plate-forme, créant ainsi de la « liquidité », peut même être rémunéré sur les transactions au lieu d'avoir des frais à payer.

marchés. D'autant que certains de ces systèmes alternatifs ont eu l'idée de pousser l'anonymat des transactions très loin, au point qu'on les a dénommés « *dark pools* », ce que les optimistes traduisent euphémiquement par « bassins de liquidité », mais auxquels l'expression de « boîtes noires » conviendrait mieux.

Comme c'est souvent le cas en matière financière, les *dark pools* sont une invention américaine que les Européens ont copiée avec gourmandise. En 2006 déjà, l'*International Herald Tribune* estimait qu'ils drainaient 12 % des transactions boursières sur les valeurs américaines, soit autant de moins pour les bourses. À ceci près, bien entendu, que le Nasdaq mais aussi le NYSE, la Bourse de New York, ont créé leur propre *dark pool*, récupérant de la main gauche ce qu'ils perdaient de la main droite. Concrètement, un *dark pool* est un système alternatif comme les autres, dont la particularité supplémentaire est que les offres d'achat et de vente n'y sont pas publiées. Par conséquent, les acheteurs et les vendeurs doivent émettre leurs offres à l'aveugle, en se rapportant en général aux cours de référence des titres sur les marchés réglementés.

Pour le commun des mortels, l'intérêt d'un marché où l'on ne connaît pas sa contrepartie, où l'on ne sait même pas s'il y en a une ni le prix auquel elle est prête à acheter ou à vendre peut laisser perplexe. Mais le commun des mortels ignore les subtilités de la finance de marché. Les gros intervenants, qui ont beaucoup de titres à vendre ou à acheter, sont en effet toujours dans l'embarras car un marché financier parfaitement « liquide », c'est-à-dire dans lequel une transaction ne modifie jamais le prix de l'actif, n'existe pas[1]. Lancer un ordre d'achat ou de vente important a donc un effet secondaire assez regrettable : il risque de faire monter ou descendre le cours dans le sens inverse des intérêts de l'acheteur ou du vendeur. La moyenne des ordres passés à la Bourse de New York est de 250 ou 300 titres : quand il faut en passer 50 000 ou 100 000 à la fois, cela se voit tout de suite sur les écrans des salles de marché et les réactions ne se font pas attendre. La solution traditionnelle consiste à « émietter » ses offres, en les lançant par petits paquets. Cela présente évidemment des inconvénients dont le moindre n'est pas que, le temps de les faire toutes passer, le cours a pu monter en flèche ou partir en vrille, faisant capoter l'opération prévue ou, en tout cas, en faisant perdre son principal intérêt qui est en général de gagner de l'argent. Les *dark pools* ont donc été inventés pour pallier ces fâcheux désagréments puisque les ordres ne laissent aucune trace et n'apparaissent même pas sur les marchés. Qui parle encore de transparence ?

1. Quand un titre est offert sur un marché, le prix de la transaction dépend de l'offre et de la demande. Si les demandes d'achat sont supérieures à un moment donné aux offres de vente, le cours monte puisqu'il n'y a pas assez de titres sur le marché pour satisfaire la demande, et inversement. Un marché parfaitement liquide verrait à tout moment s'équilibrer l'offre et la demande et les prix ne bougeraient pas. L'instabilité des prix est mesurée par la « volatilité » des cours des actifs.

Marché cherche bulle
pour liaison discrète…

M. Tout-le-Monde, qui n'avait jamais encore entendu parler des *dark pools*, doit continuer à se dire qu'il vivait très bien jusqu'à présent dans cette confortable ignorance, même s'il subodore que les arcanes de la finance sont décidément bien sinueux et obscurs et qu'il se demande pourquoi, en fin de compte, tant de mystères. Il devrait pourtant s'y intéresser, car la crise des *subprimes* a au moins montré une chose : la vie quotidienne des citoyens ordinaires dépend désormais étroitement de ce qui se passe sur les marchés financiers. Or, les *dark pools* connaissent un succès foudroyant, que l'éclatement de la bulle financière en 2007 n'a pas tari, bien au contraire. Tout le monde, aujourd'hui, veut son *dark pool* et même les bourses se sont mises à créer le leur, preuve au moins que les affaires ne vont pas si mal, du moins pour certains. Les experts attendent que les quelque 10 % à 12 % des transactions sur titres qu'ils couvrent déjà aujourd'hui s'envolent à 18 % en 2010. On compte une quarantaine de *dark pools* opérant en Amérique et une dizaine en Europe, généralement créés par les grosses banques et les bourses.

Toute cette agitation a fini par attirer l'attention des régulateurs qui, s'ils ne sont toujours pas très empressés de réagir, ont tout de même compris qu'il valait mieux garder un œil entrouvert pour avoir au moins l'air au courant. Le régulateur français, l'Autorité des marchés financiers (AMF) a, en termes fort diplomatiques, manifesté son inquiétude : « la transparence promise par la directive MIF semble limitée par certains » *dark pools*[1], lesquels, faut-il le préciser, ont été explicitement autorisés par cette même directive. Préoccupation qui rejoint celle qu'a exprimée plus vigoureusement Mary Schapiro, la récente présidente de la SEC américaine. Elle a dénoncé à leur propos le « manque de transparence pouvant potentiellement miner la confiance du public dans les marchés des valeurs » ajoutant, pour ceux qui n'auraient pas bien compris : « Le manque d'informations fiables peut entraîner des interrogations et des doutes à propos des fluctuations du marché[2]. »

C'est que de motifs d'inquiétude il ne manque pas, en effet, à propos précisément des fluctuations du marché. L'été de 2009, après l'*annus horribilis* 2008, a vu refleurir mille fleurs financières, mais on a appris à se méfier des bonnes nouvelles quand elles concernent la banque et la finance. Parmi celles-ci, la banque Goldman Sachs annonce à la mi-juillet 2009 avoir engrangé près de 3,5 milliards de dollars de bénéfices à la fin du

1. *La Lettre de la régulation financière*, n° 12, 4e trimestre 2008, p. 7.

2. Cité *in* « L'actualité de la crise : les mauvais joueurs et les tricheurs » par François Leclerc, blog de Paul Jorion, 31 juillet 2009.

deuxième trimestre de la même année, pour un chiffre d'affaires de 13,7 milliards, le plus élevé de son histoire. Ces bénéfices inattendus ont permis de mettre déjà de côté 11 milliards de dollars pour les distribuer en bonus. Oubliés les 10 milliards de dollars du plan Paulson, qui avaient sauvé la « Firme » — surnom évocateur — de la détresse quelques mois plus tôt. Oubliés aussi les 13 milliards donnés à l'assureur AIG en faillite, qui ont atterri tout droit dans les caisses de Goldman pour payer les garanties sur ses CDS que lui devait AIG. Si le nombre de faillites de petites banques commerciales aux États-Unis n'a jamais été aussi élevé qu'en cette année 2009[1], en revanche les banques d'investissement[2] semblent ne s'être jamais aussi bien portées. Goldman Sachs n'est pas la seule banque heureuse en ce bel été : J. P. Morgan, Morgan Stanley, Barclays Capital, Crédit suisse, BNP Paribas et quelques autres se frottent aussi les mains.

Parmi les recettes d'une si bonne fortune, il en est une qui laisse dubitatif : les gouvernements, notamment celui des États-Unis, ont dû émettre beaucoup d'obligations d'État pour financer les banques au bord de la ruine et relancer la machine

1. Au cours du premier semestre de 2009, le nombre de faillites bancaires aux États-Unis était déjà équivalent à celui de toute l'année 2008.

2. En réalité d'ailleurs, Goldman Sachs a changé de statut en 2008 pour s'enregistrer aux États-Unis comme banque commerciale afin de bénéficier d'avantages financiers réservés à ces banques. Cela ne change évidemment rien à ses activités et lui permet simplement de gagner un peu plus d'argent.

économique exsangue. Ce sont les banques en question qui, ponctionnant les comptes de leurs clients qu'ils rémunèrent chichement, ont généreusement prêté aux gouvernements à des taux de 4 % pour qu'ils viennent en aide… à ces mêmes banques ! S'agissant de Goldman Sachs, qui bat tous les records, s'y ajoutent quelques exploits, et notamment les revenus des marchés sur les actions, à 3,18 milliards de dollars. « Les émissions de titres [par Goldman Sachs], salue le quotidien *Les Échos*, ont explosé à 736 millions de dollars contre 48 millions au trimestre précédent, comme dans une moindre mesure les émissions d'obligations (336 millions de dollars contre 248 millions au premier trimestre)[1]. » Le retour des affaires est donc, semble-t-il, chose faite, même s'il laisse les plus lucides perplexes : les bourses mondiales enregistrent dans l'année 2009, à partir du mois de mars, une remontée spectaculaire. Spectaculaire, elle l'est pour deux raisons : d'abord, parce qu'elle ne repose sur rien, sur aucun signe de reprise économique ; elle l'est, ensuite, parce qu'elle est quasiment linéaire, ce qui est un défi aux lois de l'économie financière. L'appétence de la finance pour les bulles ne paraît pas encore assouvie.

1. « Goldman Sachs affiche des résultats exceptionnels », *Les Échos*, 15 juillet 2009.

... et fraude si affinité

Par un hasard fortuit, une information étrange s'est cependant glissée dans les gazettes au risque de venir troubler la fête financière, quelques jours avant que Goldman Sachs n'annonce la bonne nouvelle de ses résultats faramineux et des bonus qui les accompagnent. On apprenait ainsi que les agents new-yorkais du FBI avaient gâché l'*Independance Day* du juge fédéral Kevin N. Fox, chargé d'inculper un citoyen américano-russe juste le jour de la fête nationale américaine. Ce dernier avait été cueilli la veille du 4 juillet 2009 à sa descente d'avion à l'aéroport International Liberty (cela ne s'invente pas) de Newark, dans le New Jersey. Qu'avait fait de répréhensible Serguei Aleynikov pour déclencher une enquête aussi rapide que vigoureuse de la police fédérale, puisque l'arrestation suivait de quarante-huit heures seulement la plainte de Goldman Sachs et que l'on a cru bon de le faire comparaître devant la justice un jour férié, le lendemain même de son interpellation ? On lui reproche d'avoir dérobé le code source de la plate-forme de *trading* automatique *(program trading**) auquel il avait eu accès en tant que programmeur chez Goldman Sachs, pour le revendre sans doute à son nouvel employeur, disposant d'un site Internet dont le serveur est basé en Allemagne.

L'affaire apparaît pleine de mystères et l'on n'en goûte pas au premier abord toute la saveur, même si le zèle déployé par le FBI, inhabituel de la part d'un service policier dans une affaire financière, met la puce à l'oreille. La curiosité de la situation n'a d'ailleurs pas échappé aux journalistes qui se sont penchés sur l'affaire, d'autant que les accusations portées contre Aleynikov par Joseph Facciponti, l'*US Attorney* chargé de l'affaire, étaient effectivement explosives. Se faisant le dévoué porte-parole de la banque, il soutenait devant le juge la nécessité impérative de mettre le prévenu en prison pour l'empêcher de s'enfuir avec les codes secrets de son logiciel de *trading*, dont Goldman Sachs pensait qu'il pourrait faire usage « pour manipuler les marchés par des voies déloyales *(unfair ways)* ».

Évidemment, tout le monde était hautement impatient, le juge certainement le premier, de savoir en quoi une banque à la réputation certes écornée, mais *leader* de Wall Street et aussi bien en cour sous l'administration Obama qu'elle l'avait été sous les précédentes, pouvait avoir fabriqué et détenir un logiciel capable de manipuler déloyalement les marchés et, surtout, comment pouvait fonctionner l'énigmatique logiciel pour arriver à de telles fins. Hélas, Joseph Facciponti n'a pas été très loquace. Le rapport de police qu'il a produit devant le juge ne désignait même pas la victime — on se demande bien pourquoi —, présentée pudiquement et anonymement comme une « institution financière ». Le *special agent* Michael G. McSwain qui l'avait rédigé se contentait d'expliquer que l'institution financière en question, rapidement identifiée comme étant Goldman Sachs malgré ses cachotteries, avait consacré d'importantes ressources pour développer et maintenir une plate-forme électronique lui permettant de « s'engager dans des opérations sophistiquées, à grande vitesse et portant sur d'importants volumes sur divers marchés d'actions et de matières premières ». Quant au procureur adjoint Facciponti, il a été encore plus évasif puisqu'il s'est contenté de mises en garde obscures et d'avertissements voilés : « Nous pensons, a-t-il plaidé devant le juge, que si le prévenu est remis en liberté, il existe un risque sérieux qu'il ait accès à ce logiciel et qu'il l'envoie à quiconque pourrait en avoir besoin. Gardez à l'esprit que cela vaut des millions de dollars ! » La banque n'ayant pas les moyens, poursuivait-il, d'empêcher la divulgation du programme, ce qu'Aleynikov était censé pouvoir faire en dix minutes avec un téléphone portable et une connexion Internet, n'importe qui pourrait alors l'utiliser et prendre à Goldman Sachs ses parts de marché. Point final des explications. Si bien que le juge, sans doute frustré d'être laissé sur sa faim, s'est contenté de remettre en liberté sous caution le programmeur qui avait fait tremblé l'État fédéral et la *major* de Wall Street, le temps d'un doux week-end d'habitude consacré exclusivement à célébrer l'unité nationale.

Mais les points d'interrogation demeurent. Première hypothèse : un procureur trop zélé, ou qui n'a rien compris de ce que lui a raconté la banque, a lancé en l'air des propos intempestifs, s'assurant sans doute une renommée immédiate mais au détriment à la fois de la vérité et de la réputation d'une banque qui n'avait pas besoin de figurer de nouveau au palmarès des entreprises financières les moins scrupuleuses. Cette supposition n'apparaît pas la plus probable. D'où une deuxième hypothèse : les propos du procureur correspondaient à une réalité trop délicate pour être exposée à la face du monde. Sur un coup de dés, le parquet de New York aurait donc tenté sa chance, en espérant avoir affaire à un juge pressé de rentrer fêter chez lui l'*Independance Day* et disposé à croire sur parole Goldman Sachs et son coryphée d'un jour pour abréger son audience. Ils auraient pu ainsi éviter d'avoir à révéler l'un des secrets les plus honteux de la haute finance mais, hélas, le juge n'était manifestement pas pressé à ce point. Troisième hypothèse, compatible avec la précédente : Aleynikov allait livrer le logiciel à des mains étrangères (ou venait de le faire) et il fallait, coûte que coûte, mettre fin à ses néfastes exploits car le programme qu'il contient est une sorte de petite bombe atomique capable de faire exploser les marchés ou, du moins, les parts de marché de Goldman, car il était bien destiné, par nature, à manipuler les marchés. Le scénario pourrait alors être à peu près le suivant : dans une panique assez compréhensible, Goldman Sachs appelle au secours le FBI et la justice fédérale, mais pour se rendre compte avec consternation, le temps de réfléchir un peu plus, que l'ancien salarié indélicat et son secret sont encore plus encombrants entre leurs mains que s'il avait pu filer avec ses maudits codes. Une fois que ce genre de machine est lancée, en effet, elle ne s'arrête plus. Il ne restait alors qu'à aborder la phase humiliante de la présentation devant un juge auquel on ne peut rien dire sous peine de se retrouver à son tour dans la plus fâcheuse des postures.

Pas fraudeur s'abstenir

Faute d'en savoir un peu plus, il a donc fallu s'en remettre aux spéculations intellectuelles, partant du postulat que les dirigeants de Goldman Sachs et les procureurs fédéraux sont plutôt des gens rationnels et que, même s'ils en ont à la fois trop fait et trop dit et pas assez, ils ont au moins indiqué la direction dans laquelle il fallait fouiller. Dans ce genre d'enquêtes, le *b a ba* consiste à rechercher d'abord à qui profite le crime. Cela n'a pas donné grand-chose qu'on ne sût déjà. Aleynikov, programmeur de haut niveau, avait démissionné un mois plus tôt de chez Goldman Sachs, où il gagnait 400 000 dollars par an, pour se faire embaucher par un certain Misha Malyshev, compatriote russe basé à Chicago. Celui-ci lui avait promis un salaire trois fois supérieur à celui de Goldman Sachs. Le seul élément vraiment intéressant de ce côté est que Malyshev est un spécialiste du *trading* « haute fréquence », ce qui confirme, même si le nouvel employeur d'Aleynikov s'est rapidement défaussé en le licenciant, que c'est bien la direction où il faut continuer de chercher. D'autant que la presse américaine, relayée chez nous par Marc Mayor, un chroniqueur du magazine *Moneyweek*, a livré quelques informations étonnantes qui pourraient fournir la clé de l'affaire[1]. Mais quelques explications complémentaires sur le fonctionnement des marchés financiers sont encore nécessaires pour en savourer la révélation.

Le peu que l'agent spécial McSwain a bien voulu dire du logiciel détourné indique en effet qu'il s'agit du programme avec lequel Goldman pratique le « *trading* haute fréquence ». La Firme s'est fait une spécialité de ce mode d'intervention sur les marchés où, là encore, elle excelle puisqu'elle contrôle 50 à 60 % du *trading* automatique de la Bourse de New York, ce qui représente autour de 30 % du *trading* automatique total[2]. Le *trading* automatique permet d'utiliser des logiciels comportant des algorithmes puissants, qui balaient des dizaines de marchés. Les bourses comme les plates-formes électroniques fonctionnent donc désormais « en temps réel », ce qui a permis de développer des applications infor-

1. « Le logiciel qui menace la planète finance », *Moneyweek*, 23 juillet 2009, http://www.moneyweek.fr/conseils/01325/logiciel-informatique-goldman-sachs-actions.html.

2. Tyler Durden, « Goldman's $4 Billion High Frequency Wilcard », *Zero Hedge*, 17 juillet 2009, http://zerohedge.blogspot.com/2009/07/goldmans-4-billion-high-frequency.html.

matiques démultipliant les capacités d'intervention sur les marchés. Le *trading* haute fréquence ouvre ainsi, à ceux qui ont les moyens de s'offrir les coûteux investissements que requiert l'équipement informatique approprié, des perspectives d'intervention sur les marchés leur assurant quelques longueurs d'avance sur la masse des autres *traders*. Supposons que l'action d'une société quelconque vaille, à un moment donné, 26,20 dollars[1]. L'automate enregistre immédiatement l'état du marché en envoyant des ordres, aussitôt annulés — la vitesse des opérations se compte en millièmes de secondes —, qui lui permettent de tester le marché sans s'engager. Il peut tester, par exemple, si les investisseurs sont prêts à acheter jusqu'à 26,40 dollars. Il peut alors lancer un vrai ordre d'achat au cours de 26,20 dollars, immédiatement suivi d'un ordre de vente à 26,39 dollars, le tout s'effectuant à la vitesse de la lumière puisque cela n'a pas pris plus de trente microsecondes. La rapidité de l'intervention permet ainsi, d'une part, de savoir à quel prix on pourra vendre avant même d'avoir acheté et, d'autre part, de rafler les titres avant tout le monde pour les revendre ensuite au plus offrant. Les gains de chaque opération ne sont pas très élevés, certes, mais répétés plusieurs centaines ou milliers de fois par jour ils assurent de confortables revenus. Ce genre de procédés permet de griller la poli-

1. Charles Duhigg, « Stock Traders Find Speed Pays, in Milliseconds », *The New York Times*, 23 juillet 2009.

tesse aux concurrents plus lents, qui n'y voient goutte parce qu'ils n'ont pas les moyens de s'équiper de robots aussi coûteux, dotés de puissants logiciels de calcul.

Le moins que l'on puisse dire est que ce n'est pas très fair play, mais beaucoup de *traders* « lents » y voient aussi — comment les contredire ? — de véritables manipulations de marché. Tout le monde sait en effet dans les salles de marché que le *trading* automatique amplifie les tendances du marché. Le crack du « lundi noir », en octobre 1987, avait été attribué à l'affolement des automates qui, pris à contrepied par une évolution du marché que les programmes informatiques n'avaient pas prévue, s'étaient tous retrouvés vendeurs en même temps, faisant s'effondrer les cours. Avec le *trading* haute fréquence qui se greffe sur le *trading* automatique, le problème est inverse : les logiciels dont disposent les *traders* haute fréquence leur permettent aujourd'hui de tester la limite haute des ordres d'achat passés par les autres opérateurs. À grande échelle, le problème est que les acteurs d'un marché — tous ceux qui ne sont pas des *traders* haute fréquence — se trouvent coincés à leur insu et ne peuvent qu'acheter leurs titres dans le haut de la fourchette qu'ils se sont fixée.

Le *trading* haute fréquence induit ainsi, quasi mécaniquement, une hausse des cours de bourse. Quand on sait que près de 50 % du volume journalier du NYSE et plus de 70 % des transactions sur les marchés américains passent par le *trading* haute fréquence, on peut dire que la finance est devenue une spécialité où les amateurs n'ont plus leur place, mais on peut surtout se demander ce qu'il reste des lois du marché. Sur les 20 000 entreprises qui opèrent sur les marchés des États-Unis, on n'en compte en effet que 2 % (environ 400) qui pratiquent le *trading* haute fréquence. Cela signifie une énorme concentration — au sein de laquelle Goldman Sachs joue le rôle de *leader* avec 20 % d'un marché évalué entre 15 et 25 milliards de dollars par an —, au détriment de l'ensemble des autres intervenants. Était-ce cela que craignait Goldman Sachs : que son logiciel capable de « manipuler déloyalement les marchés » se retrouve entre les mains des 19 600 petits joueurs (ou d'un seul d'entre eux) qui voudraient prendre sa place ? C'est possible, mais cela signifierait seulement que Goldman Sachs dispose d'un logiciel plus performant encore que ses concurrents immédiats. Cela n'explique pas l'aveu, par procureur interposé, de son caractère déloyal, pour ne pas dire frauduleux.

Et pourtant, les candides qui ne fréquentent pas régulièrement les salles de marché ne sont pas encore au bout de leurs surprises. Ils ne savent pas, par exemple, que moyennant redevance certains *traders*, comme ceux de Goldman évidemment ont obtenu du Nasdaq et de certaines autres bourses ou plates-formes alternatives — le BATS Exchange (troisième bourse mondiale derrière le NYSE et le Nasdaq), le Chicago Board Option Exchange (CBOE) ou Direct Edge — un petit avantage supplémentaire, qui se calcule également en millièmes de seconde, mais qui rapporte gros, lui aussi, à l'arrivée. Les professionnels appellent cela les « ordres éclair » *(flash orders)*. Ces marchés réglementés et plates-formes alternatives — seul le NYSE, parmi les quatre premières bourses américaines, n'accepte pas les ordres éclair — leur livrent en effet, trente microsecondes avant les autres intervenants, les ordres d'achat et de vente qu'ils ont reçus. On devine l'usage que peuvent faire de ces informations privilégiées les *traders* haute fréquence, qui effectuent leurs transactions à des vitesses du même ordre. On peut imaginer aussi ce qu'il advient de la transparence et de la loyauté des marchés, surtout si tout cela passe ensuite par un *dark pool*.

Devant la progression fulgurante du *trading* haute fréquence, des *dark pools* et des ordres éclair, la SEC a fini par s'émouvoir, pressée par des membres du Congrès très en colère comme le sénateur Charles Schumer, président du Comité des lois et de l'administration du Sénat. L'honorable parlementaire avait, juste avant que la SEC ne réagisse, lancé un ultimatum à sa présidente, Mary Schapiro, pour qu'elle mette fin à la pratique des ordres éclair. L'organe de supervision a donc manifesté son intention, dans le courant de l'été de 2009, d'aller y regarder de plus près. Il est vrai que, très curieusement, les bourses mondiales ont connu des progressions inexplicables depuis le début de l'année 2009, faisant surgir des rumeurs sur la spontanéité et la rationalité des hausses au regard de la situation économique réelle. Les doutes ont été alimentés par l'impression désagréable que la concentration qui a suivi la vague de faillites bancaires a entraîné une telle restriction du nombre des acteurs et l'apparition de tels mastodontes bancaires que, désormais, quelques gros opérateurs ont les moyens de faire la pluie et le beau temps sur les marchés boursiers ou autres, surtout s'ils y sont aidés par la technologie et les moyens de dissimulation dont ils bénéficient. Avec un peu de malice, on pourrait se dire que la promptitude inhabituelle avec laquelle deux des plus grosses bourses américaines — le Nasdaq et le BATS Exchange — ont annoncé leur intention de suspendre les ordres éclair au début du mois d'août 2009 (à effet du 1er septembre) est une forme d'aveu et surtout, peut-être, une mesure de prudence pour éviter que le superviseur ne vienne y mettre son nez comme il venait d'en annoncer l'intention. Elles ont été suivies de peu par Direct Edge, le troisième fournisseur d'ordres éclair, dont Goldman Sachs est actionnaire, qui a accepté de réduire son activité en ce domaine.

Le loup dans la bergerie

Le mystère Aleynikov reste cependant entier car, finalement, l'ensemble des *traders* haute fréquence et ceux qui passent des ordres éclair chevauchent tous de la même manière la ligne continue qui sépare l'indélicatesse de la fraude. Qu'est-ce qui pourrait alors distinguer Goldman Sachs et son fameux logiciel-à-« manipuler-déloyalement-les-marchés » de ses confrères ? C'est là qu'entre en scène Marc Mayor et les troublantes allégations de la presse américaine dont il se fait l'écho. Elles concernent le vertueux NYSE, qui ne manque pas une occasion de s'offusquer des manipulations permises par les ordres éclair. Reprenant les questions soulevées par l'affaire Aleynikov aux États-Unis, Mayor prétend, avec quelques autres, que Goldman Sachs pourrait avoir bénéficié, du fait de ses relations privilégiées dans les sphères du pouvoir, d'un accès direct que personne d'autre n'avait dans les programmes de la Bourse de New York — pas même, si l'on comprend bien, les *traders* haute fréquence — et avoir ainsi accédé aux informations sur le niveau des cours avant tout le monde.

Comment cela a-t-il été rendu possible ? L'affaire remonte à loin, puisqu'elle démarre quelques mois après le crack du « lundi noir », le 19 octobre 1987, quand le Dow Jones s'effondre, perdant 22,6 % de sa valeur. Ronald Reagan, alors président des États-Unis, décide de prendre des mesures pour prévenir une situation analogue et, dans un *Executive Order* du 18 mars 1988, il crée un « Groupe de travail sur les marchés financiers » *(Working Group On Financial Markets)*. Il s'agit d'une sorte de cellule de crise mobilisable à tout moment, qui réunit les principaux responsables de l'État fédéral en matière financière, afin de prendre les mesures nécessaires en cas de crise financière grave. *A priori*, il n'y a rien d'anormal à cela, si ce n'est que la plupart des membres de ce groupe sont, comme par hasard, des anciens de chez Goldman : mais comme ils sont partout dans les instances politiques, administratives et financières, l'affaire est somme toute banale. Sauf aussi que, le fonctionnement de ce groupe étant confidentiel (ce qui est par ailleurs assez compréhensible), il sera soupçonné d'avoir intégré d'office à ses attributions la possibilité de décider d'une intervention directe sur les marchés financiers — c'est la banque Goldman Sachs qui en aurait été chargée — en cas de besoin impérieux de liquidité. En clair et sans les circonvolutions langagières d'usage, le gouvernement américain aurait compté sur Goldman Sachs pour intervenir quand il le fallait afin de redresser les cours, pour la bonne cause cela s'entend. En quelque sorte, de la manipulation de marché en service commandé. Au pays du libéralisme, ce ne sont pas des choses qui, en principe, se font, même avec la bénédiction et la participation apparemment active de Goldman Sachs, comme cela se dit outre-Atlantique.

Quoi qu'il en soit, cela montre que la question de la liquidité des marchés est perçue comme cruciale par les plus hautes instances gouvernementales. Après la crise bancaire qui a accompagné l'effondrement de la bulle des *subprimes*, on sait qu'elles avaient raison de s'en inquiéter et l'on se dit même qu'elles auraient pu s'en préoccuper sérieusement plus tôt. Manifestement, les interventions occultes du Groupe de travail n'ont pas été d'un grand secours durant l'été de 2008. Si bien que la Réserve fédérale met au point en octobre 2008, juste après la faillite de Lehman Brothers, un système au sein de la Bourse de New York pour assurer la liquidité du marché boursier. Dénommé « *Supplemental Liquidity Providers Program* » (« apporteurs de liquidité supplémentaire », SLP), il consiste à solliciter des établissements financiers pour apporter des liquidités sur le NYSE, qui est à la fois la Bourse de New York et la plus grande du monde. Concrètement, l'apporteur de liquidité s'engage, en échange de la perception de 0,0015 dollar par action, à passer des ordres sur des titres[1] de façon à maintenir un niveau d'offres et de demandes suffisant. Son rôle consiste à s'assurer de la liquidité du marché et les ordres qu'il inscrit ne doivent pas s'éloigner de plus de 5 % par rapport au dernier cours coté. Par exemple, sur un titre qui est coté 100 dollars, l'apporteur de liquidité inscrira des ordres d'achat et de vente en nombre suffisant pour faire face aux demandes à 99 dollars et autant à 104 dollars : l'écart de 5 % se trouve respecté et ces offres créent bien une liquidité sur le marché puisqu'elles permettent à des

1. Au départ, cinq cents titres étaient concernés, le nombre de titres devant croître progressivement jusqu'à concerner l'ensemble des titres cotés sur le NYSE.

acheteurs et à des vendeurs de trouver une contrepartie. Un tel système est destiné à éviter les variations trop importantes en lissant les fluctuations ; il existe depuis plusieurs années sur d'autres bourses, comme Euronext. S'agissant de la Bourse de New York, le problème a été dans les conditions de mise en œuvre de ce système, qui semblent avoir donné à Goldman Sachs des avantages injustifiables et être à l'origine de l'affaire du logiciel volé.

Entre alors en scène dans l'histoire un blogueur américain, Tyler Durden — un pseudonyme inspiré du personnage joué par Brad Pitt dans le film *Fight Club* —, dont le blog s'intitule *Zero Hedge*. Analyste financier très volontiers critique, voire franchement caustique, Tyler Durden a épluché le fonctionnement du NYSE et le rôle de Goldman Sachs, soulevant un certain nombre de lièvres qui pourraient donner l'explication de la drôle d'affaire Aleynikov. Tout d'abord, en étudiant les courbes d'activité du *program trading* sur le NYSE, il découvre que, peu de temps après l'introduction du programme SLP en novembre 2008, le volume d'activités de Goldman à la Bourse de New York fait un bond inexplicable — et d'ailleurs inexpliqué. Alors que Goldman atteignait à peine 15 % du volume d'activité des transactions automatiques jusqu'au dernier trimestre de 2008, la banque fait un saut brutal qui la mène entre 25 % et 30 % dès le trimestre suivant. De plus, en entrant dans les détails, il s'aperçoit que l'essentiel de cette activité de gestion informatisée est pour compte propre, c'est-à-dire faite par la banque pour elle-même et avec son propre argent et non pour ses clients, à la différence de ses concurrents. À l'inverse par conséquent, la gestion automatique pour le compte de ses clients est nettement inférieure à ce qu'elle est dans les autres établissements.

La seconde information importante que délivre *Zero Hedge* est que Goldman Sachs et l'une de ses filiales — Spear, Leeds and Kellogg — sont les seuls apporteurs de liquidité inscrits à la Bourse de New York. Conclusion : tous les bénéfices de cette activité reviennent à la banque Goldman Sachs et à elle seule. Un gentil petit monopole. Or l'affaire est importante, puisque, à la fin de juin 2009, le *trading* automatique atteignait un taux record à la Bourse de New York de près de 50 % (48,6 %) des ordres d'achat et de vente, soit 1 678,3 millions d'actions par jour en moyenne. Selon l'estimation de *Zero Hedge*, qui table sur un marché du *trading* automatique autour de 21 milliards de dollars par an, Goldman contrôlerait ainsi 4 milliards de dollars[1]. Et Goldman toucherait le gros lot puisque « le groupe [a] déclaré, en mai [2009], avoir gagné plus de 100 millions de dollars par jour de *trading* au cours de 34 jours [sur un total de 63] sur le premier trimestre dernier[2] ».

1. T. Durden, « Goldman's $4 Billion High Frequency Wilcard », art. cité.
2. M. Mayor, « Le logiciel qui menace la planète finance », art. cité.

Le meilleur est donc pour la fin. Ce n'est qu'une hypothèse, certes, mais elle attend d'être contredite et remplacée par une explication plausible. Elle est formulée ouvertement par Marc Mayor : Goldman dispose, grâce à son monopole de fait d'apporteur de liquidité à la Bourse de New York, des codes d'accès du NYSE. « Sur le NYSE, précise le chroniqueur, de telles informations contiennent des indications d'intérêt pour un achat ou une vente, des prix de titres ainsi que des notifications d'exécution de transactions. Quiconque disposant de ces informations avant le public serait comparable à un joueur de poker seul capable de voir les cartes de ses adversaires [...]. Le groupe bancaire a peut-être accès avant les autres, en raison des services rendus au gouvernement et à la Bourse de New York, à des informations liées au marché des actions et contrats à terme. Il est possible que la banque ait engagé Sergey Aleynikov pour installer son application sur les serveurs du NYSE, de manière à disposer d'un avantage comparable à celui du joueur de poker mentionné ci-dessus[1]. »

Que pensez-vous qu'il arrivât à l'énoncé de tels soupçons ? Inutile de chercher : rien. Rien, du moins, du côté de Goldman Sachs, ni des autorités politiques, ni même des instances de supervision. En revanche, du côté du NYSE, un léger pas de deux qui ressemble à un aveu. Alors que *Zero Hedge* menait campagne depuis plusieurs

1. *Ibid.*

mois contre la mainmise de Goldman Sachs sur le *program trading* du NYSE — chiffres et courbes éloquents à l'appui —, celui-ci annonçait tranquillement à la fin de juin 2009 qu'il cessait d'en publier les statistiques hebdomadaires détaillées. Plus de chiffres, plus de problème. *Zero Hedge* redevenait aveugle et donc muet, ce qu'il n'aurait jamais dû cesser d'être.

Conclusion

La réforme de la finance de marché est en marche, mais elle ne se dirige pas dans le sens qu'espéraient ceux qui croyaient pouvoir la purger de ses vices. La bulle du crédit, accompagnée de sa légion de fraudes, s'effondre ? C'est une nouvelle bulle boursière, avec son cortège de manipulations, qui cherche à lui succéder. On s'en réjouit pour le CAC 40, qui a gagné 50 % entre mars et août 2009. On espère aussi que les deux millions et demi de chômeurs que compte l'Hexagone au milieu de l'année 2009 — 25 % de plus en un an — ont sablé le champagne à l'annonce de cette bonne nouvelle. Mais après, qu'attend-on ? Sans doute que l'opinion, lasse de s'indigner, et les gouvernants, impuissants à réglementer, finissent par abandonner aux financiers, banquiers et autres *traders* non plus seulement la direction du monde et le pillage de ses dernières richesses, mais aussi la tranquillité d'en jouir dans la résignation générale.

Il faut rendre grâces à Konrad Hummler[1] d'avoir au moins compris, fait rare chez les gens de finance, que c'était l'enjeu des années à venir. Conscient du gouffre dans lequel les banquiers ont plongé le monde, il suggère de les remplacer par des plates-formes informatiques animées par des communautés d'internautes. Si les banquiers ont inventé la criminalité sans criminel et la fraude sans fraudeur, il imagine, pour se débarrasser d'eux, la finance de marché sans financier... Dans ses rêves, il est proche de construire un marché idéal, auquel il a en tout cas déjà trouvé un nom bien sympathique — « Titrisation 2.0 » — sur le modèle du web 2.0, le réseau social à la mode. Son souci est honorable : trouver des financements sûrs et stables à l'économie après que la folle débauche des *subprimes* a discrédité pour longtemps la profession bancaire et tous ses séides, comme les agences de notation et les cabinets d'audit. Ces excès extravagants ne pourront avoir pour conséquence, regrette-t-il, qu'un renforcement des contrôles et de la régulation étatique. Ils auront à ses yeux l'effet inverse de ceux que nous a valus l'exubérance malsaine des années précédentes : une perte d'efficience du système bancaire et une harmonisation au détriment de la liberté. Son projet est donc de trouver les moyens qui, grâce aux nouvelles technologies, pourraient nous faire faire l'économie de ces grands prédateurs que sont les banques et les

1. « La vie d'après », art. cité.

banquiers en même temps que des États, ces monstres froids.

Konrad Hummler est bien un libéral, même teinté d'une joyeuse pointe d'anarchisme. Mais il y a un point que nul ne peut lui contester. Il a mis le doigt sur ce qui était le défi de cette crise : l'économie réelle a besoin de financement et donc de crédit. Or, il n'existe que deux moyens pour financer l'économie : le financement bancaire et le financement direct. Hélas, ce dernier a été accaparé par les banques, qui se sont placées ainsi en « position quasi cartellaire », avec la bénédiction des États. Et la crise des *subprimes* a mis à bas tout l'édifice du crédit, qui restera gelé tant que de nouveaux dispositifs ne verront pas le jour. Son vœu, peut-être son utopie, est de libérer le financement direct avec l'espoir qu'il absorbe dans son élan le financement bancaire grâce aux réseaux dont les nouvelles technologies permettent aujourd'hui la création.

Mais la difficulté du projet est double : la première est de trouver des instruments financiers échangeables en dehors des plates-formes communautaires qui les auront fait naître. Soit l'exemple qu'il donne, parmi ces alternatives dont il souhaite la généralisation, du site Internet Prosper, un lieu de rencontre virtuel des emprunteurs et des prêteurs américains : quiconque disposant d'un score de crédit supérieur à 640 dans la nomenclature FICO peut présenter son projet de prêt et le mettre aux enchères sur la plate-forme Internet où les investisseurs font leurs offres, y compris sur le taux d'intérêt proposé. L'inconvénient de ce modèle, que souligne Hummler, est l'absence de marché secondaire qui empêche les prêts, conclus pour une durée de trois ans à taux fixes, d'être renégociés. La liquidité du marché est donc faible. « Si l'on veut qu'un marché secondaire se développe, il faudrait une transparence suffisante pour qu'un tiers jusque-là non impliqué puisse se fier aux prix demandés. Sans une certaine standardisation et sans un élément qualitatif attestant en permanence de cette standardisation, le *platform financing* ne prendra pas. Un marché repose sur la possibilité de comparer et négocier des choses semblables ou analogues, sans quoi les coûts d'information et de transaction sont trop élevés. »

Fort bien, mais le banquier de Saint-Gall se heurte ici à une seconde difficulté. Le talon d'Achille de sa démonstration est que la création d'un tel marché secondaire implique, de son propre aveu, le retour des produits structurés du type CDO, qui ont mené le monde à la catastrophe. Pour contourner l'obstacle, il va falloir réhabiliter ces instruments financiers. Prenant la tête de la campagne de réhabilitation, Hummler rejoint les banquiers qui, ne manquant jamais d'audace, assurent avoir trouvé la solution. Ils expliquent à qui veut les entendre que la faillite des montages qu'ils avaient réalisés dans les années 2000 ne vient pas de l'extravagance des produits structurés sur lesquels ils reposaient, mais de l'imperfection du marché dans lequel ils évoluaient. En effet, le marché secondaire des CDO, CDS et autres était le marché de gré à gré des banques, des *hedge funds* et des établissements financiers, qui écoulaient leurs produits toxiques, *in fine*, à des investisseurs peu avertis, comme des fondations universitaires ou des municipalités, qui se sont ruinés à ce jeu. Qu'à cela ne tienne : la « transparence » réglera tout ! Avant d'avoir même entendu les conseils de Konrad Hummler, les banquiers s'étaient donc mis à travailler d'arrache-pied avec les gouvernements et les banques centrales pour monter des chambres de compensation* capables, affirment-ils, de remettre de l'ordre dans les produits financiers dérivés, indispensables dorénavant au fonctionnement de la finance mondiale. Les « experts » l'assurent : on peut tout recommencer, en fixant des règles universelles, des produits standard, de vrais contrôles et en garantissant la transparence par une solution magique, la création de chambres de compensation.

Les non-initiés qui entendent parler de chambre de compensation pensent immédiatement, peut-être avec effroi, à Clearstream, dont Denis Robert[1] s'est efforcé de montrer, dans plusieurs ouvrages, qu'elle n'était pas un parangon de transparence financière. En réalité, cette société de *clearing* (compensation) à la réputation écornée n'est qu'une chambre de compensation parmi

1. *Révélation$*, avec Ernest Backes, Paris, Les Arènes, 2001, et *La Boîte noire*, Paris, Les Arènes, 2002.

beaucoup d'autres et rien, il est vrai, ne permet de jeter la suspicion *a priori* sur ces organismes dont la fonction est utile et même indispensable pour assurer la fluidité des marchés. Leur rôle est en effet de servir d'intermédiaires entre les acheteurs et les vendeurs sur un marché, en garantissant aux uns et aux autres la conduite à bon terme de leurs opérations. Quand A veut vendre un actif, il n'a pas besoin de savoir qui est B qui l'achète, c'est la chambre de compensation qui s'interpose entre les deux opérateurs et dénoue l'opération quand A a livré l'actif qu'il veut céder et quand B en a payé le prix. Elle se porte donc garante de sa bonne fin. Voici donc la solution miracle — on se demande pourquoi on n'y avait pas pensé plus tôt — qui cumule tous les avantages : une régulation sans régulateur, puisque c'est un instrument du marché qui procédera lui-même à la police de transactions de surcroît standardisées, capables de se démultiplier toutes seules à l'infini ! Il n'y aurait donc plus de limite aux marchés, miraculeusement devenus totalement transparents et — enfin — totalement vertueux.

Sauf que l'on ne voit guère ce que cela change au problème. Dans la finance Ponzi, personne ne se cache car c'est le système dans son entier qui, par sa propre structure, est une entreprise de spoliation. Si l'assureur AIG s'est effondré, laissant une ardoise qui s'est chiffrée en dizaines de milliards de dollars payés par les fonds publics, ce n'est pas parce que ses CDS n'étaient pas transparents, mais simplement parce que c'étaient des

CDS ! Quant aux montages frauduleux qui demeurent nécessaires quand le système ne se suffit plus à lui-même, ils s'effectuent la plupart du temps en aval ou en amont, dans la discrétion des places financières internationales qui sont faites pour cela ou sur des marchés subalternes comme celui de la vente des immeubles aux travailleurs pauvres de l'Amérique insolvable.

Malgré tout, le vœu des banquiers est déjà en train de se réaliser à la satisfaction générale, puisque la première chambre de compensation des CDS a vu le jour dès le mois de mars 2009 aux États-Unis. Créée par l'ICE — la plate-forme alternative qui a réussi à se soustraire au contrôle de la CFTC grâce aux *Enron loophole* et *London loophole* —, à l'initiative de dix grosses banques, dont Goldman Sachs, la chambre ICE Trust a donc déjà fait repartir les transactions sur les produits dérivés. Elle annonçait fièrement en août 2009, six mois après son démarrage, un volume de 2 200 milliards de dollars de transactions sur les CDS, ce qui lui a valu, le 31 août 2009, d'être classée première par le magazine *Fortune* dans la liste des entreprises financières figurant parmi les cent plus fortes croissances d'entreprises. ICE a été immédiatement suivi par le CME Group[1], qui a créé une plate-forme électronique dénommée

1. Le CME Group est né du rapprochement du Chicago Mercantile Exchange (CME) et du Chicago Board of Trade (CBOT), qui a acquis une filiale du NYMEX. Le CME Group est principalement une chambre de compensation spécialisée sur les contrats à terme.

CMDX dont il assure la compensation, toujours pour relancer le marché des CDS. Dès le mois d'avril 2009, 1 400 banques et gestionnaires de patrimoine adhéraient à un *Big Bang Protocol (sic)* destiné à standardiser les CDS. L'Europe, à son tour, attend avec impatience la création de sa propre chambre de compensation. Tout va bien, par conséquent, pour les CDS, il ne restera plus qu'à réhabiliter les CDO à la première occasion.

Imaginons ainsi le projet idéal de Konrad Hummler dans un monde plus prosaïque qu'il ne le croit ou ne veut bien le dire. Les banques vont reconstituer — elles ont déjà commencé à le faire avec les CDS —, non plus sous forme de fonds spéculatifs, mais de plates-formes Internet et de chambres de compensation, les structures de marché pour se lancer avec avidité dans la fabrication et la commercialisation de ces produits financiers dont les *subprimes* ont révélé la désastreuse existence. Seule différence, mais elle est de taille : les nouveaux produits structurés sont standardisés, ils pourront bientôt, peut-être, être mis en vente dans les supermarchés bancaires auxquels la réforme de la finance fera peut-être aussi voir le jour. Les travailleurs pauvres vont pouvoir devenir à leur tour des spéculateurs avec leurs propres dettes, qu'ils pourront également jouer, comme au casino, sur les plates-formes Internet et les chambres de compensation.

Sans doute, durant sa convalescence qui s'annonce longue et pénible, le système financier, encore flageolant, aura-t-il soin d'avancer avec précaution. Gageons que, pour se refaire une vertu, il saura communiquer sur la transparence de ses produits et jurera, la main sur le cœur, qu'il ne les bourrera plus de tous les déchets toxiques dont il avait confectionné les précédents. Combien de temps dureront les bonnes résolutions ? Celui d'oublier le désastre d'avant. Quand l'affaire Enron a éclaté, les mêmes promesses avaient été faites. On sait ce qu'il en est advenu. Les banques, devenues propriétaires de plates-formes Internet et de chambres de compensation hébergées dans des places financières internationales qui auront recouvré leur virginité, pourront de nouveau — et à plus grande échelle si les nouveaux produits s'adressent désormais, transparence oblige, aux particuliers et non plus seulement aux banques ou aux compagnies d'assurances — inonder la planète financière de crédits-monnaies (peut-être d'autres devises que le dollar, dont nul ne sait s'il survivra) qui feront gonfler de nouvelles bulles financières. Il suffira de leur trouver chaque fois une bulle jumelle, qui remplacera celle des prêts hypothécaires, si l'on n'a pas déjà tout oublié de la crise des *subprimes*. Et si elle ne gonfle pas toute seule, la fraude y pourvoira et tout sera reparti comme avant. En plus grand, en plus beau et en plus fort.

Septembre 2009.

Glossaire

ACTIFS : le référentiel comptable IAS *(International Accounting Standards)* définit un actif comme « une ressource contrôlée par l'entreprise du fait d'événements passés et dont des avantages économiques futurs sont attendus par l'entreprise ».

AGENCES DE NOTATION : les agences de notation ont pour rôle de classer les débiteurs et les produits financiers en leur attribuant des notes fixées en raison de leur solidité financière. Un classement élevé signifie que le débiteur ou l'actif financier coté est sûr (ou censé l'être) et le taux d'intérêt le concernant est donc réduit puisque le risque est en principe faible, voire inexistant.

ALT A (PRÊTS) : prêts hypothécaires immobiliers aux États-Unis accordés sur simple déclaration de revenus de l'emprunteur, sans vérification par l'organisme de crédit. Conçu pour des emprunteurs normalement solvables mais ayant un historique de solvabilité particulier (revenus irréguliers, divorce récent, etc.), ce type de prêts a été banalisé pour octroyer des crédits sans avoir à vérifier les déclarations de situation des emprunteurs. C'est la raison pour laquelle ils ont été ironiquement dénommés « prêts menteurs » par les Américains.

APPRAISERS : professionnels chargés d'évaluer les immeubles pour attester leur valeur auprès des banques et des organismes de prêts immobiliers.

ASSET BACKED SECURITIES (ABS) : produits financiers adossés à des créances telles que cartes de crédit, prêts étudiants, etc., qui sont émis par un fonds commun de créance et vendus sur le marché financier.

ASYMÉTRIE D'INFORMATION : théorie économique dont George Akerlof est l'un des concepteurs et qui lui a valu le prix Nobel d'économie en 1991. Elle postule que si les choix des acteurs économiques sont rationnels, ils ne disposent pas tous de la même information sur le marché, ce qui a pour effet de fausser les échanges. La rationalité des agents économiques ne garantit donc pas celle des transactions ni du fonctionnement du marché.

BILAN CONSOLIDÉ : agrégation des comptes des diverses sociétés d'un groupe afin de présenter une situation comptable homogénéisée comme s'il s'agissait d'une entité unique.

BOULE DE NEIGE : la vente à la boule de neige est définie par le code français de la consommation (article L 122-6) comme consistant « à offrir des marchandises au public en [...] faisant espérer l'obtention de ces marchandises à titre gratuit ou contre remise d'une somme inférieure à leur valeur réelle et en subordonnant les ventes au placement de bons ou de tickets à des tiers ou à la collecte d'adhésions ou inscriptions ». Au sens large, le procédé peut évidemment s'appliquer à toute fourniture de biens ou de services que l'acquéreur obtient en faisant reporter le prix, une partie du prix ou le coût de l'avantage qu'il lui procure sur les acquéreurs suivants, à leur insu.

BRETTON WOODS (ACCORDS DE) : accords signés le 22 juillet 1944 par les quarante-quatre pays alliés contre l'Allemagne nazie afin de préparer l'ordre économique et financier de l'après-guerre. Le dollar y fut défini comme la monnaie internationale, convertible en or sur la base d'un taux fixe de 35 dollars l'once. Les États-Unis s'engageaient ainsi à vendre toute quantité d'or demandée par un État à ce prix. Profitant de sa position privilégiée d'émetteur de la monnaie internationale (utilisée pour les échanges internationaux), l'Amérique a émis après guerre des dollars sans se préoccuper de l'équivalence de ses réserves d'or. Rapidement, elle ne put faire face aux demandes de remboursement d'or et, quand la situation devint intenable, Richard Nixon suspendit unilatéralement la convertibilité le 15 août 1971, marquant ce qui est considéré comme le coup d'envoi de la mondialisation et la mort du système de Bretton Woods. Jusqu'à cette date, les monnaies nationales devaient respecter une discipline sous le contrôle du Fonds monétaire international (FMI), notamment en matière de dévaluation. Après le 15 août 1971, les monnaies se sont mises à « flotter » et toute discipline collective a disparu (sauf accords particuliers comme le Serpent monétaire européen puis l'euro).

BULLE : hausse d'un ou de plusieurs actifs financiers obtenue par la spéculation, déconnectée des mécanismes économiques de fabrication de la valeur et entraînant une perturbation du reste de l'économie.

CAVALERIE : escroquerie consistant à obtenir des fonds par la présentation frauduleuse de gains permettant de croire à une solvabilité en réalité inexistante. La technique la plus répandue est l'effet de commerce croisé : une société A émet une traite sur une société B qui émet une traite sur la société A de même montant. Chacune obtient les liquidités correspondantes alors qu'il n'y a eu aucune opération commerciale entre elles.

CHAMBRE DE COMPENSATION : organisme financier qui sert d'intermédiaire entre les opérateurs sur un marché. Chaque acheteur ou vendeur a pour contrepartie la chambre de compensation, qui s'oblige ainsi à mener l'opération à bonne fin et est responsable de son exécution. La chambre de compensation se couvre en exigeant de ses clients des dépôts de garantie et en ajustant ses positions par des appels ou des restitutions de marge.

CHOIX RATIONNEL : théorie présente en économie, sociologie et criminologie notamment, qui postule que les acteurs agissent selon un comportement rationnel résultant d'une évaluation des coûts et avantages de leurs actions. Toutes les actions étant rationnelles chez tous les acteurs, la somme des actions rationnelles aboutirait elle-même à la rationalité de l'ensemble des comportements. Un marché, un groupe ou toute autre cohorte étudiée pourrait ainsi être considéré sous l'angle des comportements individuels qui détermineraient seuls leur fonctionnement. Il ne pourrait donc exister d'effet de système différent des effets produits par chaque individu.

COLLATERALIZED DEBT OBLIGATIONS (CDO) : produits financiers constitués de dettes diverses titrisées, placées dans un fonds commun de titrisation dont les parts sont vendues à des investisseurs. Ces produits sont découpés en tranches *(equity, mezzanine, senior)* représentatives d'une classe de risques prévisibles (selon les tables de risques utilisées par les professionnels). Les tranches les plus basses absorbent les risques de non-paiement en priorité et sont donc mieux rémunérées. En principe, les tranches supérieures sont sans risque, mais elles bénéficient d'une meilleure rémunération que les actifs sous-jacents.

COMMODITY FUTURES TRADING COMMISSION (CFTC) : organisme américain de supervision des marchés de matières premières.

CONTRATS À TERME : voir *FUTURES*.

CORNER : manipulation sur les marchés de matières premières consistant à créer une pénurie qui fait monter les prix du marché. Les vendeurs à découvert *(voir cette entrée)* — qui ont vendu d'avance, sans en être propriétaires, une certaine quantité de titres représentant le produit en prévoyant la baisse de son cours — se trouvent obligés d'acquérir cet actif à un prix artificiellement élevé en raison de la pénurie ainsi créée.

CREDIT DEFAULT SWAPS (CDS) : produit financier dérivé consistant à verser un paiement régulier à une contrepartie en échange d'un paiement garanti en cas de survenance de la défaillance mentionnée dans le contrat.

DÉCOUVERT (VENTE À) : vente d'un titre emprunté sur un marché, avec la promesse de le racheter ultérieurement. Le vendeur à découvert spécule sur la baisse du titre, en espérant ainsi le vendre plus cher qu'il ne devra le racheter.

DÉLIT D'INITIÉ : infraction boursière consistant à utiliser des informations privilégiées dont on bénéficie du fait de ses fonctions pour spéculer à son profit. L'initié qui connaît une information non publique peut, selon les cas, acheter ou vendre des actions qu'il détient avant que la divulgation de cette information ne fasse monter ou descendre leur cours.

ÉCHAPPATOIRE *(LOOPHOLE)* : faille introduite dans la législation et qui favorise des pratiques de marché anormales, voire prédatrices ou frauduleuses.

EFFET DE LEVIER : effet obtenu par l'endettement afin d'augmenter la rentabilité des capitaux propres.

EURODOLLARS : on a appelé eurodollars les dépôts en dollars détenus par des banques situées en dehors des États-Unis. Ils sont apparus dans les années 1950, lorsque l'URSS, craignant une saisie de ses avoirs par les États-Unis, a préféré conserver ses avoirs dans les comptes des banques londoniennes. L'augmentation de la masse de dollars en circulation dans les années 1960 et 1970 a conduit à un accroissement massif des eurodollars, favorisé par la faible rémunération des dépôts bancaires aux États-Unis mêmes.

FEDERAL DEPOSIT INSURANCE CORPORATION (FDIC) : organisme chargé d'assurer les dépôts bancaires des particuliers en cas de faillite d'une banque locale.

FEDERAL HOME LOAN BANK BOARD (FHLB) : ensemble composé de douze banques détenues par plus de 8 100 institutions financières. Elles étaient chargées jusqu'en juillet 2008 de pourvoir au financement du crédit hypothécaire. Elles ne prêtaient pas aux particuliers mais finançaient les autres banques.

FEDERAL HOUSING ENTERPRISE OVERSIGHT (FHEO) : jusqu'en juillet 2008, le FHEO était chargé d'assurer le bon financement de Fannie Mae et Freddie Mac. Depuis 2008, le FHEO a fusionné avec le Federal Housing Finance Board (FHFB), organisme créé en 1989 pour assurer le bon financement des banques du FHLB. En juillet 2008, le FHLB et le FHEO ont fusionné dans le Federal Housing Finance Agency.

FEDERAL HOUSING FINANCE AGENCY : agence fédérale née de la fusion des deux précédentes en juillet 2008.

FEDERAL SAVINGS AND LOAN INSURANCE CORPORATION (FSLIC) : organisme chargé d'assurer les dépôts des épargnants des *Savings & Loan*, supprimé en 1989, le FDIC reprenant alors ses attributions.

FIXED INCOME : titre de dette à taux fixe, c'est-à-dire dont le taux est fixé lors de l'émission du titre, comme les obligations ou les instruments du marché monétaire.

FONDS COMMUN DE TITRISATION (FCT) : structures *ad hoc* créées pour titriser des créances et les placer auprès d'investisseurs, généralement situées dans des paradis réglementaires. Le droit français autorise aussi depuis 2008 la création de sociétés de titrisation sous forme de personne morale pour faciliter la titrisation.

FONDS PROPRES : en comptabilité, total des actifs diminués de l'ensemble des dettes.

FONDS SPÉCULATIFS *(HEDGE FUNDS)* : fonds d'investissements non cotés, souvent situés dans des paradis réglementaires, cherchant des rendements élevés et donc à haut risque, notamment à l'aide d'un fort effet de levier (endettement). Beaucoup de ces fonds émanent des banques elles-mêmes.

FRAUDE DE CONTRÔLE : théorie du criminologue William Black selon laquelle il existe une criminalité particulière, celle des décideurs économiques (et accessoirement politiques), incités à profiter de leur position pour piller l'organisation qu'ils dirigent ou profiter de celle-ci pour s'enrichir frauduleusement. La fraude de contrôle n'est pas déterminée par l'appétence du fraudeur pour l'acte de délinquance, mais par les opportunités de prédation que lui offre son environnement. Elle résulte donc d'un choix rationnel quand la régulation publique est insuffisante ou inadaptée.

FUSION-ACQUISITION : opération d'acquisition d'une entreprise par une autre afin d'augmenter sa capacité sur les marchés.

FUTURES : contrats à terme dans un marché organisé, c'est-à-dire comprenant une chambre de compensation.

GRÉ À GRÉ : transaction effectuée hors de tout marché organisé.

HORS BILAN : actif ou dette ne figurant pas au bilan de l'entreprise. Les banques ont développé des stratégies de gestion faisant de plus en plus appel au hors bilan afin de diminuer la pression réglementaire.

INTERCONTINENTAL EXCHANGE, INC. (ICE) : plate-forme électronique américaine de transactions sur les contrats d'énergie, créée par des banques d'investissement et des compagnies pétrolières.

JAMAÏQUE (ACCORDS DE LA) : signés le 8 janvier 1976 à Kingston (Jamaïque), ces accords entérinent la décision du Comité intérimaire du FMI de mettre un terme définitif au système monétaire de parités fixes mais ajustables qui résultait du système de Bretton Woods. Ces accords consacrent donc la fin du système monétaire et financier de l'après-guerre et font entrer le monde dans l'instabilité monétaire et financière qui conduira à la prolifération du système financier, dégagé quasiment de toute contrainte.

JUNK BONDS : « obligations pourries » émises par des entreprises n'ayant pas accès dans des conditions avantageuses au financement bancaire pour lever des capitaux. Bénéficiant d'un taux plus élevé que ceux du marché financier en raison des risques qu'ils présentent, ils attirent les épargnants et les investisseurs. Ils ont été à l'origine de nombreux scandales.

LEVERAGED BUY OUT (LBO) : opération de rachat d'entreprise utilisant l'effet de levier. L'acheteur emprunte la plus grande partie des capitaux nécessaires et les rembourse avec les profits réalisés ensuite par l'entreprise rachetée.

MORTGAGE BACKED SECURITIES (MBS) : titrisation de crédits hypothécaires.

NEW YORK MERCANTILE EXCHANGE (NYMEX) : bourse new-yorkaise spécialisée dans les transactions sur l'énergie et les métaux.

OFF SHORE : désigne les territoires qui hébergent des avoirs, des activités ou des structures en leur assurant une protection juridique permettant de les isoler de ceux qui appartiennent aux mêmes personnes ou entreprises dans une autre juridiction sans que les autorités de celle-ci ne puissent les contrôler ou revendiquer des droits sur ceux-ci. Par extension, le terme s'applique à ces avoirs, activités ou structures.

OPA (OFFRE PUBLIQUE D'ACHAT) : technique boursière consistant à annoncer son intention d'acquérir les parts d'une entreprise afin d'en prendre le contrôle. Elle s'accompagne d'une offre d'achat de ces actions à un cours attractif.

OPTION D'ACHAT : l'option d'achat donne le droit (mais pas l'obligation) d'acheter un actif à une date déterminée et à un prix fixé d'avance. La contrepartie perçoit une commission sur le contrat et s'engage à livrer l'actif convenu à la date et au prix fixés lors de l'achat. Quelles que soient les variations du cours de cet actif, le prix de la transaction est ferme. L'acheteur peut lever son option (acheter l'actif à la date de livraison) ou non, mais le vendeur est obligé de vendre si l'option est levée. L'acheteur ne lèvera l'option que si le cours à l'échéance est supérieur au prix prévu dans le contrat.

OPTION DE VENTE : l'option de vente donne le droit de vendre à la contrepartie, qui s'est engagée à l'acheter, l'actif convenu à une date et un prix fixés d'avance. Le vendeur lèvera l'option si le prix de cet actif sur le marché est inférieur au prix de l'option à la date de débouclage de l'opération.

PARADIS BANCAIRE : place financière garantissant le secret bancaire. Les plus radicaux s'opposent à toute coopération avec les autorités étrangères, même pour la lutte contre les activités criminelles.

PARADIS FISCAL : place financière qui refuse la coopération en matière fiscale avec les autorités étrangères. Les paradis fiscaux sont toujours aussi des paradis bancaires car le secret bancaire est l'un des moyens de s'opposer à la coopération.

PARADIS JUDICIAIRE : territoire accordant, de fait ou de droit, une garantie contre les investigations judiciaires même en matière purement criminelle. Les paradis bancaires et fiscaux sont généralement, à des degrés divers, des paradis judiciaires, les autorités légales de ces juridictions se contentant de ne pas répondre aux demandes d'entraide judiciaire ou opposant des arguments fallacieux pour refuser leur assistance.

PARADIS RÉGLEMENTAIRE : territoire où les règles juridiques relatives aux activités économiques et financières, au droit des sociétés, au droit fiscal, au droit social, etc., sont peu développées et peu exigeantes afin d'attirer les entreprises ou les particuliers désireux d'échapper aux contraintes et à la régulation de leur juridiction d'origine. Les zones franches, les zones économiques spéciales constituent ainsi des paradis réglementaires.

PONZI (SCHÉMA DE) : Ponzi était un escroc américain qui, à partir d'une faille réglementaire sur le prix des timbres, a mis au point une pyramide consistant à attirer des investisseurs avec la promesse d'un rendement exceptionnellement élevé. En réalité, il rémunérait les investisseurs avec l'argent des nouveaux entrants. À la différence d'une chaîne pyramidale classique, c'est donc l'initiateur qui paie ici les membres de la pyramide en se chargeant lui-même du recrutement des nouveaux membres, mais il est aussi le seul à récupérer l'ensemble des fonds déposés par les investisseurs grugés. L'escroquerie de Bernard Madoff est une application pure et simple du schéma de Ponzi. L'escroc français Stavisky, entre les deux guerres, avait monté des escroqueries équivalentes.

PRODUITS DÉRIVÉS : instruments financiers dont la valeur varie en fonction du prix ou du taux d'un actif sous-jacent et dont le règlement intervient à une échéance future.

PROGRAM TRADING : programmes informatiques d'achat et de vente de titres en fonction de données calculées par le logiciel qui effectue automatiquement les ordres.

PYRAMIDE : la pyramide est constituée par la formation d'une chaîne dont les membres doivent verser un droit ou une participation pour y être admis et ils sont eux-mêmes rémunérés par les nouveaux membres recrutés après eux. Ce droit revient d'abord à l'initiateur de la pyramide et ensuite aux membres intégrés qui ont versé les premiers droits d'entrée, puis à ceux du deuxième rang et ainsi de suite. Ainsi, une chaîne débutée avec dix membres succédant à l'initiateur oblige les dix membres à recruter à leur tour dix nouveaux membres qui devront verser une cotisation, puis les suivants à trouver encore dix nouveaux entrants, etc. La promesse de gain peut être très élevée. Mais la progression des membres de la chaîne est géométrique (d'où la forme de pyramide) et rapidement la chaîne ne peut plus rémunérer les derniers entrants.

RETOUR SUR FONDS PROPRES *(RETURN ON EQUITY)* : également appelé « retour sur capitaux propres » ou « rendement des capitaux propres », il mesure la rentabilité des capitaux apportés par les actionnaires. Un ROE de 15 % signifie que pour 100 euros investis, le rendement est de 15 euros.

SECURITIES AND EXCHANGE COMMISSION (SEC) : autorité des marchés financiers des États-Unis.

SPÉCULATEURS D'INDICES : institutions et organismes extérieurs aux marchés des matières premières sur lesquels ils investissent à des fins exclusivement spéculatives.

SWAP : contrat d'échange de flux financiers. Les *swaps* portent généralement sur des taux d'intérêt (par exemple, échange de taux fixe contre taux variable), des devises ou des risques (voir *CREDIT DEFAULT SWAPS*) mais peuvent concerner une multitude de types de contrats.

TITRISATION : technique financière permettant de transférer des actifs financiers à des investisseurs. Les actifs ou les créances sont cédés à une structure *ad hoc* — fonds commun ou société de titrisation en France — qui émet des titres financiers vendus à des investisseurs.

Postface

À quoi rêve un banquier ? À s'enrichir, bien entendu. Mais faut-il encore laisser les banquiers rêver ? Une chose est sûre en tout cas : depuis plus de trente ans, leurs rêves sont plus doux que les nôtres, et la crise dans laquelle ils nous ont plongés en 2007 ne les a guère assombris. Certes, des banques ont été englouties, des *traders* on fait leurs cartons, des *hedge funds* se sont pulvérisés. Mais la Finance n'a cessé pour autant de grossir et de prospérer, reprenant sans tarder le service brièvement interrompu des bonus et des gratifications versés à ses dévoués serviteurs. Elle s'est concentrée, elle a repris son pouvoir un temps vacillant, emportant sur son passage toutes les résistances, écrasant tous les obstacles.

Entre chien et loup

Qu'ont fait les États pour endiguer la financiarisation du monde, pour soustraire l'économie réelle à l'asservissement du retour sur investissement et de la spéculation, pour remettre, en un mot, de l'ordre dans le chaos de la finance dérégulée ?

Pour les optimistes, ils ont assumé leur rôle, cahin-caha peut-être mais à temps tout de même, et ils ont presque déjà réussi à surmonter la crise. Ils ont tout du moins sauvé le système bancaire mondial de l'effondrement qui le menaçait, ils ont remplacé les liquidités qui s'étaient évaporées, ils ont remis l'économie en ordre de marche, ils vont prendre enfin les mesures de régulation qui manquaient. G 8, G 20, Bâle III… tout y est, le compte est bon ! Il ne reste qu'à réformer les structures obsolètes du coûteux État-providence, héritage démodé d'une époque révolue où le travail payait les retraites et l'épargne assurait l'embourgeoisement des nouvelles classes moyennes. Il faut, n'est-ce pas, ramener les dépenses publiques sous des seuils tolérables et drainer les liquidités dans la direction où elles sont utiles. Finalement, la crise aura eu du bon, puisqu'elle aura montré la nécessité d'en finir avec un train de vie — pas celui des banquiers, bien sûr — qui empêche les capitaux d'aller où ils peuvent le mieux se reproduire.

Les pessimistes ne partagent pas vraiment ces aimables perspectives. Les tares de l'économie prédatrice d'avant-crise n'ont pas été purgées, les pays développés se battent contre une récession dans laquelle ils peuvent replonger à tout instant, la régulation est une chimère repoussée aux calendes grecques — l'entrée en vigueur définitive des timides mesures décidées par Bâle III est fixée au lointain horizon de 2019 —, les profits des banques ont renoué avec les niveaux obscènes de l'avant-crise, les inégalités sociales ne cessent de croître dans un monde livré à la cupidité des élites, les revenus salariaux baissent tandis que les impôts montent, les États sont exsangues et placés sous la tutelle intéressée des agences de notation qui, d'un seul coup de crayon, peuvent les précipiter dans la faillite.

Qui a raison, qui a tort ? Tout le monde et personne, comme toujours. La vérité est entre chien et loup, dans le clair-obscur d'une réalité que les idéologies badigeonnent de la couleur qui leur sied. Réjouissons-nous avec les uns : les gouvernants mondiaux ne nous ont-ils pas au moins évité le pire, dont nous étions si proches ? N'ont-ils pas appris à manier les instruments monétaires et financiers qui ont permis d'étaler les effets de la crise et d'interrompre la spirale infernale du krach systémique ? En fin de compte, on peut déjà se satisfaire que les pronostics les plus sombres ne se soient pas réalisés et que, le temps faisant aussi son œuvre, nous ayons encore l'espoir de penser qu'il existe un avenir possible.

Mais pleurons aussi avec les autres car tout peut repartir comme avant. Nous tomberons simplement d'un peu plus bas car nul n'osera prétendre que nous soyons revenus aux niveaux de prospérité insouciante dont on jurait naguère encore qu'ils monteraient jusqu'au ciel. Plus encore : rien ne dit que le remède ne fait pas partie du mal, que la manière dont les États et les banques centrales ont géré la crise ne sera pas le marchepied de la suivante et un nouveau jalon de notre malheur.

C'est en tout cas l'hypothèque qu'il faut lever, puisque chacun s'accordera au moins à dire que nous sommes au milieu du gué, à mi-chemin entre le salut et la perte, sans être assurés que notre salut ne soit pas notre perte ou l'inverse, qui sait ? Telle était d'ailleurs, en quelque sorte, la ligne directrice de cet essai : montrer que les désordres du système imposé dans les années quatre-vingt étaient causés par ses *a priori* dogmatiques et qu'il ne pouvait les surmonter qu'en violant ses propres principes. Cette nouvelle édition m'est l'occasion d'examiner si cette explication, avec le recul, a conservé sa validité. Mon propos cependant n'est pas de supputer si la croissance va repartir et si les États sauront maîtriser leur dette publique, ni de gloser sur les sacrifices qu'on nous demandera de consentir pour assurer le *cash flow* des banques ou garantir les parachutes dorés des patrons du CAC 40. En revanche, le lecteur qui vient de refermer, perplexe, la conclusion clôturant la première édition de cet ouvrage, achevée d'écrire en septembre 2009, peut à bon droit se demander que penser des perspectives, assez tristes il est vrai, que j'envisageais alors.

« To fraud or not to fraud »

Faisons abstraction d'une curiosité qui n'a duré que quelque temps : la montée ininterrompue des Bourses entre mars 2009 et avril 2010[1]. Elle visait sans doute à profiter du désarroi général pour engranger quelques profits faciles et ne trouve guère d'autre explication que dans les manipulations permises par les techniques du *program trading*. À cette exception près, qu'on peut toujours voir revenir il est vrai, on doit constater une relative accalmie sur le front de la finance frauduleuse, sous réserve d'inventaire évidemment car en ce domaine les révélations sont souvent tardives. Les banques en tout cas n'ont pas (encore ?) replongé dans leur addiction aux CDO, produit financier qui paraît passé de mode, et aucune martingale aussi fumeuse que celle des *subprimes* (avec son cortège de produits complexes titrisés) ne paraît avoir vu le jour. Les *quants* — ces matheux qui concoctent les produits financiers tarabiscotés nous ayant valu, entre autres, l'épisode des *subprimes* — si productifs dans les années 2000, seraient-ils en panne d'imagination ? Ce serait une excellente nouvelle qu'ils le demeurent, à moins qu'ils ne soient en train de fourbir en secret les prochaines armes de destruction massive de l'économie.

1. Le 6 mars 2009, le CAC 40 était au plus bas à 2 534 points et le 9 avril 2010 il atteignait 4 050 points. Les autres indices ont connu des évolutions comparables.

Faut-il par conséquent rendre grâce à Mammon, démon de l'avarice, ou à Mercure, dieu des voleurs, de nous avoir charitablement épargnés depuis la funeste décennie écoulée ? Pas si vite, hélas ! N'oublions pas déjà les turpitudes que la crise de la dette grecque a révélées au printemps 2010. Sans doute étaient-elles antérieures à l'effondrement du système financier. Mais elles confirment que l'on est encore loin de tout savoir, je le crains, sur la manière dont les banques — Goldman Sachs la première, encore et toujours — exercent leur malfaisance en poussant même des États au surendettement. L'affaire mérite d'être rappelée, non seulement parce qu'elle illustre et valide après coup, comme un cas d'école, les descriptions et les analyses que je faisais en 2009, mais surtout parce que nous en payons encore les conséquences et qu'elle assigne de nouveaux enjeux.

Quand la Grèce est entrée dans l'Union européenne puis dans la zone euro, le moins que l'on puisse dire est qu'elle n'était guère aux normes. D'abord, elle est gouvernée depuis des lustres par des oligarchies familiales qui alternent au pouvoir mais considèrent ce dernier comme la chasse gardée d'un petit nombre. Cette démocratie de clans ne favorise pas la transparence et l'honnêteté des élites, ni la qualité de la gestion des ressources publiques. D'ailleurs, l'appropriation de l'État par quelques coteries partisanes a poussé les citoyens ordinaires à se comporter à leur image : travail au noir et fraude fiscale sont les deux mamelles de la Grèce... Ensuite, le pays était et demeure loin derrière le peloton des autres membres de l'Union dans le domaine économique. Ceci s'explique sans doute par cela. Si bien que son entrée dans l'Europe s'est accompagnée de curieuses pratiques qui arrangeaient tout le monde, à commencer par les autres États membres. Que la Grèce ne remplît pas les exigences posées à l'arrivée des nouveaux pays était connu de tous les gouvernements et de toutes les instances européennes. Plutôt que de l'y contraindre, ils ont préféré la laisser maquiller ses comptes publics tant il était souhaitable, ou du moins souhaité, de la voir entrer en Europe puis dans la zone euro en 2001.

La première astuce trouvée par le gouvernement de l'époque fut tout bêtement de falsifier ses statistiques. Le chiffre de son déficit public avait en particulier fondu comme neige au soleil et était presque présentable au regard des critères de Maastricht. C'était grossier mais personne n'était dupe puisqu'il fallait accueillir la Grèce dans le giron européen, coûte que coûte si j'ose dire… Va donc pour les petites tromperies entre amis : où était le mal puisque tout le monde était au courant, que les autres États membres ne se sont jamais privés eux-mêmes d'en faire autant et qu'ils étaient bien décidés à faire comme si de rien n'était ? Hélas, cacher les dettes ne suffisait pas. Il fallait en faire d'autres car les finances publiques étaient fort mal en point, mais sans en avoir l'air pour ne pas s'attirer les foudres officielles de la Commission européenne. Gardienne des traités européens, elle veille jalousement, quoique sans grand succès, à ce que le déficit public n'excède pas les sacro-saints 3 % fixés à Maastricht. Et la Grèce en était loin[1].

Pour être sûr de bien faire comme il fallait, on est donc allé chercher le grand sorcier de Wall Street, la banque Goldman Sachs, qui sait transformer le plomb en or. D'après ce que l'on sait, si les montages étaient alambiqués comme il se doit dans les cas de ce genre, le principe était assez simple. La Grèce s'est livrée à une pratique éprouvée par les banques et les entreprises qui prennent des engagements financiers qu'elles ne veulent pas faire apparaître : le hors-bilan ou, s'agissant des États, le hors-budget. En clair, cela consiste à échanger des devises sonnantes et trébuchantes qu'on perçoit tout de suite contre des ressources publiques dont le produit reviendra plus tard au créancier, bien entendu à prix d'or : par exemple les taxes sur les aéroports, le péage des autoroutes ou les recettes du loto. Il ne s'agit pas, disait-on, d'un prêt *stricto sensu*, mais de *swaps* de devises et de taux d'intérêt — les financiers parlent de *cross currency swap* ou de *currency interest rate swap* —, assortis de nantissements. Ces termes sont beaucoup plus élégants et surtout plus discrets pour cacher ce qu'il ne faut pas

1. Elle n'était pas la seule, bien entendu, et je ne cherche pas à la stigmatiser plus qu'un autre pays. Il se trouve surtout qu'elle a attiré sur elle les spéculations les plus fortes et que c'est sur elle que les tentatives les plus violentes de la finance de marché se sont concentrées, au nom d'une vertu financière bien usurpée par les donneurs de leçons.

montrer à ceux qui n'ont pas besoin de le connaître. Le tour de passe-passe avait rapporté, aux dires du *New York Times* qui a révélé l'affaire dans un article du 13 février 2010, une commission de 300 millions de dollars à Goldman Sachs qui en avait été le grand manitou. Un petit peu plus que ce que Bernard Tapie a touché de la faillite du Crédit lyonnais.

Bonneteau financier

Pour apprécier toute la panoplie des prouesses dont est capable la grande finance, qui justifiait quand même les honoraires de la banque, il faut entrer un peu plus dans les détails. Un *swap* de devises consiste à échanger une somme, exprimée par exemple en euros, en une autre devise, par exemple le dollar. Cela sert d'habitude à se couvrir contre une hausse de la devise dont on aura besoin. Supposons que je doive effectuer des paiements en dollars, durant une certaine période, alors que je suis dans la zone euro. Les deux monnaies fluctuent en permanence et je ne peux savoir ce que vaudra le dollar dans trois mois, six mois ou plusieurs années. En passant avec mon banquier un *swap* qui prévoit pour toute la durée du contrat quelle sera la valeur à laquelle nous échangerons dollars et euros, et quel sera le taux d'intérêt que me prendra le banquier, je peux connaître la nature de mes engagements pour toute la durée de ceux-ci.

Rien à redire à cela. Mais admettons à présent que je sois l'État grec et que j'aie besoin d'argent pour payer mes dettes. Sauf que, si je n'ai pas de quoi payer, je vais devoir m'endetter. Vous êtes banquier et vous êtes prêt à me dépanner. Le seul problème, s'agissant de la Grèce, est que son endettement public est déjà faramineux, puisqu'on l'évalue aujourd'hui à 300 milliards de dollars. Comment faire quand on veut dissimuler au moins une partie d'une dette aussi encombrante ? Pas de souci : les *swaps* sont là pour cela. Phase n° 1 : j'emprunte 10 milliards de dollars à dix ans sur les marchés financiers. Phase n° 2 : nous passons un *swap* pour échanger mes dollars contre la somme équivalente en euros. Phase n° 3 : nous établissons en même temps un autre contrat pour vous rembourser plus tard en dollars. Quel est l'intérêt de l'opération ? Supposons que le cours du change soit de 1,35 dollar par euro. Vous devriez m'échanger mes 10 milliards de dollars contre 7,4 milliards d'euros. Mais admettons maintenant que nous nous soyons discrètement mis d'accord sur un taux de change un peu fantaisiste, par exemple de 1,20 dollar l'euro. Vous devrez alors me verser 8,4 milliards d'euros.

À ce stade, vous vous dites sans doute que vos jours de banquier sont comptés car il n'est pas dans les habitudes de la banque de faire cadeau d'un milliard d'euros à qui que ce soit, pas plus à un pays endetté jusqu'au cou qu'à n'importe qui d'autre. Mais c'est que vous n'avez pas encore compris la finance moderne. Rassurez-vous, vous n'y perdrez rien, malgré les apparences. D'abord parce que, comme indiqué plus haut, je vous donne en gage — les juristes parlent de nantissement, mais c'est la même chose — les revenus de l'État jusqu'à ce que j'aie remboursé ma part du contrat : c'est vous qui encaisserez les ressources des péages d'autoroutes, les taxes aéroportuaires ou les gains du loto. Ensuite parce que, quand sonnera l'heure, prévue par le second *swap*, de faire l'opération en sens inverse, c'est-à-dire de vous rembourser les dollars que vous m'aviez échangés contre des euros, vous retrouverez largement votre mise, augmentée des intérêts prévus. Tout ceci sans compter les 300 millions de dollars de simple commission déjà évoqués. À quoi donc a servi ce tour de prestidigitation ? En fait, à ce que vous me prêtiez un milliard d'euros qui n'apparaissent pas comme un prêt dans ma comptabilité publique. Je n'ai pas fait de prêt, puisque je n'ai fait que des *swaps*[1] ! Cela me revient beaucoup plus cher à la fin qu'un prêt en bonne et due forme, mais si tout va bien les électeurs n'en sauront rien (du moins avant les élections), les autres pays membres de l'Union européenne ne le crieront pas sur les toits et nos successeurs se débrouilleront, dans dix ou quinze ans, quand les *swaps* viendront à échéance.

1. Les instances européennes ont fini par interdire la pratique ultérieurement, obligeant les États à réintégrer ces prétendus *swaps* dans leur comptabilité publique.

Mais vous êtes tout de même un banquier et un banquier n'est jamais trop prudent. Vous avez donc fait vos calculs et vous savez que d'ici dix à quinze ans, ou même avant au train où vont les choses, j'aurai sans doute bien du mal à tenir mes engagements de remboursement. Comment pourrait-il en être autrement ? Je suis allé vous chercher parce que j'ai déjà mis à sec mes finances publiques et vous m'avez fait mettre en gage une partie des recettes de mon budget pour les deux décennies à venir. Tout cela pour que je puisse continuer pendant encore quelque temps à dépenser l'argent que je n'ai pas, le plus discrètement possible ! Vous êtes donc un banquier moderne, mais aussi, disais-je, avisé. Vous allez donc contracter par ailleurs un *credit default swap* (CDS) « souverain », c'est-à-dire vous assurer chez un autre banquier contre mon insolvabilité, moi État souverain.

Qui perd gagne et qui gagne perd

Et ce qui devait arriver, bien entendu arrive. Pas tout à fait comme prévu, d'ailleurs. La situation était devenue si délicate en 2009 que, lorsque le président de Goldman Sachs, Gary Cohn, est venu avec toute une délégation voir le nouveau chef du gouvernement — un socialiste qui venait de succéder à celui de droite — pour lui proposer de monter une nouvelle combine et de repousser ainsi de nouveau les échéances, on l'a gentiment prié de remonter dans son avion pour aller gruger plus loin d'autres candidats à la déconfiture. C'était assez courageux, il faut le dire, de la part du Premier ministre, M. Papandreou, car non seulement il renonçait à une facilité bien commode pour qui veut être réélu, mais il savait qu'il allait déclencher une nouvelle crise qui pouvait faire exploser la zone euro, sans compter les autres dommages collatéraux auxquels il s'exposait.

Au début de l'année 2010 en effet, il a fallu commencer à préparer l'arrivée d'un certain nombre d'échéances arrivant à expiration. Or, chacun sait que ce n'est pas la vertu qui paie les traites. Au début de l'année 2010, si la Grèce n'apporte pas d'argent pour faire face aux échéances qui la guettent, elle sera en cessation de paiement. Il lui faut trouver très vite à peu près 16 milliards d'euros et elle n'en possède pas le premier sou. Et ce n'est qu'un début, puisque l'addition tournera, dans les trois ans à venir, autour de 120 à 140 milliards.

Un vieil adage disait : « Si je dois 10 000 euros à mon banquier, j'ai un problème. Si je lui en dois un million, c'est lui qui a un problème. » C'était avant la finance de marché. De nos jours, si je lui dois 10 milliards que je ne peux pas lui payer, il s'en frotte les mains. Car, comme nos amis de Goldman Sachs, tout banquier qui se respecte s'est assuré avec des CDS. Il peut ainsi spéculer contre son client, en l'occurrence contre cette malheureuse Grèce qu'il a aidée à s'endetter au-delà de ses moyens tout en accaparant une partie de ses recettes budgétaires. Reprenons, en effet, le cours des événements[1]. Après avoir éconduit la « Firme », la Grèce lance un emprunt de 3 milliards d'euros en janvier 2010 pour faire la soudure du mois de mars qui approche à grands pas. Surprise : les investisseurs paraissent si friands de la dette grecque qu'ils se précipitent et en quelques jours la Grèce se voit proposer 25 milliards. Elle se contentera prudemment de 8 milliards qu'elle sert à un consortium de banques le 25 janvier 2010. La date est importante, je vais y revenir.

Cela, en effet, ne fait pas du tout l'affaire de Goldman qui a pléthore de CDS sur la Grèce et qui n'a pu recevoir dans son lot que 2 % de la nouvelle émission. Il faut savoir qu'il existe une sorte de loi du marché des CDS qui fonctionne comme des vases communicants avec les obligations dont ils assurent la couverture. Quand la valeur des obligations monte, celle des CDS achetés pour se prémunir contre le défaut du débiteur baisse et réciproquement. C'est tout à fait logique puisque, si la valeur de l'obligation monte, c'est que les financiers estiment que l'emprunteur est solide et a la capacité de rembourser. L'assurance prise sur le défaut de remboursement a donc peu de chances de jouer et le marché du CDS

1. Voir le blog du journaliste de *Libération* Jean Quatremer, qui a dévoilé les dessous de cette affaire, notamment les 28 janvier, 6 et 17 février 2010 : http://bruxelles.blogs.liberation.fr/coulisses/

concerné pique du nez. À l'inverse, si des doutes apparaissent sur la solvabilité du débiteur, tout le monde voudra acheter des CDS pour se couvrir contre son défaut éventuel et leur cours monte en flèche.

Or, souvenez-vous, Goldman Sachs avait pris beaucoup de CDS pour s'assurer contre son propre client puisqu'elle était bien placée pour connaître sa fragilité. Et Goldman Sachs n'a pas l'habitude de perdre de l'argent. Si les CDS ne sont plus intéressants parce que la Grèce dispose d'une nouvelle capacité d'emprunt sur les marchés, la banque veut donc en être aussi et se porte acquéreur des obligations de la nouvelle émission de 2010. Ce qu'elle perd sur les CDS, elle espère ainsi le regagner sur les obligations elles-mêmes. Hélas, en ce maudit hiver, les dieux n'étaient pas avec elle. Avec ses malheureux 2 %, elle est loin du compte. Qu'à cela ne tienne. Un étrange renversement de tendance va se produire en un rien de temps. Alors que, le 25 janvier, les spéculateurs étaient tous persuadés de la solidité de la Grèce et de sa capacité de rembourser, à tel point que les vendeurs à découvert avaient baissé les bras en abandonnant leurs positions vendeuses[1], le 27 janvier, soit deux jours plus tard, c'est le

1. Quand un spéculateur pense qu'un actif va baisser, il le vend à découvert, c'est-à-dire sans le posséder, à une échéance différée. Si le titre chute effectivement, il l'achète au nouveau cours — inférieur à celui où il l'a lui-même vendu — afin de livrer l'actif à son acheteur et il encaisse la plus-value spéculative.

début de la panique et du renversement de tendance.

Curieusement, le *Financial Times*, qui est aux financiers ce que le bréviaire est aux ecclésiastiques, publie ce jour-là une information qui leur glace le sang : la Chine aurait refusé d'acheter pour 25 milliards d'obligations grecques proposées par Goldman Sachs. C'est une très mauvaise nouvelle pour deux raisons : d'une part, cela veut dire que la Chine aurait plus qu'un doute sur la solvabilité de la Grèce mais d'autre part aussi, comme le savent les spécialistes, lorsqu'un État sollicite un prêt privé, sans passer par les modes habituels d'adjudication ou de syndication, c'est qu'il est aux abois. Et comme le hasard fait toujours bien les choses, débute une double attaque en règle sur les marchés financiers, la première contre le nouvel emprunt grec, la seconde contre l'euro, dont on apprendra après coup qu'elle était orchestrée par Goldman Sachs avec l'aide d'un ou deux *hedge funds*. Dès le premier jour de cotation des nouvelles obligations, le nombre d'ordres vendeurs explose — entre 1,5 et 2 milliards d'euros se retrouvent sur le marché (sur 8 milliards) — et bien entendu, le cours prend un sérieux coup d'autant que tombe l'annonce — fausse mais on ne le sait pas encore — du prétendu emprunt de 25 milliards refusé par la Chine. Quant à la seconde attaque, dirigée au même moment contre la devise européenne, elle est alimentée soigneusement par la rumeur du prochain éclatement de la zone euro. Tandis que l'euro s'effondre d'un côté, le *spread*[1] des CDS grecs fait un bond en avant de l'autre. Et l'euphorie qui, trois jours plus tôt, avait accueilli la réussite de l'emprunt grec, tourne d'un seul coup à la Bérézina.

« Vae victis ! »

Les mauvaises nouvelles pour les uns sont toutefois des bonnes nouvelles pour les autres. L'affolement qui s'empare des places financières fait parfaitement l'affaire de Goldman Sachs. La valeur des CDS sur la dette grecque fait un bond puisque tout le monde se les arrache pour se couvrir du risque d'insolvabilité de l'État grec, à laquelle personne ne croyait quelques jours plus tôt. Mais ce n'est pas tout car la chute des obligations grecques va avoir pour effet d'augmenter le taux des futures émissions d'emprunt grec. Si la Grèce, dont tout le monde sait qu'elle doit continuer de se financer sur le marché obligataire, veut placer ses prochains titres, elle devra, en effet, augmenter le taux offert, qui représente la prime de risques des investisseurs. Et c'est bien ainsi que les choses vont se passer quelques semaines plus tard.

1. Le *spread* est l'écart de taux. S'agissant de CDS, ce peut être la marge qui correspond à la prime de risque du vendeur du CDS ou l'écart entre le taux du CDS sur le marché et le taux d'un emprunt d'État équivalent considéré comme sans risque. Actuellement, les taux de référence sont ceux des obligations d'État allemandes. L'écart de taux est calculé en « points de base » (pb) : 100 pb correspondent à un taux de 1 %.

Entre-temps les choses vont de mal en pis, tout le monde évoque l'éclatement possible de la zone euro et observe l'incapacité des États européens, de la BCE et du FMI à se mettre d'accord. Finalement, un accord minimum est trouvé sur le fil, juste avant les nouvelles échéances qui tombent en mars, pour mettre fin à la spirale de hausse des taux. En traînant les pieds, les États membres promettent leur soutien à Athènes en cas de difficulté. La Grèce tente alors une émission d'obligations début mars de 5 milliards d'euros sur dix ans, à un taux de 6,38 %. Les investisseurs suivent et un nouvel emprunt lancé le 29 mars fait retomber la tension : le taux obtenu n'est plus que de 6 % sur sept ans, soit un *spread* avec le taux équivalent allemand (qui sert de référence) de 310 pb (3,1 %). Ce n'est que début mai 2010 que l'Union européenne s'engage à prêter 80 milliards d'euros et le FMI 30 milliards, sortant la Grèce d'affaire provisoirement, jusqu'à la prochaine crise. Fin de la spéculation, les taux grecs sont au plus haut et les caisses des banques sont remplies.

Seule nouveauté, à laquelle personne ne semble avoir prêté attention : dans les mois qui ont suivi l'éclatement de la crise, disons la chute de Lehman Brothers en septembre 2008, les États et les banques centrales donnaient directement de l'argent frais, sous une forme ou sous une autre, aux banques qui n'avaient plus de liquidités. Dans l'affaire grecque, le scénario a été différent, pour une bonne raison. Ce ne sont plus les banques qui ont besoin de liquidités immédiates, mais les États qu'elles ont accompagnés, par leurs excès, au bord de la faillite. Le rapport s'est inversé, la sébile a changé de mains. Le besoin de la finance reste le même : prendre l'argent public, mais les méthodes ont changé. L'argent du renflouement ne va pas directement des caisses des États dans celles des banques, comme dans les mois précédents, il suit des circuits plus tortueux, qui passent par une spéculation orchestrée. Et les États ne sont plus créanciers, ils deviennent débiteurs.

En gros, voici comment cela se passe, si l'on prend le cas grec comme modèle : une rumeur se met à parcourir le monde de la finance, dont chacun s'accorde à dénoncer le caractère moutonnier. Elle fait monter les enchères et les spéculateurs à l'affût n'auront bientôt plus qu'à ramasser la mise. La spéculation réussit quand elle met à terre l'État visé, qui ne peut refinancer sa dette qu'en tendant la main vers les marchés financiers ; ceux-ci, c'est-à-dire les plus grandes banques mondiales, n'ont plus qu'à laisser le fruit mûrir, en clair les taux d'intérêt atteindre leur plus haut niveau possible. L'État mendiant — hier et peut-être encore demain la Grèce, puis un jour prochain l'Irlande, l'Espagne, le Portugal et qui sait d'autre encore ? — doit demander la protection de la banque centrale, des autres pays embarqués dans la même galère et même du FMI, comme n'importe quel pays sous-développé. Ce ne sont plus les banques qui devront rembourser les prêts, comme elles ont dû le faire pour sortir du pétrin de la crise des *subprimes*, mais les États tout seuls. Joli coup !

Qui a gagné, qui a perdu ? Du côté des perdants, la réponse est facile : la Grèce est au pain sec et à l'eau pour quelques décennies et les manifestations de rue des gens désespérés n'y changeront rien. L'État grec lui-même, bien entendu, n'est pas plus florissant que sa population. Les autres pays qui s'apprêtent à subir le même sort ne sont pas en meilleure forme. Restent les banquiers et les financiers, qui ne paraissent pas avoir trop souffert de la montée des taux d'intérêt et des *spreads* des obligations grecques…

Ce qui est arrivé à la Grèce a toutes les chances d'arriver à l'Espagne, à l'Irlande, au Portugal, que l'on appelle pudiquement maintenant, en langage financier, les « périphériques », après les avoir tous ensemble dénommés les « PIGS[1] ». On peut s'attendre à ce qu'après eux vienne le tour des autres, auxquels on n'a pas encore donné de nom péjoratif. Quand on l'aura trouvé, c'est que leur sort sera scellé.

Appauvrissez-vous !

Il y a plusieurs sortes d'observateurs. Ceux qui se contentent d'observer et, comme ils ne savent pas très bien ce qu'ils doivent regarder, ne remarquent pas grand-chose. Il y a ceux qui chaussent

1. Portugal, Irlande, Grèce et *Spain* (Espagne).

d'abord leurs lunettes idéologiques, roses, bleues, vertes, orange... — depuis quelque temps, la politique aime bien les couleurs vives — et voient le monde selon la teinte qu'ils affectionnent. Le problème, dans la finance, est qu'il est difficile d'y voir clair car les banquiers détestent la lumière plus que tout. Dans l'affaire des *subprimes*, tout était largement étalé sous nos yeux, mais dans une semi-pénombre. Qui l'a vraiment vu avant qu'il ne soit trop tard ? En tout cas pas les responsables politiques, trop occupés à louer les vertus de la dérégulation et de l'enrichissement aveugle. Il est à craindre qu'il en soit de la prochaine crise comme des précédentes. L'affaire grecque n'est pas de bon augure car elle montre à qui veut le voir que les banques ont su changer leur fusil d'épaule. Mais justement, cette fois-ci encore, qui veut le voir ?

La décennie précédente avait été consacrée à monter une pyramide de Ponzi à l'échelle mondiale en spéculant sur l'argent des pauvres, idée géniale s'il en fut. En pratique, et pour résumer, la création d'une bulle immobilière aux États-Unis, basée en large partie sur la fraude, avait permis à la finance de marché de créer une autre bulle gigantesque, celle du crédit illimité. Les produits financiers, imaginés pour créer des liquidités infinies gagées sur ces crédits pourris, réamorçaient la pompe jusqu'à l'effondrement inévitable du système financier, puis de l'économie. On aurait pu espérer que la leçon avait servi et que les gouvernements allaient décider d'en finir avec la finance méphistophélique. Ils ont préféré remettre les banquiers à flots sans leur demander de comptes, avec l'espoir angélique que, échaudés par les quelques déboires qu'ils avaient eux-mêmes subis, ils auraient enfin chassé leurs vieux démons. Il s'est passé exactement le contraire.

La bulle du crédit ayant explosé, les bilans des banques se sont trouvés saturés de dettes pourries, c'est-à-dire de créances irrécouvrables sur des débiteurs devenus insolvables. Les gouvernements n'ont rien trouvé de mieux que de laisser modifier les règles comptables afin de revaloriser fictivement ces créances sans valeur dans le bilan des banques. Comme s'il suffisait de secouer le thermomètre pour chasser la fièvre. Elles évitaient ainsi de se trouver en dessous des seuils de fonds propres autorisés et pouvaient emprunter les sommes fabuleuses dont elles avaient besoin. Avec les banques centrales, les États ont également accepté de prendre en gage ces actifs, qui ne valaient plus rien ou plus grand-chose, aux valeurs fictives déterminées par les banques elles-mêmes, valeurs sur la base desquelles ils leur ont prêté les capitaux pour les renflouer et leur éviter des faillites en chaîne. Les banques se sont ainsi délestées de leurs créances pourries pour percevoir en contrepartie du bel et bon argent, venant directement des banques centrales ou des emprunts que les États ont été obligés de contracter eux-mêmes… pour les reprêter aux banques.

Concrètement, qu'est-ce que cela signifie ? Que les banques, plombées par des titres de créance qui avaient perdu la plus grande partie sinon la totalité de leur valeur avant d'être sauvées par les trucages comptables et la reprise de leurs dettes par les États, n'ont pas eu à faire face à leurs obligations. Celles-ci ont été transférées aux États, certes à titre provisoire, mais un provisoire qui peut durer longtemps, pendant que les profits repartent à la hausse et permettent de verser de généreux bonus. Du coup, les dettes privées sont devenues des dettes publiques. Les États ont vu croître démesurément leurs propres engagements, uniquement pour mettre à la disposition des banques les moyens financiers de refaire leurs bénéfices. Ils avaient, et ont toujours, l'espoir que ces dernières auront le bon goût, aussi généreusement arrosées d'argent frais, d'en faire un peu profiter l'économie en faisant repartir le crédit.

Hélas, la vie financière n'est pas une comptine pour les doux enfants sages. Les grands dirigeants du monde n'ont pas pu, pas su ou pas voulu remettre de l'ordre dans le grand bazar financier. Ils en paient aujourd'hui le prix, ou plutôt ils le font payer aux populations d'une part, à l'économie réelle d'autre part. On parle beaucoup, pour justifier les politiques de rigueur qui se mettent en place un peu partout, des déficits et des dettes publiques, qui ont explosé depuis la crise financière. Dans ce vaste débat, plutôt que de tenir l'héritage de l'État-providence pour responsable de la montée des dépenses, ne faudrait-il pas plutôt s'inquiéter de la structure de l'économie et de la finance qui lui a succédé ? Il est vrai que la financiarisation du monde, débutée dans les années soixante-dix, est incompatible avec une redistribution des ressources et des politiques économiques et sociales à long terme. Plus encore, tandis que le libéralisme débridé des années 2000 volait l'argent des pauvres, maintenant que le filon est épuisé, il s'attaque à leurs allocations et à celles des classes moyennes en imposant aux États de couper dans le vif des programmes sociaux. Cette financiarisation est-elle pourtant une fatalité ? Doit-elle imposer partout sa loi d'airain, son malthusianisme social ? Si encore les mécanismes de cette finance correspondaient au dogme qui l'a imposée, celui auquel croient ou feignent de croire les dirigeants politiques, on pourrait le comprendre, à défaut de forcément l'admettre. Mais le problème est justement que les idées simples, au nom desquelles la finance écrase des pays entiers, ne se fondent pas plus aujourd'hui qu'hier sur la réalité.

La petite bulle qui monte, qui monte…

Si tel était le cas en effet, les gouvernants auraient eu raison de croire qu'il suffisait de restaurer la liquidité évanouie et de reconstituer la solvabilité des banques en péril pour qu'elles recommencent à financer tranquillement l'économie comme elles n'auraient jamais dû cesser de le faire. Mais c'était compter sans la logique de la finance de marché et des banques d'investissements, dont le souci n'est pas de faire tourner l'économie mais d'engranger les profits immédiats les plus élevés. Les banquiers ont finalement réussi l'exploit de ressusciter les thèses défuntes de la gauche marxiste la plus archaïque, qui n'osait même plus y penser elle-même. La doctrine libérale voudrait que la spéculation soit un mal nécessaire mais relatif, dont les bienfaits sont supérieurs aux inconvénients puisqu'elle assure la liquidité des marchés. Sauf que la spéculation est devenue à elle-même son propre but. Libérée des entraves de la régulation et de la réglementation, elle n'a plus de frein, plus de limites. Pourquoi, dès lors, les banques se seraient-elles sagement remises aux méthodes de crédit de la banque traditionnelle, éculées à leurs yeux, qui n'assurent que de modestes rendements des capitaux ? Dopées aux *subprimes* et aux produits dérivés, *shootées* à la titrisation et aux dérivés de crédit, les banques n'ont pas cherché à se sevrer, mais à trouver de nouveaux moyens de s'éclater puisque de ceux d'avant elles sont désormais privées.

La réalité est donc tout autre que ce qui se dit dans les réunions du G 20 ou de la BCE. Les banques n'ont pas fait repartir le crédit car, privées des marges que leur permettaient de faire les invraisemblables montages financiers qu'on a vus à l'œuvre dans les années 2000, elles se sont mises en quête d'autres martingales aussi juteuses comme la spéculation « arrangée » sur les dettes souveraines. Là résident encore des gisements intéressants de plus-values, qui ne dépendent que de la qualité des campagnes qu'elles peuvent mener contre l'euro ou pour faire monter les taux d'intérêts des obligations d'État et les *spreads* de CDS.

En fin de compte, la bulle qui monte et qui est la plus menaçante est peut-être avant tout celle des dettes que les États sont obligés de contracter pour faire face au racket bancaire. Elle alimente à son tour celle des déficits extérieurs et de la dette publique de ces mêmes États, la seule qu'on veut nous faire voir. La fraude, subtile durant les années 2000, s'est muée en un rançonnement brutal des Trésors publics et de l'argent collectif. La mine basse, les États, qui devraient être les premiers à s'en plaindre et à réagir, se contentent de répercuter la facture. Au risque, bien entendu, de tuer l'économie en la plongeant dans une récession dont elle risquerait, cette fois-ci, de ne plus pouvoir sortir.

Fraude, moi ? jamais !

Soyons justes. Les entreprises ne se sont pas résignées sans rien faire à l'assèchement du crédit bancaire. Un nombre croissant d'entre elles sont allées chercher ces liquidités abondantes directement sur les marchés financiers, car le paradoxe est que l'argent ne manque pas dans le vaste monde. Il faut simplement savoir où il est et comment le dénicher. Comme on ne peut plus se fier pour l'instant aux produits financiers complexes dont l'empilement avait abouti à la belle pyramide de Ponzi que l'on connaît, on a donc ressorti les bonnes vieilles recettes qui avaient marqué les débuts agités de la folle aventure du capitalisme casino.

Rappelez-vous : au cours des lointaines années quatre-vingt, quand le capitalisme financier faisait ses premiers pas un peu gauches, Michael Milken inventait les *junk bonds* (obligations pourries) grâce auxquels il était devenu temporairement le héros de Wall Street. L'histoire serait-elle un éternel retour ? Tandis que la machine financière s'est retrouvée au pain sec faute de CDO, CDO synthétiques, ABS, MBS, et autres produits exotiques à se mettre sous la dent, n'ayant plus à déguster pour l'instant que quelques CDS souverains dont la préparation est assez délicate, elle remet à la mode les vieilles recettes de ce capitalisme encore grossier pour satisfaire ses appétits les plus immédiats. Revoilà donc les *junk bonds* d'antan, qu'on appelle aujourd'hui des *high yield bonds*, obligations à haut rendement et qui, depuis 2009, font de nouveau la joie des marchés. Tout le monde en vend et tout le monde en veut, car pour les uns c'est le meilleur, parfois le seul, moyen de trouver des financements quitte à payer des intérêts élevés, pour les autres ce sont des rendements records garantis. Et pour les banques qui les montent, ce sont des commissions assurées et sans risque.

Il n'y a rien de frauduleux, je m'empresse de le dire, dans les obligations à haut rendement qui peuvent d'abord pâtir de la mauvaise réputation que traînaient derrière eux les *junk bonds* de jadis. C'est ce qui explique d'ailleurs qu'on les ait rebaptisés, pour faire oublier leur naissance sulfureuse. Mais chat échaudé craint l'eau froide. S'il y a une leçon à retenir en finance, c'est que la frontière qui la sépare de la fraude, de la manipulation ou de l'arnaque est mince comme un fil de soie. Qui pensait que les *subprimes* reposaient sur un schéma de Ponzi, sur la fraude généralisée à tous les étages et allaient déboucher sur la plus grande crise financière de l'après-guerre, sinon quelques exaltés que personne n'a écoutés ? Les obligations à haut rendement sont porteuses d'un potentiel de dévoiement qui ne comporte peut-être pas le même risque systémique, mais qui pourrait causer quand même bien des dégâts à une économie au mieux convalescente.

Les obligations à haut rendement servent à deux choses. D'abord à trouver des financements sur les marchés pour des entreprises appartenant à la catégorie *non investment grade*, ce qui signifie que leur notation les place dans les entreprises à risques. Certaines, il est vrai, ont pignon sur rue et ont été dégradées à cause de la crise financière, comme des constructeurs automobiles, de grandes enseignes ou de grandes marques. D'autres, en revanche, offrent moins de garanties, parfois beaucoup moins, et tout le problème devient celui de la surveillance d'un marché en pleine expansion, voire en explosion incontrôlée. D'autant que les obligations à haut rendement servent aussi à refinancer les opérations de LBO (*leveraged buy out*)[1], autre catégorie à risque qui avait aussi contribué aux exploits de Michael Milken. Quand une entreprise a été achetée dans le cadre d'un LBO, il est fréquent qu'elle ait besoin de se refinancer dans les années qui suivent, car ses bénéfices sont absorbés par le paiement des emprunts contractés pour l'acquérir. Selon l'agence Fitch Ratings, rien qu'en Europe, les besoins de refinancement de LBO seront de 39 milliards en 2013, 66 milliards en 2014, 49 milliards en 2015, 52 milliards en 2016 et 22 milliards en 2017, ce qu'il sera impossible aux banques d'assumer même si elles le voulaient[2].

Plus globalement, les principaux chiffres sont les suivants : tandis que la dette *investment grade*[3] en Europe s'était élevée à 453 milliards d'euros en 2009, elle a chuté à 132 milliards sur les trois premiers trimestres de 2010 ; sur un an également, 32 milliards d'euros avaient été émis en 2009 sur la dette *high yield*, contre 31,8 milliards sur les huit premiers mois de 2010. Autant dire que les obligations à haut rendement occupent une part encore minoritaire mais rapidement croissante du marché obligataire. Et cela autant aux États-Unis ou dans les pays émergents qu'en

1. Pour la description du mécanisme de LBO, voir p. 45.
2. « Les sociétés sous LBO séduites par le marché "high yield" », *L'Agefi*, 16 septembre 2010.
3. Entreprise bénéficiant de la meilleure notation.

Europe. En 2009, la dette *high yield* s'élevait à 180 milliards de dollars dans le monde, chiffre pratiquement atteint dans les neuf premiers mois de 2010, et elle devrait battre tous les records en 2010 puisque l'on estime que le résultat de l'ensemble de l'année s'élèvera à 240 milliards de dollars[1]. De quoi pulvériser le record de l'année 2006, en pleine euphorie financière, qui était de 185 milliards de dollars.

Quels sont les risques à craindre des obligations à haut rendement ? En Europe, peut-être pas grand-chose (mais il ne faut jurer de rien) dans la mesure où il existe encore un certain maillage légal, mais aux États-Unis, patrie du Far West et de toutes les aventures, il serait plus hasardeux de parier sur leur innocuité. Même si la régulation bancaire laisse encore largement à désirer, nul doute que le marché du haut rendement servira de refuge aux entreprises les moins sûres, qui n'ont guère d'autre choix que de se financer en dehors des circuits bancaires. Cela fait d'ailleurs l'affaire des banques elles-mêmes car elles ne s'engagent pas dans des opérations de crédit mais prélèvent quand même leurs commissions au passage. Qui jurera que ce marché à risque restera longtemps étanche à la fraude ? Finalement, les *high yield bonds* n'attendent probablement qu'un nouveau Michael Milken, à moins que les entreprises qui sont en train de s'endetter de nouveau

1. « Le *high yield* toujours au plus haut », *MoneyWeek*, 3 septembre 2010.

au-delà de leurs moyens (surtout si la fameuse relance que tout le monde croit déceler finit enterrée dans le vaste cimetière des espoirs déçus) ne soient en train de relire leurs manuels d'histoire financière pour replonger dans les combines comptables d'Enron, Parmalat et tous les autres…

Le malheur des uns fait le bonheur des autres

Il n'est pas inutile parfois de quitter le feu de l'action pour se poser les questions qui éclairent les raisons d'agir. Si l'on veut bien se souvenir, l'Amérique et la Grande-Bretagne ont choisi, au début des années quatre-vingt, d'imposer la dérégulation et la déréglementation comme mode de gouvernance et livré le monde à une politique malthusienne gouvernée par la finance. Elles voulaient sortir à tout prix de la stagflation, sans se douter que leurs solutions provoqueraient d'autres crises, entrecoupées de manipulations frauduleuses, dont j'ai décrit quelques aspects dans ces pages. En fait, loin de préserver leur suprématie économique, les pays les plus riches entraient alors dans une spirale dont on commence à mesurer les effets. Et ils donnent le vertige.

En fondant leur nouvelle puissance non plus sur l'économie mais sur la finance, les puissances industrielles d'autrefois ont scié la branche sur laquelle elles croyaient pouvoir encore asseoir pour longtemps, sinon pour toujours, leur domination du monde. Tandis que l'Amérique et l'Angleterre, bientôt suivies du reste des pays riches, laissaient les Chinois et les Indiens récupérer les industries dont ils ne voulaient plus, jetant sur le pavé des millions de travailleurs devenus inutiles, faisaient baisser le coût salarial et compensaient l'appauvrissement de leurs populations par une fausse richesse fondée sur l'illusion d'un crédit infini, le savoir-faire passait de l'Ouest au Sud-Est et du Nord au Sud.

Aujourd'hui, les anciens maîtres du monde ne maintiennent leur hégémonie qu'à travers leurs banques et les pratiques douteuses de ces dernières. Jusqu'à quand ? Sont-ils même encore assurés que les intérêts de leurs banquiers demeureront accordés aux leurs ? Mais surtout, leur déclin déporte chaque jour un peu plus le centre de gravité économique vers les grands pays émergents, devenus non seulement les ateliers du monde, mais aussi les caisses d'épargne de la planète tout entière et les laboratoires de l'industrie du futur. La Chine peut se proposer aujourd'hui comme le sauveur de la Grèce et même de l'euro sans étonner personne. On l'attend même comme le Messie.

D'un mal sortira peut-être, d'une certaine manière, un bien puisque les pays émergents vont toucher les dividendes mérités de leur opiniâtreté, tandis que nous sommes en train de payer la facture de nos propres renoncements. Du coup, l'histoire est peut-être en train d'ouvrir un nouveau chapitre, de ceux qui inaugurent les millénaires. Pendant que nos banquiers, dans une orgie crépusculaire, se gavent en pillant les ultimes ressources de notre économie réelle, que nos États s'épuisent à tenter de les réguler mais en même temps leur ouvrent les caisses publiques où ils puisent à pleines mains, les Chinois, les Brésiliens ou les Indiens engrangent posément les bénéfices qui leur ont été si longtemps refusés. À force d'avoir mal usé de notre puissance, l'heure des comptes a peut-être sonné. Et ces comptes-là, il n'est pas sûr que les banquiers sachent, une dernière fois, les falsifier.

Octobre 2010

DU MÊME AUTEUR

L'AVENIR DU CRIME, Flammarion, 1997.

UN MONDE SANS LOI. La criminalité financière en images, Stock, 1998.

LA RESPONSABILITÉ JURIDIQUE (avec Camille de Maillard), Flammarion, 1999.

LE MARCHÉ FAIT SA LOI. De l'usage du crime par la mondialisation, Mille et une nuits, 2001.

LE RAPPORT CENSURÉ. Critique non autorisée d'un monde déréglé (avec Jean-Christophe Veyrier), Flammarion, 2004.

LA FABRIQUE DE L'HOMME NOUVEAU. Entretiens sur la civilisation néolibérale, Temps présent, 2010.

Composition Nord Compo.
Impression CPI Bussière
à Saint-Amand (Cher), le 4 janvier 2011.
Dépôt légal : janvier 2011.
Numéro d'imprimeur : 103814/1.
ISBN 978-2-07-039604-7./Imprimé en France.

165170